광장의 왕

Король на площади

글누림 세계문학선

광장의 왕

Король на площади

알렉산드르 블로크 · 레오니드 안드레예프 · 막심 고리키 지음
김규종 옮김

러시아의 독특한 문학전통 가운데 하나는 두 가지 이상의 문학양식에 능한 작가들이 상당수 존재한다는 것이다. 19세기 초반에 러시아 문학의 토대를 놓았던 알렉산드르 푸쉬킨은 문학양식 전반을 아우르는, 문자 그대로 하나의 거대한 문학건물이다. 장편소설 <죽은 혼>의 작가 니콜라이 고골 또한 <감사관>이나 <혼인> 등으로 산문과 희곡에서 재능을 선보였다. 이런 전통은 걸출한 산문시와 <시골에서 한 달>과 같은 희곡 창작으로 유명한 이반 투르게네프를 거치면서 연면부절하게 이어졌다. 물론 표도르 도스토예프스키와 같은 예외적인 인물도 있겠으나, 그의 장편소설 대부분은 극적 긴장으로 넘쳐나고 있으며, 그 결과 무대 상연을 위하여 다채롭게 각색되어 오늘날까지 공연되고 있다는 사실은 염두에 둘 만하다.

윌리엄 셰익스피어와 안톤 체호프의 희곡을 매우 부정적으로 평가하면서 나름의 정제된 드라마 형식을 추구했던 레프 톨스토이도 잊히지 않을 희곡 <산 송장>과 <계몽의 열매> 등을 남겼다. 콘스탄틴 스타니슬라프스키와 네미로비치-단첸코가 영도하는 '모스크바 예술극장'과 더불어 희곡 창작에서 성과를 내기 시작한 안톤 체호프는 불과 네 편의 장막극으로 세계연극사에 당당히 자신의 이름을 등재한다. 그리고 20세기 경계의 막심 고리키와 레오니드 안드레예프 역시 산문과 희곡에서 뛰어난 재능을 보였다. 이런 문학전통은 1920년대 블라디미르 마야코프스키와 미하일 불가코프에게로 계승되어 오늘에 이르고 있다.

러시아 문학은 1881년 알렉산드르 2세의 암살과 더불어 시작된 극심한 반동의 시대를 겪어야 했다. 자유와 평등을 지향했던 '브 나로드' 운동은 소진되었고, 사회 전 부문은 억압과 침체일로를 걷는다. 강력한 러시아의 재건을 염원했던 황제 알렉산드르 3세는 보수적인 우파 정치인 포베도노스쩨프를 전면에 내세워 대러시아 민족주의 기치를 올리고 그리스정교에 기초한 전제정치를 통치의 근간으로 삼았다. (1998년 제작되어 2000년 우리나라에서 개봉된 영화 <러브 오브 시베리아>(원제 : <시베리아의 이발사>)는 그와 같은 열망이 21세기에도 계속되기를 바라는 니키타 미할코프 감독의 바람이 매우 노골적으로 드러나 있다).

출구를 찾기 어려울 정도로 모질게 지속되었던 차르정부의 전제적인 지배는 1894년 니콜라이 2세의 등장으로 다소 완화되는 듯했으나, 근본적인 변화는 도래하지 않았다. 이 시기 러시아 민중과 지식인들의 정신적인 공황과 극심한 염세주의는 체호프의 장막극에서 찾아볼 수 있다. 끝 모를 절망의 끝에서 간신히 붙들게 되는 회생의 원리에서 희망을 독서해야 했던 동시대인들의 고통은 누구보다도 안드레예프의 회상에서 절실하다. '모스크바 예술극장'에서 스타니슬라프스키의 연출로 무대에 올린 체호프의 희곡 <세 자매> 공연을 보고 일주일 내내 아무것도 할 수 없었던 미래의 극작가는 눈물과 한숨이 물러가고 나서야 '살아야겠다'는 희망을 찾아낼 수 있었다고 회고한다.

체호프의 '고니의 노래'로 일컬어지는 마지막 장막극 <벚나무 동산>에서 우리는 한 시대의 우울하고 구슬픈 조종과 만가를 듣는다. 늙은 하인 '피르스'까지 물화(物化)되어 버린, 텅 빈 무대를 배경으로 멀리서 벚나무를 베어내는 도끼질 소리가 희곡의 마지막 장면에서 들려온다. 토지자본에 기초한 지주귀족의 시대가 막을 내리고, 로파힌으로 대표되는 영악한 상업자본가의 열등한 상혼(商魂)이 지배하는 우울한 20세기의 출발을 알리는 도끼질 소리가 아닐 수 없다. 이 장면에서 새로운 러시아의 희망과 가능성을 독서하는 독자는 텍스트를 오독한 것이 된다. 체호프는 그렇게 한 시대를 보내고 나서 영원히 잠들었다. 1904년 7월의 일이었다. 그리고 채 1년이 되지 않아서 러시아에 혁명의 바람이 드세게 몰아쳤다. 이른바 제1차 러시아 혁명이 발발한 것이다.

　『광장의 왕』에서 다루어지는 세 작품의 시대적인 배경은 모두 1905년 러시아 혁명이다. 혁명 당일이었던 1905년 1월 9일 페테르부르크에서 체포되어 '페트로파블로프' 요새감옥에 수감되었던 고리키는 옥중에서 <태양의 아이들>을 탈고한다. 전형적인 민중출신 지식인이었던 막심 고리키(1868~1936)는 장편소설 <강철은 어떻게 단련되었는가>의 작가 니콜라이 오스트로프스키와는 사상적인 궤도가 전혀 다른 인물이다. 그는 사회와 역사, 특히 정치적인 격변에 대하여 끝없이 회의하고 고뇌하며 동요하였다. 그러므로 고리키는 직선적인 세계관이 아니라, 수많은 변곡점과 전환점을 통과해야 하는 매우 복잡한 유기체로서 역사와 세계를 이해했다고 하는 편이 올바를 것이다.

　희곡 <태양의 아이들>은 극작가 고리키의 이런 세계관과 역사의식이 선명하게 들어 있는 작품이다. 사회의 양대 세력인 지식인과 민중 사이의 뛰어넘을 수 없는 간극을 드러냄으로써 러시아 혁명의 실패와 비극적인 음조를 있는 그대로 보여주고 있는 것이다. 서로를 이해하지도 수용하지도 못하는 두 집단의 대립과 충돌에서 우리는 어쩔 도리 없이 패배를 감수해야 했던 당대 혁명세력의 절망과 좌절을 독서하게 된다. 훗날 고리키는 지식인을 '태양의 아이들'로, 인민대중을 '대지의 아이들'로 분류하여 평가했다고 전해진다. 하지만 그와 같이 나뉜 두 부류 '아이들'의 공고한 결합과 상호연대는 상당한 시간경과와 아울러 엄청난 노력을 요구하였음은 주지하는 바다.

장편소설 <어머니>로 우리에게 널리 알려진 소설가 고리키는 친숙하지만, 극작가 고리키는 러시아 문학 연구자들에게만 익숙한 경우가 많다. 그러나 이미 식민지 조선에서도 고리키는 우리나라의 제1세대 러시아 문학 연구자인 함대근 등의 소개로 <밤 주막>(원제는 <밑바닥에서>) 같은 장막극으로 대중적인 지명도를 획득한 인물이었다. 이를테면 1920, 30년대 식민지 조선에서 고골의 <감사관> 공연과 더불어 <밤 주막>은 이른바 잘나가는 공연목록에 속했다고 알려져 있다. (흔히 <감사관>을 <검찰관>으로 번역하고 있는데, 이것은 일본어를 직역한 것으로, 조금만 생각해보면 적절하지 않은 제목임이 명백하다. 고골의 주인공은 지방관들의 부정과 부패를 관리·감독하고 처벌하기 위하여 중앙에서 파견된 황제의 비밀요원으로 우리식으로 말하면 '암행어사'에 해당한다. 오늘날 검찰 내부에는 검찰관이 아니라, 검사가 있으며, 군대에나 검찰관이 있다).

<밤 주막> 이외에도 혁명 전야에 직면한 소시민계층의 불안과 동요를

빼어나게 그려낸 <소시민>은 고리키 극문학의 백미라 할 수 있겠다. 고리키는 특히 1904년부터 1906년까지 집중적으로 희곡을 창작한다. 이 시기에 출간된 그의 대표적인 희곡으로는 <별장 사람들>, <태양의 아이들>, <야만인들> 및 <적들>이 있다. 그러나 <어머니>에서 우리가 알고 있는 고리키는 이와 같은 드라마에서 만날 수 없다. 왜냐하면 고리키는 1905년 혁명이 실패한 이후 상당기간 정신적인 공황과 방랑상태를 경험해야 했기 때문이다.

레오니드 안드레예프(1871~1919)는 1901년에 시대를 대표하는 진보적인 인문 사회과학 출판사 '즈나니예'에서 생애 처음으로 단편소설집을 출간하였다. 그의 초기 단편소설은 사회적으로 억압받고 소외되는 '작은 인간'의 문제를 깊이 있게 천착한 것으로 알려져 있다. <귀여운 아이>, <거대한 투구>, <세르게이 페트로비치에 대한 이야기>와 <생각> 등의 초기 단편을 거쳐 1904년 탈고한 단편소설 <붉은 웃음>으로 안드레예프는 창작의 전기를 맞이한다. 러일전쟁의 절정기에 쓴 소설에서 작가는 전쟁의 심리를 재창조하고, 대량학살과 광기의 분위기에 처한 인간의 심리상태를 보여주려고 노력한다. <붉은 웃음>에 두드러지게 나타나 있는 병적으로 흥분된 어조, 그로테스크한 형상들과 압축된 대조 등은 훗날 안드레예프의 창작기법을 예고하는 것이었다.

1905년 제1차 러시아 혁명전야의 고양된 분위기를 경험한 안드레예프는 그해 11월 처녀 장막희곡 <별들에게>를 탈고한다. 애초에 고리키와 공동으로 과학자를 주인공으로 한 희곡을 집필하려고 했으나, 혁명당일 체포된 고리키가 2월에 <태양의 아이들>을 완성함으로써 계획이 변경된 결과였다. 두 사람의 세계관과 혁명에 대한 상이한 태도가 이 시기에 배태되었음은 재론의 여지가 없다. 이미 상당히 성숙한 소설가로 출발한 극작가 안드레예프의 처녀희곡은 죽음과 불멸, 지금과 영원이라는 대립적인 주제를 숙고하는 철학적인 문제제기로 우리의 관심을 끈다.

<별들에게>는 1905년 러시아 혁명을 다룬 희곡들 가운데 가장 뛰어난 작품 가운데 하나로 평가받고 있다. '점성술사'라 불리는 천문학자 세르게이 테르노프스키가 보여주는 인간이성에 대한 확신과 영원성 추구는 강력한 도전에 직면한다. 그것은 당면한 혁명운동에 적극적으로 가담하고 있는 아들 세대에게서 촉발된다. 장남 니콜라이가 대표하고, 그의 약혼자 마루샤가 보완하는 적극적인 현실참여와 인간해방의 이념이 천문학자 테르노프스키의 세계관과 치열하게 충돌하는 것이다. 지상과 천상, 지금과 영원, 정열과 이성 등으로 표현되는 압축적인 대립관계와 치열한 갈등양상이 희곡의 내적인 역동성을 끝까지 유지시킨다.

세계를 불로써 정화하려는 아나키스트를 다룬 희곡 <사바>를 통하여 안드레예프는 세계변화의 가능성을 모색한다. 주인공 '사바'는 이 세상에는 신이 존재하지 않는다는 사실을 입증하려고 노력하면서 기적을 만들어내는 성상을 파괴하려고 한다. 그러나 사바의 무신론적인 행동방식에는 어떤 긍정적인 요소도 존재하지 않는다. 그는 진정한 의미의 아나키스트가 되지도 못했고, 신과 더불어 세계의 문화유산을 파괴하려는 열망에 사로잡힌 단순한 파괴자로 전화하기 때문이다. 사바와 그를 둘러싼 세계의 무지와 비문화성, 음울한 잔인성과 몽롱한 도취상태가 지배하는 세계의 변화가능성 모색은 실로 불가능해 보이기까지 한다.

20세기 20년대 러시아 문학, 특히 불가코프의 극문학에서 사바는 1928년 12월 11일 '카메르느이 극장'에서 초연된 풍자희극 <자줏빛 섬>에서 검열관 '사바 루키치'로 다시 태어난다. 사회주의 혁명 이데올로기에 복무하지 않는 문학과 예술을 자의적으로 차단하고 수정하며 윤색하는 폭력적인 문화·예술정책의 강력한 수행자로 사바가 등장하는 것이다. 이것은 엄혹한 스탈린주의의 조건에서 탄생한 소련의 독특한 관료주의적 억압정책에 대한 극작가 불가코프의 강력한 문제제기이다. 안드레예프의 희곡 <사바>의 주인공은 그런 정도로 일반명사처럼 작용하였던 것이다.

　시종일관 좌파적인 입장을 고수하였던 혁신적인 극작가·시인 마야코프스키는 풍자희극 <목욕탕>에서 알렉산드르 3세의 총신 포베도노스쩨프의 이름에서 추출한 인물 포베도노시코프를 창조하여 우파적인 인물 불가코프에게 응수한다. 그는 일신의 안일과 현실안주를 보여주면서 과거의 명성에 의지하여 관료주의자의 전형을 드러내 보이는 것이다. 물론 소련당국은 <목욕탕>에 대한 노골적인 불만을 전혀 감추지 않았고, 스탈린이 죽기 전까지 사반세기 이상 작품은 공연되지 못했다. 그러나 희곡에 담겨 있는 강력한 풍자적 장전은 1920년대를 동시에 살았던 대립적인 두 극작가의 평행선을 낱낱이 현현한다는 점에서 주목할 만하다. 이처럼 대척적인 두 사람의 내적이며 은밀하고 더러는 현상적인 대립관계의 문학적 성립이 선배 극작가 안드레예프의 희곡 <사바>에서 연원한다는 사실은 매우 흥미롭다.

　그 후에 창조된 희곡 <인간의 일생>에서 고독과 고통이 운명적으로 예정되어 있는 모든 인간들의 삶을 다루면서 안드레예프는 인간존재의 숙명적인 폐쇄성을 고뇌한다. 인간이 살아가는 모든 단계들, 이를테면 탄생, 가난, 부유, 영광, 불행, 죽음의 국면들을 단편적인 장면들로 보여주면서 극작가는 어떤 구체적인 개인이 아니라, 보편적인 '인간'을 설정한다. 희곡 <인간의 일생>은 최대한 일반화를 지향하고 있기 때문에 극작가는 등장인물들에게 고유한 이름을 부여하지 않는다. 그저 '인간', '인간'의 아내, 그의 친구들과 적들, 노파들과 술 취한 인간들이 등장한다. 이런 형상들은 몰개성적이며, 자동인형 혹은 채색된 기계장치라는 인상을 부여한다. 따라서 그들의 제스처와 대화 역시 기계적이며 반복적이다. 인간존재의 철학적 성찰은 <황제 기아>나 <아나테마> 등에서 지속적으로 관찰된다.

고리키와 안드레예프가 19~20세기 전환기 러시아 문학의 산문과 희곡, 두 가지 영역에서 대가의 길을 걸었다면, 알렉산드르 블로크는 시와 희곡의 영역에서 탁월한 재능을 열어 보인다. 러시아 상징주의자들에 대한 개인적인 불만과 경험에 기초하여 출발한 서정적 삼부작은 <가설극장>을 효시로 극작가 블로크의 출현을 세상에 알린다. 불안정한 시인의 내면세계를 가감 없이 드러낸 희곡 <가설극장>을 거쳐 블로크는 <광장의 왕>에서 당면한 러시아 사회의 정치적인 변혁에 대한 입장을 드러낸다. 그것은 아름다움과 고대적인 이상이 지배하는 사회를 향한 뜨거운 갈망이다. 그리고 마지막 작품인 <미지의 여인>에서는 그토록 열망하던 여인 마리아가 하늘에서 지상으로 하강했음에도 그녀를 알아보지 못하는 시인의 어수룩한 내면세계를 그려내고 있다. 훗날 블로크는 세 작품에 등장하는 '시인'이 실제로 블로크 자신의 모습이라고 기술한다.

<광장의 왕>에서 소시민들의 욕망과 속물근성에 기초한 사회를 뒤로 하고 고전적 이성과 아름다움 및 진리가 발현되는 사회를 열망하는 조드치

와 조드치의 딸과 광장의 왕은 종당에 패배하고 만다. 그것은 시인의 공고하지 못한 세계관과 취약한 역사의식에도 책임이 있다. 인민대중의 열망과 꿈을 실현할 상징으로 등장하는 '배'가 자신을 포함하여 세상을 구원할 것이라고 믿었던 시인의 허약한 내면세계가 만나게 된 파국적인 종말인 셈이다. <광장의 왕>은 분열되고 동요하는 시인 자신의 세계를 드러내 보이면서 인간이 창조해야 할 아름다운 세계 혹은 세계질서의 출발점이 무엇인지를 생각하도록 한다. 서정적 삼부작 이후에 블로크는 <장미와 십자가>에서 세속적인 것과 천상적인 것의 대결과 충돌이 어떤 결과를 잉태하는지를 드러내 보인다. 만년에 그는 <열둘>이라는 장시에서 사회주의 혁명에 대한 자신의 모호하고도 복잡한 내면을 역동적인 필치로 그려냈다.

1905년 러시아 혁명은 실패로 돌아갔으며, 극작가들은 거기서 말 못할 동요와 절망과 균열을 경험해야 하였다. 그러나 그들은 세상이 그들에게 부여한 역사적인 책무를 적극적으로 수용하면서 그것을 문학으로 육화하는 데 혼신의 힘을 기울였다. 그것의 구체적인 결실이 <태양의 아이들>, <별들에게> 그리고 <광장의 왕>이다.

옮긴이는 국내에서 초역되는 위의 러시아 희곡작품을 독자들이 쉽게 이해할 수 있도록 하기 위하여 책의 뒷부분에 졸고 <1905년 러시아 혁명을 바라보는 세 가지 시선>을 덧붙였다. 여기에서 '세 가지 시선'이란, 다름 아닌 고리키와 안드레예프 및 블로크다. 동일한 역사적인 사건을 경험한 그들 세 사람이 어떻게 그것을 수용하고 이해하고 대응하였는지가 논문의 주된 관심사이다. 시인과 예술가의 책무 가운데 하나가 당면현실에 대한 깊고도 신속한 대응이라고 할 때, 이들 세 사람의 극작가가 보여주는 진지하고도 성실한 자세는 오늘을 살아가는 우리에게도 본받을만한 귀감이 아닐 수 없다. 한 가지 재미있는 점은 혁명이라는 극단적인 상황에 직면한 그들이 의지하고 기댔던 극작술이 상당수 체호프의 그것이었다는 사실이다. 그것의 인과성에 대해서도 논문에서 기술하였다.

옮긴이는 러시아 극작가들의 성과를 목도하면서 대한민국을 돌아본다. 러시아나 소련보다 훨씬 더 비극적이며 파괴적인 역사를 관통하면서 살아야했던 이 땅의 허다한 민초들과 지식인들을 떠올리는 것이다. 가깝게는 6·25 한국전쟁과 4·19 시민혁명, 그리고 1980년 광주항쟁을 머릿속에 그려본다. 어떤 극작가와 시인이 그와 같은 역사적인 소용돌이와 격변을 설득력 있게 서사화했는지 궁금하다. 이른바 전후 사실주의 극문학을 대표한다는 <산불>의 드라마적인 성과에 대해서 옮긴이는 그렇게 마뜩치가 않다. <산불>은 극한 상황에 처해 있는 주인공의 이중적인 삶의 양상에 기초하여 전쟁의 양면성 부각에 성공하는 듯 보인다. 그러나 거기까지다. 슬픔과 비애와 절망과 한탄을 넘어서 전쟁과 그것이 결과한 비극적인 결말의 본원적인 의미와 성찰에는 이르지 못한 까닭이다. 이것은 오늘날까지 우리가 만나는 수많은 전쟁문학과 영화와 희곡에서도 고스란히 되풀이되고 있는 한계이기도 하다.

천만 명도 넘게 보았다는 영화 <태극기 휘날리며>를 통해서 그 많은 관객은 과연 전쟁의 상흔을 치유하고, 그것을 극복하면서 우리의 오늘과 앞날을 사유할 채비를 갖추었는가, 묻고 싶다. 무엇보다도 우리의 허다한 시인과 소설가들과 극작가들의 창조에서 정치적인 변동과 결부된 역사와 사회의식의 진공상태를 비판해야 하리라 믿는다. 미소한 일상적 미니멀리즘에 사로잡혀 주변적인 정물과 협애한 내면풍경의 서술에 함몰해버린 작가들의 분발을 촉구하고자 한다. 문학창조에서 올곧은 작가정신 내지는 장쾌한 세계관의 확립은 어떤 잔재주나 소규모 장인정신보다 훨씬 중요한 고갱이일 터이다. 『광장의 왕』에서 세 사람의 극작가가 치열하게 모색하였던 시대정신과 그것의 내면화가 우리에게 제기하는 문제는 결코 가볍지 않다. 한 세기 전에 러시아 사회를 들끓게 하였던 1905년 혁명을 오늘 돌이켜 보면서 과거의 현재화가 수반하게 될 풍요로운 성찰의 결과를 기대해본다.

어려운 여건에도 불구하고 흔쾌하게 『광장의 왕』 출간을 맡아주신 글누림출판사의 최종숙 사장님께 고마운 인사를 드린다. 러시아 문학 관련 출판사도, 이른바 '메이저' 출판사도 이런저런 이유를 들어 『광장의 왕』 출간을 거부하여 옮긴이를 매우 우울하고 당황스럽게 하였다는 사실을 밝히고자 한다. 낯선 희곡 출간을 위하여 애써 주신 편집부 여러분, 특히 권분옥 씨에게 깊이 감사드린다.

2007년 봄에
대구에서 옮긴이 드림

차 례
Содержание

역자 서문 5

광장의 왕
Король на площади
알렉산드르 블로크 19

별들에게
К звездам
레오니드 안드레예프 59

태양의 아이들
Дети солнца
막심 고리키 151

작품의 이해

1905년 러시아 혁명을 바라보는 세 가지 시선
김규종 281

광장의 왕

Король на площади

등장인물

왕__ 궁전의 테라스에 있다.

조드치__ 길고 검은 옷을 입고 있는 노인. 얼굴의 선(線)과 백발이 왕을 연상시킨다.

조드치의 딸__ 검은 비단옷을 입고 있는 고상하고 키 큰 미인.

시인__ 젊은이. 자신의 도정에서 조드치의 가르침을 받으며, 그의 딸을 사랑한다.

광대__ 무대의 식객이자 상식의 대표자.

　　때때로 그는 황금으로 수놓아진 자신의 배를 사제의 법의로 가린다.

사랑에 빠진 사람들

모반자들

궁정의 신하

장미 파는 여인

노동자들

멋쟁이들

거지들

군중들 속의 얼굴들과 목소리들

소문들__ 도시의 먼지 속에서 뛰어다니며 작고 붉다.

알렉산드르 블로크(Александр Блок, 1880~1921)

- 1880년 11월 16일 페테르부르크에서 출생.
- 페테르부르크 대학 총장이었던 할아버지 집과 모스크바 근교의 영지 샤흐마토보 Шахматово에서 어린시절을 보냄.
- 1898년 페테르부르크 대학 법률학부 입학.
- 1901년 페테르부르크 대학 역사철학부로 전과. 5년 뒤 졸업.
- 1903년 러시아 화학자 드미트리 멘델레예프 Дмитрий Менделеев의 딸 류보피 멘델레예바 Любовь Менделеева와 혼인.
- 1903년 상징주의자들의 잡지 〈새로운 길 Новый путь〉에 첫 번째 시 작품 발표.
- 1904년 단행본 〈아름다운 귀부인에 대한 시 Стихи о Прекрасной Даме〉로 상징주의 시인으로 등장. 시집의 핵심적인 주제는 사랑.
- 1905년 제1차 러시아혁명 발발로 삶에서 예술가의 위치와 구실에 대한 천착.
- 1906년 〈가설극장 Балаганчик〉, 〈미지의 여인 Незнакомка〉과 같은 시 작품 발표.
- 1906년 서정적 3부작 드라마 〈가설극장 Балаганчик〉, 〈광장의 왕 Король на площади〉, 〈미지의 여인 Незнакомка〉 발표.
- 1907~1908년 〈황금양털 Золотое руно〉에 문학과 연극, 예술에 대한 평론 게재.
- 1908년 희곡 〈운명의 노래 Песня судьбы〉 창작.
- 1910년 장시 〈보복 Возмездие〉 집필 시작(1921년 완성).
- 1912년 희곡 〈장미와 십자가 Роза и крест〉 창작.
- 1918년 논문 〈인텔리겐챠와 혁명 Интеллигенция и революция〉으로 사회주의 혁명 고취.
- 1918년 장시 〈열둘 Двенадцать〉과 〈스키타이인들 Скифы〉 발표.
- 1919년 희곡 〈람세스 Рамзес〉 창작.
- 1921년 8월 7일 페트로그라트에서 서거.

프롤로그

Пролог

도시의 광장. 높고 넓은 테라스가 딸린 궁전의 하얀 정면이 뒷부분을 차지하고 있다. 육중한 옥좌 위에 거대한 왕이 자리하고 있다. 깊은 주름살이 있는, 평온한 얼굴 위에 물결치는 초록빛의 오랜 고수머리를 왕관이 덮고 있다. 가느다란 두 손이 옥좌의 손잡이에 놓여 있다. 매우 위엄 있는 자세다. 바로 그 아래쪽, 각광 옆, 부두의 높은 난간 아래 벤치가 있다. 두 방향으로부터 벤치 쪽으로 계단이 드리워져 있다. 광장과 궁전을 가지고 있는 갑(岬)을 왼쪽으로부터 감싸면서 좁은 띠처럼 멀리서 다가오다가 오케스트라와 극장과 합류하는 바닷가에 벤치가 있다. 그리하여 무대는 섬처럼 보이며, 등장인물들을 위한 우연한 안식처와 같다. 태양은 아직 떠오르지 않았다. 프롤로그로 광대가 거의 완전한 어둠 속에서 바다 위에 배를 젓는다. 그는 자기 배를 해변에 대고 거기서 낚시도구와 매듭을 꺼내고는 벤치에 앉는다.

광 대

아직도 해가 뜨지 않았는데,
나는 해변에 있네.
천체가 일을 하지 않을 수 있지.
나도 안 할 수 있고.

하지만 나는 천체가 없이도 길을 찾았고,
그리하여 이곳으로 배를 저어왔다.
나의 이성으로 어느 정도

여러분을 달래주기 위하여.

바로 여기, 어두운 배경에 궁전이 있고,
그리고 테라스 위에는 옥좌가 있다.
여러분이 보시다시피, 왕관을 쓴 왕은
늙기도 하거니와 의기소침하다.

쉬고 싶은 사람은
누구나 궁전 앞을 활보한다.
오직 민주주의자와 개에게만
여기서는 길을 가리켜주지 않는다.

여기서는 순수한 대중에게만 길이 있고,
여기서는 그들을 위해서만 벤치가 있다.
그리고 오직 프롤로그의 자격으로서
나도 그 위에 앉았다.

내 앞에, 오케스트라 속에 바다가 있고,
바다의 파도는 어둡다.
하지만 이내 해가 떠오르면
나는 밑바닥까지 모두 보게 될 것이다.

나의 의무는 오직 여러분으로 하여금
바로 이 모습을 보도록 강요하는 것이었다.
더러운 물 속에 있는 물고기를 낚으라고
상식이 나에게 명령한다.

광대가 각광 위에 양다리를 걸치고 앉아서 낚싯대를 오케스트라로 던진다. 사건이 진행되는
동안에 그것은 대부분 옆 장막에 가려 보이지 않으며, 단지 몇몇 장면들에서만 나타난다.

<h1 style="text-align:center">제1막</h1>

Первое действие

<h2 style="text-align:center">아침</h2>

Утро

밤이 아침과 싸운다. 해변 위에 미지의 두 사람이 어둠 속에서 거의 보이지 않는다. 검은 옷을 입은 첫 번째 사람이 궁전의 하얀 돌에 기댄다. 다른 사람은 해변에 앉는다. 세 번째 사람은 보이지 않는다. 그는 어딘가 가까운 곳에 있으며, 오직 그의 목소리만 들린다. 단속적이며 불길한 목소리.

첫 번째 사람 이제야 날이 밝는군.

두 번째 사람 날이 잠에서 깰 때는 고통스러워.

세 번째 사람의 목소리

절망에 몸을 맡기지 마세요. 죽음에 몸을 맡기지 마세요.

첫 번째 사람 나는 넘겨줄 게 없다네, 동지. 나는 더 이상 아무것도 믿지 않아. 하지만 나는 다른 사람들 때문에 두려워.

두 번째 사람과 세 번째 사람의 목소리 (함께)

우리 때문이라면 두려워하지 마.

첫 번째 사람 당신들 때문에 나는 두려워하지 않아. 도시가 나를 두렵게 하지. 모든 거주자들이 미쳐 버렸어. 그들은 어떤 정신 나간 열망 위에 행복을 건설하고 있어. 그들은 오늘 도착할 배로부터 무언가를 기다리고 있으니.

두 번째 사람 (머리를 움켜쥐며) 맙소사, 맙소사! 바다에서 배가 온다고! 그건 미친 짓이야! 만일 그걸 믿는다면, 그것은 더 이상 믿을 게 없다는 뜻이지. 무시무시한 시간이야!

첫 번째 사람 무서운 시간이라 말하는 건 우습군. 만일 멋대로 하게 한다면, 누구나 정신이 돌겠지. 우리는 내부에서 끝까지 이 날을 살 수 있는 힘을 찾게 될 거야. 나중에 죽을 수 있도록.

두 번째 사람 얼마나 큰 행복인가, 죽는다는 것은.

세 번째 사람 그는 행복에 대해 말하는군. 우리만 가세. 불태우고 파괴하러.

첫 번째 사람 말하도록 내버려 둬. 괜찮아. 그의 절망도 엄청나니까.

그들은 침묵한다.

두 번째 사람 집도 가족도 없어. 머리 누일 곳도 없어. 무서워.

첫 번째 사람 아쉬울 것이라곤 하나도 없는 사람이 무얼 두려워해?

두 번째 사람 아침의 어둠. 치명적인 고통.

세 번째 사람 태워. 태우라니까.

두 번째 사람 무서워. 불쌍해.

세 번째 사람 죽어라, 만일 불쌍하면.

그들은 침묵한다. 천천히 동이 튼다.

두 번째 사람 나한테 말해, 동무. 정말로 자넨 언젠가 선행을 믿었던가?

첫 번째 사람 내가 도와주지. 나도 행복을 찾아 헤맸지. 나도 향수 냄새가 나고, 여자가 식탁에 빵과 꽃을 내놓는 안락함을 사랑했어.

두 번째 사람 자넨 아이들을 사랑했나?

첫 번째 사람 그건 놔두자. 난 아이들을 사랑했지. 하지만 더 이상 아이들도 불쌍하지 않아.

두 번째 사람   마지막으로 말해. 자네는 파괴가 자유롭게 한다고 믿나?

첫 번째 사람   믿지 않아.

두 번째 사람   고맙네. 나도 안 믿어.

그들은 침묵한다.

첫 번째 사람   (왕을 바라본다.) 왕이 우리 위에서 졸고 있군. 그가 가진 고대의
                아름다운 고수머리가 세계를 지배하고 있어. 어떻게 저런 노
                쇠한 손이 세계를 지배할 수 있을까?

두 번째 사람   자네도 무언가 두려워하는군. 우린 오직 자네 힘 덕에 강한데.
                만일 자네도 단지 환영이라면, 우리는 떠도는 아침햇살 속에
                서 사라지게 될 거야. 사람들은 우리 뒤를 따르지 않을 테고.
                사람들은 기만을 두려워하지.

첫 번째 사람   모두가 우리 뒤를 따를 거야. 때가 올 것이고, 그러면 모두가
                우리 뒤를 따를 거라고.

두 번째 사람   그들에겐 가족과 집이 있어.

첫 번째 사람   그들의 가족은 타락했어. 집들은 휘청거렸고.

두 번째 사람   그들에겐 불을 위한 자리가 없어.

첫 번째 사람   어쨌든 마찬가지야. 모든 게 불에 탈 테니까. 무거운 것도 가벼운
                것도 마른 것도 젖은 것도. 젖은 것에서는 연기가 더 많이 나와.

두 번째 사람   늙은이도 타나?

첫 번째 사람   그자에게는 탈 게 없어. 모든 게 화석이 됐지.

두 번째 사람   그래서 그는 온전하게 남은 게로군!

세 번째 사람   바람결에 없애 버리자. 바다에 던져버리자.

두 번째 사람   그러면 누구도 그를 기억하지 못할 텐데?

첫 번째 사람   사랑하는 사람은 기억할 테지.

그들은 침묵한다. 날이 더워진다.

첫 번째 사람   나는 도시 전체에서 살아있는 두 사람을 알아. 모두가 늙은 조드치를 두려워하지.

두 번째 사람   자네도 두려워하나?

첫 번째 사람   아니, 그는 우릴 헤살놓지는 않을 거야. 거인의 의지에 귀를 기울이기에는 군중이 너무 보잘것없어.

두 번째 사람   다른 사람은 누군데?

첫 번째 사람   다른 사람? 그의 딸이야.

두 번째 사람   우습군! 여자를 두려워하다니! 자네 목소리가 떨리는군!

첫 번째 사람   웃지들 말라고. 나는 상식도, 의지도, 노동도, 거친 남성의 힘도 두려워하지 않아. 나는 정신 나간 환상, 어리석음, 언젠가 고상한 열망이라 불린 그것이 두려워.

두 번째 사람   종교와 시를 두려워하나? 세상은 오래 전에 그것들을 딛고 넘어갔지. 세상은 예언자와 시인들을 잊어버렸어.

첫 번째 사람   그랬지. 하지만 치명적인 시각이 오면 사람들은 누구나 잊힌 아름다운 것을 떠올리기 마련이야. 그녀는 기막힌 아름다움으로 사람들을 감염시킬 거야. 보이지 않고 은밀하게 지금 그녀는 도시를 지배하고 있어. 그녀는 왕의 내부에 새로운 생명을 불어넣고 싶어 해.

두 번째 사람   그게 가능할까? 그것이 파괴를 멈추게 할 수 있을까?

첫 번째 사람   그래. 사람들은 그녀의 발치에 엎드릴 거야. 그들은 그녀를 여왕으로 만들 거야. 그들은 사원에서 그녀에게 경배를 올릴 거라고.

두 번째 사람	낡은 열망은 부활되지 않아.
첫 번째 사람	그러나 모든 사람들이 광기로 돌아갈 준비가 되어 있어. 모든 희망과 모든 덕행이 상실된다면, 그들은 자신의 광기에 월계 관을 씌울 수 있을 게야.
두 번째 사람	자넨 거짓말을 하고 있어. 자네 미쳤군.
첫 번째 사람	내버려둬. 내가 없으면 자네들도 무기력하니까. 날 믿어. 그녀 의 내부에는 그녀 아버지의 창조적인 취미와 마지막 세대의 분노가 자리하고 있어!
두 번째 사람	우린 어떻게 하지?
첫 번째 사람	그날을 기다려야지. 오늘 밤에 그녀가 민중과 왕과 함께 말하 게 될 거야.
두 번째 사람	아직도 하루가! 공허하고도 밝은! 죽는 게 나아!
첫 번째 사람	맹세컨대, 우리 모두는 밤이 되면 죽어!
세 번째 사람	(메아리처럼) 우린 죽어.

완전히 날이 밝았다. 도시가 잠을 깨고, 아침 소음의 음악이 점점 강해진다. 멀리 바다로부터 바람이 도끼질 소리를 실어온다.

두 번째 사람	들리나? 사람들은 아직 희망을 잃지 않았어. 도끼질을 하고 있잖아.
첫 번째 사람	도끼질하며 건설하고 있군. 마지막 순간까지 건설하려고 하 는군.
두 번째 사람	그들은 둑을 장식하고 있네. 배를 맞이하려고 어떤 설비를 건 축하고 있는 거야.
첫 번째 사람	희망을 가지라고 그래. 배가 오든, 그녀의 고상한 열망이 실 현되든 우린 죽을 거니까.

세 번째 사람   배는 오지 않아. 폭풍우가 그들을 절멸시킬 거야. 뜨거운 바
             람이 죽음을 나르고 있어.

> 그들은 작별한다. 세 번째 사람이 돌로부터 모습을 드러낸다. 얼굴의 마른 생김새와 뼈가 앙
> 상한 몸통으로 그는 누구보다도 새를 닮았다. 궁전 앞 광장에서 산보가 시작된다. 몇 사람의
> 멋쟁이들이 앞뒤로 지나간다. 일터에 늦은 두 노동자가 지나간다.

첫 번째 노동자   일이 시작됐어. 빨리 가.
두 번째 노동자   어제 그들 가운데 한 사람이 우리와 함께 말하려고 왔어. 그
             는 건설하는 걸 말리더군. 폭풍우가 모든 걸 날려버릴 거라고
             말하던데.

> 그들은 서둘러 지나간다. 바람이 먼지의 흐름을 몰고 간다. 눈먼 여자가 장미를 판다.
> 그녀에게서 멀지 않은 곳에 청년과 처녀가 멈춰 선다.

처녀   하늘로 너의 눈길을 올려보렴. 햇살 비추는 날이 우울함을 해
             소할 거야.
청년   구름장들이 영원히 흐르고 흘러가고, 하얀 탑들을 바다 속으
             로 떨어뜨리네.
처녀   넌 우울하구나. 내 눈을 들여다보렴. 너와 만난 나의 기쁨을
             읽어봐.
청년   보고 있어. 네 두 눈이 푸르게 되었어. 밤이 되면 네 젊음이
             널 끌고 갈 거야.
처녀   기쁨으로! 기쁨으로! 바다가 노래하기 시작하네! 먼 데서 배
             가 오는 소리가 들려!
청년   먼 파도가 투덜거리는 소리가 들리고, 바람이 구름을 몰아내
             는 게 보여.

처녀	등대 불빛들이 안개를 뚫고, 방파제 위의 무장경비대에 빛을 던지고 있어.
청년	바다제비들이 거품 위에서 질주하고, 파도의 절정에서는 운명이 그것들을 흔드는 걸 봐.
처녀	기쁨에 넘치는 배를 맞이하려고 황금 불화살이 폭풍우 위로 기어오른다.
청년	예언적인 영혼으로 나는 선율 속으로 파고 들어간다. 우리에게 피할 수 없는 밤을 약속하는 선율 속으로
처녀	창백한 처녀에게 향기로운 장미가 있고, 그것은 평화로운 날의 무구한 증표다.

처녀는 장미를 파는 여자에게 다가간다.

처녀	어째서 넌 창백하니? 어째서 너는 떠도는 것이냐?
장미 파는 여자	나는 뜨거운 태양과 먼지와 피로와 배고픔 때문에 죽어가고 있어.
처녀	죽어가고 있다고?
여자	만일 네가 빵을 주지 않는다면, 꽃으로 널 질식시킬 테야.
처녀	(돈을 준다.) 장미를 다오. 빨리 가.

장미 파는 여자가 떠나간다.

기아에 허덕이는 여자! 아침은 사멸했네.

위에서 두 멋쟁이가 만난다.

첫 번째 멋쟁이	말씀하세요. 어째서, 정말로 저토록 사람들이 배를 기다리는 건가요?

두 번째 멋쟁이	사실, 나도 모릅니다. 하지만 어찌 됐든 마찬가지 아닌가요?
첫 번째 멋쟁이	상식 있는 사람과 만나게 돼서 기쁘오. 모든 사람들이 너무나 흥분해서 오로지 배에 대해서만 말하고 있거든요. 아시겠지만, 당신 자신도 믿기 시작했잖아요.
두 번째 멋쟁이	뭐라고 말하든, 군중의 영향을 부정할 순 없어요. 그건 전염되거든요.
첫 번째 멋쟁이	무의미할수록 전염이 잘 되지요.
두 번째 멋쟁이	강력한 조치를 통하여 모든 소문을 없애버릴 시킵니다. 정부는…

그들이 지나간다.

처녀	배부른 자들의 이야기 쪼가리들은 얼마나 보잘것없는지! 가난한 자들의 손에 들려 있는 꽃은 얼마나 무시무시한지! 난 더 이상 배를 믿지 않아!
청년	그것에 대해 더 이상 생각하지 마. 꽃을 봐.
처녀	하얀 꽃 때문에 숨이 막혀!
청년	꽃을 잊어버리자. 내 두 눈을 들여다 봐. 무거운 장미가 너를 불태우고 있어.
처녀	그것을 바다로 던져버릴 거야. 그것을 잊어버리자.

그들은 바다로 내려온다.

처녀	무시무시한 것은 잊어버리자. 우리가 사랑하고 있음을 기억하자. 항해하라, 항해하라, 항해하라, 꽃이여.

그녀는 장미를 물속으로 던진다.
청년은 우울한 눈길로 사랑에 빠진 여자의 가벼운 움직임을 뒤따른다.

제2막
Второе действие
한낮
Середина дня

똑같은 장식. 오직 색조만이 흐릿해졌고, 선(船)들도 폭염에 불타버렸다. 바다는 꿈짝도 않는다.
수평선이 김에 서려있다. 광장에는 몇몇 산보하는 사람들. 때로 노동자들과 부랑자들이 옆으로
지나간다. 도끼들은 희미하게, 하지만 쉼 없이 멀리서 두드리는 소리를 낸다.

첫 번째 노동자   시시각각 사람들은 배를 기다리고 있어.

두 번째 노동자   배에서 무엇을 기다리는지, 물어볼까. 서둘러 건설하고 있어.
　　　　　　　　보다 즐겁게 노동하려고 노래를 부르게 하고 있거든.

첫 번째 노동자   건설하고 또 건설하지. 하지만 여전히 다 건설하지 못했어.

　　　그들은 지나간다. 멀리서 노동자들의 구슬픈 노래가 들려온다. 멋쟁이 두 사람이 다가온다.

첫 번째 노동자   배가 벌써 바다에서 보인다고 누군가 말했어요.

두 번째 노동자   거짓된 소문이오! 그건 갑을 돌고 있던 어부들의 선박입니다.

첫 번째 노동자   아아, 하지만 모든 게 마찬가지 아닌가요? 사람들은 배에 관
　　　　　　　　심이 많습니다. 누가 이런 어리석은 짓을 생각해냈을까요? 그
　　　　　　　　걸 알고 싶군요.

그들은 지나간다. 광대가 두 손에 낚시도구를 들고 어슬렁어슬렁 걷는다.

광대   언짢은 날씨야. 물고기도 입질을 하지 않으니. 누구도 상식을
         인정하려 들지 않는다니까. 모두가 미쳤어. 가장 미친 자들이
         마침내 오고 있구먼. 필시 고기가 걸렸나 보군.

                  장막 뒤로 떠나간다. 벤치 위에 조드치와 시인이 앉는다.

시인   누구도 이제 밤에 잠을 자지 않습니다. 모든 사람들의 얼굴에
         는 불안이 떠돌고, 모두가 무엇인가를 기다리고 있어요. 고통
         을 던져버릴 수 있도록 가르쳐 주십시오

조드치   자네가 무엇 때문에 불안해하고 있는지 자네 자신도 모르고
         있네.

시인   알 수만 있다면요! 굶주린 자는 노동으로 빵을 얻습니다. 모
         욕 받은 자는 복수를 하구요. 사랑에 빠진 자는 여자에게 말
         합니다. '내 여자가 돼주시오.' 하지만 저는 배부르고, 누구도
         저를 모욕하지 않습니다. 여자들에게서 저는 오로지 가느다
         란 머리카락과 현악기 같은 목소리를 사랑하고, 불가능한 것
         을 꿈꾸고 있습니다. 저는 어느 것도 얻지 못하고, 고통이 예
         정되어 있습니다.

                      노동자들의 노래가 희미하게 들린다.

조드치   불안은 헛된 것임을 알라. 불가능한 것을 생각지 말아라. 바
         다가 해변을 둘러싸고, 왕이 도시를 다스리는 동안에는 어느
         것도 변하지 않을 테니까. 이리저리 떠도는 네 생각을 빼놓는
         다면.

시인	의식이 살아가는 것을 방해합니다. 도시의 삶은 저의 삶처럼 헛된 것임을 알고 있습니다. 저에게 바다는 유리처럼 보이고, 사람들은 인형처럼 보입니다.
조드치	넌 아픈 게야.
시인	자주 이런 생각이 듭니다. 왕도…
조드치	(말을 막으면서) 너는 아픈 거야. 보다 단순하게 살아라. 너는 시인이고, 아무것도 모르는, 노래하는 존재지. 하지만 너에게는 다른 사람들의 생각을 표현할 운명이 지워져 있다. 그들은 네가 말하는 모든 것을 말로 표현하지 못하거든. 만일 네가 그들의 은밀하고도 정신 나간 생각을 사람들에게 암시한다면 너에게 고통이 있을 것이야.

마치 무엇인가 무거운 것이 바다로 떨어진 것처럼 먼 데서 굉음과 고함소리가 들린다.
광장을 가로질러 노동자들이 질주한다.

노동자	숲을 베어냈다! 열 사람이 물에 빠졌다!
다른 노동자	빵이 없는 가족이야!
세 번째 노동자	바다로 달려가라고 그의 아내에게 전해. 아마 목숨을 구할지도 모르지.
시인	오늘 저는 무엇인가 전례 없는 것이 준비되고 있다는 느낌이 듭니다. 공기가 지나치게 뜨거워요. 영혼은 지나치게 비어 있습니다.
조드치	세상이 뒤집힐 거라고 생각하나? 그럴 수 있겠지. 자네도 배를 기다리나?
시인	(기쁨에 넘쳐) 배가 들어오고 있어요!
조드치	미쳤군! 자네는 그들 가족을 꾸짖고, 그들의 속물근성을 꾸짖

고 있네! 하지만 그들 모두가 자네보다 낫구먼. 자네는 병적
이야. 자네는 바다로도 먼지로도 호흡하지 못해. 그들은 최소
한 악취 나는 노란 먼지로 숨쉴 수 있네. 그들 앞에 무릎을
꿇도록 하게!

시인   당신은 저를 죽이고 있습니다.

조드치   불행한 인간! 엄청나게 많은 빈민들이 저 먼 구역에서 오늘
기어 들어왔을 것이다. 그들은 콧소리로 노동하지 않는 사람
들을 불안하게 했다. 아마도 많은 어린아이들이 죽었을 게다.
그래서 어머니들이 엄청스레 울부짖었을 터이고. 필시 단순
하고 뜨거운 바람이 도시 곳곳에 소문과 유언비어를 실어 날
랐을 것이다. 바로 이것이 너의 모든 고통이다.

시인   그만, 당신은 저의 내부에 있는 최후를 죽이고 있군요.

조드치   바로 이것이 네가 생각하는 세계의 최후다! 어디선가 개들이
물어뜯고, 혹은 여자들이 허풍을 떨거나 쇳소리를 내겠지! 너
는 최후의 날을 꿈꾸고 있어! 너와 함께 사람들은 노동하고,
기아에 시달리고, 죽어가겠지. 하지만 밤이 오면 너는 망상에
서 정신 차리게 될 거다.

도끼질 소리가 다시 시작된다.

시인   당신 말씀이 마치 도끼처럼 제 마음을 두드리고 있어요.

조드치   네 마음에서 희망을 빼앗을 수가 없구나. 하지만 내가 말한
것을 생각해 보거라. 도끼들이 어떻게 두드리는지, 듣고 또
들어라. 도끼들이 너를 더욱 아프게 때리도록 내버려두어라.
나는 너와 관계를 끊겠다. 나는 선과 악을 구별하는 사람들만
믿는다. 잘 있거라.

그는 떠난다. 돌풍이 그의 넓은 옷을 날린다. 노란 먼지구름이 광장, 궁전 그리고 왕을 가린다. 자욱한 먼지에서 작고 빨간 소문들이 뛰어나가는 것이 보인다. 그것들은 껑충 뛰어올라 사방으로 흩어진다. 소문들이 심하게 옷을 때는 바람이 휘파람을 부는 것처럼 보인다. 바로 그때, 군중 속에서 불안한 목소리가 울린다.

군중 속의 목소리들

        — 왕이 아프다! 생명이 위독해!

        — 음모자들이 궁전을 불태우려고 해!

        — 왕이 구금되었다!

        — 우리를 속이는 짓이야! 이게 왕이란 말이냐?

먼지가 흩어졌다. 전과 마찬가지로 나이 든 왕의 평온한 모습과 궁전이 보인다. 군중이 잠잠해진다. 산보가 계속된다. 그와 더불어 대기 속에서 신선한 바람의 흐름이 지나간다. 마치 열기를 식히려는 듯이. 검고 꼭 조인 비단옷을 입은, 키가 큰 미인인 조드치의 딸이 군중 가운데서 경쾌하고 천천히 모습을 드러낸다. 그녀는 고통으로 지친 시인이 앉아 있는 벤치 바로 위에 멈춰 선다. 그리고는 위에서 시인을 바라본다.

조드치의 딸   내 말 들려?

시인   (위를 바라본다.) 음악이 들리는군. 바다가 소금을 불러왔어.

바람이 멈추고, 도끼질 소리가 잠잠해진다. 얼마 동안 바다의 먼 음악이 들리는데, 광대의 중얼거림이 그것을 차단한다.

광대   시작되는군. 방금 커다란 물고기가 걸렸어. 사랑에 빠진 바보들이 내 고기들을 놀라게 하여 쫓아버리는군.

침묵. 바로 그때 조드치의 딸이 천천히 아래로 내려온다. 무대는 안개로 덮이고, 안개는 조드치의 딸과 시인이 자리하고 있는 벤치 부분만을 보이도록 한다.

조드치의 딸   먼지가 내려앉으면

빨간 소문들이 몸을 감추지.

한낮의 자기들 굴속으로

바다에서 음악이 탄생하면,

바람 아래서 영혼은 상쾌해진다.

시인   투명한 안개가 내려오다가

하얀 사랑처럼 녹아버린다.

하지만 오래된 바다는

광대의 째지는 목소리를

자신의 가락으로 잠재울 수 없다네.

조드치의 딸   너는 꿈속에서처럼 말하는구나.

나는 너의 노래하는 영혼을 알아보겠으며,

어렴풋한 말을 사랑하노라.

시인   난 다만 흐릿한 것만을 말할 수 있어.

영혼의 이야기는 말할 수 없어.

바다가 한숨을 쉬고 안개를 끌고 간다.

시인   하얀 돛이 멀리서 사라지네.

조드치의 딸   너는 나의 환상으로 가득 차 있다.

시인   멀리 배, 배가 보여…

조드치의 딸   맹세컨대, 충실하여라.

시인   새로운 대지의 언덕이 보여…

조드치의 딸   마법을 거두리라. 너는 자유다.

마치 바람이 일어 안개가 움직이는 듯하다. 이미 우윳빛 흰색은 없다. 어디선가 해가 얼굴을
내민다. 하지만 여전히 벤치는 보인다.

시인   바다거품의 물보라가 나를 눈부시게 하네.

36

바다 위에서 너는 움직이고,

배의 그림자가 너의 뒤에서 떠오른다.

조드치의 딸   너는 어린 영혼처럼 누구보다도 나에게 충실하다.

내가 너와 함께 할 때 너는 노래 부르리.

내가 죽을 때에도 너는 노래하리.

시인   나와 함께 있어! 나의 날개가 자라고 있어!

군중이 날뛰면 나는 허약해.

네 아버지가 말씀하시면 난 허약해.

내 마음은 오직 너에게만 열려 있어.

영혼은 흐릿한 가락을 탐닉해.

광대   사실, 이 모든 것은 매우 잘 알려져 있지. 그녀가 무슨 말을 하더라도 그에게는 다 마음에 들어. 왜냐하면 그는 사랑에 빠진 바보니까. 물론 그는 잔소리 많이 하는 그녀의 늙은 아버지 말은 듣지 않을 거야.

광대가 장막 뒤에서 기어 나온다. 낚시도구를 들고 있는 그의 혐오스러운 프로필이 연극으로 부터 사랑에 빠진 사람들을 순식간에 가려버린다. 그 다음에 그는 계단을 따라 위로 올라가서 안개 속에서 사라진다.

시인   고통이 안개의 은빛 옷을 입었다네.

조드치의 딸   일광이 안개의 심장을 꿰뚫었나니.

시인   고통의 목소리가 울려 퍼졌다.

조드치의 딸   그것은 해변에서 파도가 내는 소리였어.

시인   얼마나 날카로운 고통의 목소리냐!

조드치의 딸   태양이 고통의 옷과 심장을 찌르면 너는 자유롭게 될 거야.

시인   곧 해가 질 거야.

조드치의 딸	해질녘에 너는 자유롭게 될 거야.
시인	자유에 관한 너의 이야기가 나를 사로잡고 있어.
조드치의 딸	이야기는 너를 위한 모든 삶이야.
	멍한 영혼으로 들어봐.
	밤의 삶에 대한 이야기를.
	너는 나에게 매료됐잖아.
시인	그렇다. 말하라 왕녀여.
	생생한 꿈이, 예전에는 없던 나라의 생생한 꿈이
	내 앞에서 지나갈 수 있도록 말하라.
조드치의 딸	밝은 나라에 대한 위대한 책을 난 알아.
	거기서는 어여쁜 처녀가
	황제가 임종하는 자리에 올라갔어.
	그래서 젊음이 노쇠한 심장을 고무하였지!
	거기서는, 꽃이 피는 나라를
	고상한 왕이 다스린다네!
	청춘이 그에게로 돌아왔다네!

선행한 장면 동안 바다가 훨씬 더 크게 노래한다. 마지막 대사 동안에 안개가 완전히 흩어지고, 먼지가 질주하기 시작한다. 그 속에서 빨간 소문들이 급히 왔다 갔다 한다. 궁전에 모여 있던 군중의 커져가는 웅성거림을 뚫고 다시금 선명하게 도끼질 소리가 들려온다.

조드치의 딸	생명이 순식간에 떠나갔지만,
	그것은 다시 돌아왔지!
	어떤 사람들이 건설하는 소리가 들려?
	다른 사람들이 불평하는 소리가 들려?
	소문들이 군중을 혼란시키는 걸 봐!

시인	낯선 환상과 낯선 말이야.
	너의 이야기로 나는 숨을 쉬는 거야.
	내게서 떠나가지 마!
조드치의 딸	안 돼, 너와 함께 남아 있을 수 없어.
	내 이야기를 나는 실현해야 해.
	저녁나절 여기서 날 기다려.
	영혼으로 왕에게 충실해.
	저녁 무렵이면 자유로워질 테니.

그녀는 위로 올라가서 먼지의 소용돌이 속에서 계속 흐릿하게 중얼거리는 군중과 뒤섞인다. 생각에 잠긴 시인은 아래에 남아 있다.

군중 속의 목소리들

- 밤에 배가 도착한다는 말 들었지!
- 오늘 왕이 머리를 끄덕였어…
- 왕이 명령을 내리셨어! 배가 도로 떠나갔어!
- 위를 봐. 왕은 이미 없어!
- 왕이 여기 계시다! 먼지 속이라 아무 것도 안 보여!

목소리들이 이상한 소리로 변한다. 마치 누군가가 흐느껴 우는 듯하다. 먼지를 통해서 광대를 볼 수 있는데, 그는 벤치 바로 위의 해안 난간에 배로 매달려 있으며, 웃음을 참으려고 두 주먹으로 입을 가리고 있다.

광대	(웅성거리는 소리를 뚫고 소리친다.) 나리! 제가 어디에 쓸모가 있겠
	나이까?
시인	(급히 올라가면서 위쪽의 광대를 본다.)
	이미 꿈속에서 널 봤다. 낚시도구는 어디 있더냐?

광대	(웃느라 포복절도한다.) 여기, 여기 나와 함께, 바로 여기 있지요! 난 인간들의 어부니까!
시인	나를 살려다오! 고통에서 구해 달라니까!
광대	당신이 사랑을 고백하는 동안 여기서는 완전한 정치적인 변혁이 준비됐지!
시인	배가 가까이 왔는가?
광대	무슨 배? 당신 미쳤나? 입당하시오! 일도 없이 빈둥거리면 안 되니까!
시인	무얼 하라고? 말하라!
광대	서둘러 고르시오! 선택할 두 가지를 가져왔으니까.

광대의 등 뒤에서 새를 닮은 두 사람이 양방향으로부터 튀어나온다. 하나는 검은 옷을 입고,
다른 하나는 황금빛 옷을 입고 있다. 그들은 시인에게로 달려온다.

검은 옷	지금이다! 우리 뒤를 따르라! 우리에게 노래하라! 노래 없는 도시는 쓸쓸했다!
시인	넌 누구냐?
검은 옷	시간을 낭비하지 말라! 자유를 노래하라! 군중은 흥분되어 있고, 너의 뒤를 따를 것이야!
시인	넌 왕의 반대편이냐?
검은 옷	그에게 죽음을!
시인	나를 내버려 두어라. 그녀는 네가 성물을 건드리는 것을 허용하지 않을 것이다.

검은 옷은 저주의 말과 함께 사라진다.

광대	(소리친다.) 다른 자와 말해!

군중이 낮고 둔탁한 소리를 낸다. 황금 옷이 시인에게 인사한다.

황금 옷   당신과 말하게 돼서 기쁩니다. 한시라도 시간을 낭비하면 아니 됩니다. 군중은 당신 손 안에 있으니까요.

시인   황금 새여, 넌 누구더냐?

황금 옷   왕의 충복이옵니다. 궁전의 신하입니다. 당신의 숭배자입니다.

시인   내가 무엇을 할 수 있겠느냐?

황금 옷   성물에 대하여 노래하세요. 난폭한 대중으로부터 왕을 보호하십시오. 매순간이 소중합니다.

시인   노래하겠노라. 인도하라.

시인은 빨리 위로 올라간다. 황금 옷이 앞장서서 깡충깡충 달려간다.
군중이 낮고 둔탁한 소리를 낸다.

광대   (웃느라 포복절도한다.) 잡았다! 잡았어! 비록 분별 있는 한 사람이지만! 당적이 없는 사람! 정부의 지지자!

광대가 군중 속으로 합류한다. 군중 위, 테라스의 계단들 가운데 하나 위로 오르면서 시인은 잦아드는 민중의 폭풍우 사이에서 말한다.

모든 게 꿈속 같아.

그는 얼굴을 군중을 향한다. 군중은 말이 없고, 그의 노래에 주목할 준비가 돼 있다.

제3막
Третье действие
밤
Ночь

동일한 장식. 납빛의 안개가 하늘을 날아다닌다. 커진 도끼질 소리가 멀리서 들려온다. 궁전을 휘감고 있는 바다를 향하여 사람들이 무대를 가로질러 쉼 없이 걸어간다. 동작이 활발하고, 눈이 번쩍인다. 동요가 극한 정도까지 이르렀다. 모든 사람들의 얼굴에는 불안과 뜨거운 희망이 서려 있다. 군중 가운데 한 사람이 멈춰서더니 해안의 난간에 몸을 기댄다. 그에게로 두 번째 사람이 합류한다.

두 번째 사람   자넨 완전히 쇠약해졌군.

첫 번째 사람   그래, 정신 나간 불안이 나타난 게지. 만일 하루만 더 계속된다면, 심장이 견디지 못할 거야. 정말로 오늘도 배는 오지 않는 거야?

두 번째 사람   배는 오늘 여기 와야 해. 그렇지 않으면 우리는 죽게 될 거야. 배가 구원을 가져다 줄 거라고 민중은 믿고 있어. 오늘도 배가 오지 않는다면, 인내심이 바닥날 거야.

첫 번째 사람   최후의 마지막 시간이야! 모든 사람이 방파제로 나가 밤까지 기다릴 거야. 봐! 만일 끝까지 기다리지 못하면 어찌 되겠나?

두 번째 사람   폭풍우가 그들을 집으로 쫓아 보내겠지.

첫 번째 사람	폭풍우는 다만 그들을 자극할 따름이야. 밤새 그들은 불 지르고 약탈할 거야. 그땐 모두가 끝장이야.
두 번째 사람	누가 우리에게 희망의 씨를 뿌렸지? 성대한 만남을 준비하고, 영원한 행복을 약속한다는 희망 말이야.
첫 번째 사람	(난간 쪽으로 낮게 몸을 숙인다.) 내게는 얼굴이 맑아지는 순간이 있어. 마치 죽음 직전처럼. 우릴 어디로 데려갈 거야? 우리로 하여금 무얼 믿게 하려는 거지?
두 번째 사람	오직 생명을 붙들어. 그걸 믿는다는 건 지푸라기를 붙잡는 거야.
첫 번째 사람	도끼, 도끼들이 두드리고 있어. 쉬지도 않고 두드리네. 도끼질 소리를 피해 어디로 숨을 수 있을까?
두 번째 사람	아침부터 밤까지 두드리는군. 첫 번째 배가 바다에 모습을 드러내면 불꽃을 쏘려고 탑을 건설하는 거야.
첫 번째 사람	(운다.) 무릎이 구부러지는군. 얼마나 많은 밤을 자지 못했는지! 휴식! 휴식이야!
두 번째 사람	조금만 참아. 필시 조금만 기다리면 될 거야.

대답이 없다. 첫 번째 남자가 아래쪽 난간으로 몸을 기울인다. 그 순간 두 손에 아이를 안고 여자 거지가 다가온다.

여자 거지	제발 도와주세요. 남편이 바다에서 익사했어요. 빵을 좀 주세요.

그녀를 거들떠보지도 않으면서 두 번째 남자는 첫 번째 남자의 얼굴을 뚫어져라 바라본다. 그는 난간 위로 몸을 기울이고 고개를 숙인다. 사람들이 옆으로 지나간다.

여자 거지	착한 분들이여, 제발 아이를 도와주세요.

침묵

여자 거지   오늘 모든 사람들이 즐거울 거야. 배가 올 거니까. 오직 나만
            빵이 없군.

어린아이가 울기 시작한다. 거지는 놀라 물러서면서 아이를 달래서 재운다. 두 번째 남자는 난
간 위로 몸을 숙인 첫 번째 남자를 양손으로 붙잡는다. 몸통이 무릎 위로 떨어진다. 죽은 머리
통이 주철 다리 위에 놓여 있다.

두 번째 사람   (시체 위로 내려가면서 조용히 여자 거지에게 말한다.) 그는 죽었어요.
            들어보세요. 죽은 사람들은 주지 않아요.

여자 거지가 성호를 긋고 몸을 감추고서 사라진다. 사람들이 옆으로 지나간다. 사제 법의를 입
고 두건 쓴 광대가 그들 사이에 끼어 있다. 그는 호기심을 가지고 시체로 다가간다. 두 번째
남자가 절망적으로 시체 위로 몸을 숙인다.

광대   (엄격하게) 취했소?
두 번째 사람   (심각하게) 죽었소.
광대   사인은?
두 번째 사람   심장파열이오. 요즘의 불안한 사건들 때문이죠.
광대   (고개를 끄덕이며) 만일 그가 나에게로 왔다면, 모든 게 잘 됐을
            텐데.
두 번째 사람   도대체 당신은 누구요?
광대   정신과 의사요.

일진광풍이 법의를 휘날리고, 광대의 머리에서 두건을 앗아간다.

두 번째 사람   (미심쩍어 하면서 고개를 흔든다.) 정신과 의사는 빨간 모자를 쓰지
            않지요. 정신과 의사는 붉은 배 위에 황금장식을 하고 다니지
            않아요.

광대의 뺨이 웃음 때문에 전율한다. 그는 신속하게 법의의 옷깃을 여민다. 고요히 밤이 된다.

광대 　　　 (엄격하게) 당신도 웃으시는가? 당신 친구가 죽었는데, 웃으시는가?

지나가던 군중 가운데서 한 무리의 사람들이 그들 주위로 모여든다. 모두가 호기심 어린 눈으로
좀더 가까이 들여다보려고 애쓴다.

두 번째 사람 　　(놀라서 광대를 바라본다.) 어디선가 나는 위선에 가득 찬 네 상판
　　　　　　　 대기를 보았다. 어딘지는 생각나지 않는다. 살아오는 동안에
　　　　　　　 많은 걸 봤거든. 재판정에서 너는 배심원들에게 사형을 암시
　　　　　　　 했지. 혹은 교회에서 너는 화해를 설교했지. 혹은… 그래! 여
　　　　　　　 기 해변에서 너는 사람들에게 자유가 필요 없다는 것을 증명
　　　　　　　 했지.

주위 사람들의 얼굴에 증오가 끓어오른다.

광대 　　　 형제들이여, 여기서 슬픈 일이 만들어지고 있습니다. 여러분
　　　　　 의 길을 가세요. 진정하세요. 신의 이름으로…

군중 속의 목소리들

　　　　　 ― 새로운 상판대긴데! 헛되이 신의 이름을 말하지 마라! 진
　　　　　　 실! 진실을! 법의 아래 교활한 가슴이 숨겨져 있다!

광대는 순식간에 법의를 활짝 열어젖힌다. 그는 황금이 달린 붉은 옷을 입고 자란 것처럼 보인다.
그의 광대모자가 군중 위에서 흔들린다.

광대 　　　 당신들에게 진실이 필요합니까? 여기 진실이 있소! 모이시오,
　　　　　 여러분! 지붕 위에서 날 보시오! 거리에서 나를 환영하고, 매
　　　　　 우 겸손하게 나에게 인사하시오!

불어나는 군중 사이에서 무시무시한 동요가 일어난다. 광대는 모자를 흔들고, 작은 방울들이 울린다.

군중 속의 목소리들

— 이런 밤에 거리거리에 가면이라니! 우린 어디 있는 거야? 어디 있는 거지? 밤이 가깝다!

광대

당신들에게 진실이 필요하오? 여러분, 진실은 당신들 앞에 있어요! 날 보세요! 내가 진실 그 자체이며, 붉고도 황금빛의 벌거숭이요! 당신들 거리에서 시체를 치우시오!

군중 속의 목소리들

— 무시무시하군! 이것은 시체 위의 유령이다! 바람이 환영을 보냈군! 온종일 소문들이 먼지 속에서 떠다녔다! 작은 소문들은 발치 아래서 빙글빙글 돌았고, 붉은 소문들은 귓속에서 소리 질렀으며, 먼지투성이의 소문들은 불안을 퍼뜨렸지! 소문들이 군중을 사로잡았어! 이건 그 가운데 하나야! 그를 밤 무렵에 데려온 걸 보라니까! 밤이 가깝다! 이것은 민중의 목소리, 이것은 소문이야! 바람이 그것을 모든 곳에 나르고 있어! 귀를 기울이시오! 귀 기울이시오!

광대

나는 소문의 목소리다! 나는 여러 가지 모습을 띠고 있지만, 이름은 하나다! 상식, 그것이 내 이름이다!

목소리들

— 들으시오! 상식이 우리와 말하고 있소!

광대

목동 없는 불쌍한 양들이여! 여러분의 가슴을 진정시키도록 하라! 나는 선량한 목동이니! 슬픔이 떠도는 곳에서 지체하지들 마시오! 불안한 밤이 지나가고 있소! 지체하지 말고, 여러분의 남은 가족들에게 돌아가시오!

목소리들

　　　― 우린 그댈 믿는다! 우리는 솔직하다! 말하라!

광대　　나의 가축 떼들이여, 나는 그대들을 쇠 지팡이로 기르겠노라!
만일 그대들이 내 말을 듣지 않는다면, 무서운 징벌이 그대들
에게 떨어질 것이다! 바다가 무분별한 사람들을 덮칠 것이다!
납빛의 구름장들이 당혹한 도시를 매장할 것이다! 상식은 그
렇게 말한다! 그는 반란을 일으킨 자들을 영혼으로 징벌할 것
이다! 나의 아름다운 황금이 그대들 앞에서 기쁘게 노래할 것
이다! 만일 그대들이 상식을 시험한다면, 기쁘고 아름다운 황
금은 그대들에게 죽음과 화재를 가져다 줄 것이다!

목소리들

　　　― 조용히! 진정하시오! 무시무시하군! 정신 나간 자들에게
　　　　불행을! 길로! 바다로! 바다로! 배를 맞이하러 갑시다!

군중이 소리 지르며 뿔뿔이 흩어진다. 그들은 시체를 가지고 간다. 개별적인 경탄의 소리들이
잦아든다. 법의로 몸을 감싸고서 광대는 다시 군중 속에서 길을 잡는다. 무대에는 이내 누구도
남지 않는다. 나머지 사람들은 서둘러 방파제로 나아간다. 거기에서 도끼질 소리는 잦아들고
있다. 광장에 조드치가 나타난다.

조드치　　그들이 건설을 마쳤군.

그는 광장 한가운데 서서 왕을 바라본다. 군중의 뒤를 따라 바다로 방향을 잡으면서 시인이
오른쪽에서 천천히 나온다.

조드치　　너 역시 군중의 뒤를 따르는 것이더냐?

시인　　당신은 애초부터 나의 길을 막았소. 설령 우리 도시가 모든

사람들을 삼키고 갈라놓는다 해도 말입니다.

조드치 그렇다. 도시가 모든 사람들로 하여금 길을 잃도록 한다. 하지만 나는 길을 쉽게 찾는다. 왜냐하면, 나는 너희들 모두에게 낯선 사람이기 때문이다. 너희들은 서로서로를 게걸스럽게 바라본다. 나는 너희들 머리를 뚫고 바라본다. 그리하여 나는 나의 푸른 길을 본다.

시인 사람들은 당신을 마법사라 부르지요. 당신에 대하여 여러 가지 소문들이 돌아다니고 있어요.

조드치 작은 소문들이 너희들을 파멸시킬 것이다. 그것들은 메마르고 노란 먼지 속에서 태어났으며, 먼지와 더불어 폭동의 마음속으로 파고 들어간다. 하늘의 우레비가 내려와 먼지를 가라앉히면 너희들도 먼지와 더불어 사멸할 것이다.

조드치가 소용돌이치는 비구름을 바라본다.

시인 더 이상 당신을 보고 싶지 않아요. 저는 당신에게서 지혜를 배우고자 하였으나, 당신은 오만하고 늙었소. 당신은 저를 사랑하지 않습니다.

조드치 만일 내가 자네를 사랑하지 않는다면, 자네는 날 만나지 못했을 걸세.

시인 (두 손을 비비면서) 도대체 무엇을 해야 할까요?

조드치 여기 남도록 해라. 군중의 뒤를 따라가지 말라. 군중을 위해 폭동의 노래를 부르지 말라. 자네에게 명령하노니, 밤과 더불어 남아 있어라. 그런 밤에 사랑에 대해 말하는 고독한 자는 구원될 것이니.

조드치가 멀어진다. 시인은 바다로 내려가서 벤치 위에 앉는다. 순식간에 어둠이 켜켜이 쌓인다. 바람의 뿔피리가 울리고, 먼지가 소용돌이친다. 뇌우가 가까이 다가오고, 군중은 멀리서 웅성웅성 중얼거린다. 바닷가, 거기서부터 신호의 불길이 보인다. 위쪽 벤치 위로 조드치의 딸이 모습을 드러낸다. 바람이 그녀의 검은 머리털을 희롱한다. 그 사이에 그녀의 밝은 얼굴이 대낮 같다.

시인	네가 다가오는 소리가 들린다, 들려.
	그대는 다시 먼지 위로 올라가는군.
	유령처럼 눈 깜박할 사이에.
	새로운 먼지 속에서 그대는 사라질 터,
	새로운 바람이 그대를 데려 갈 것이다.
조드치의 딸	마지막으로 그대를 찾아왔다.
	좋지 않은 소식이 전해졌다.
	노란 먼지 속에서 마치 검은 새들처럼
	새로운 음모의 조각들이 질주하고 있다.
시인	밤이 다가오고 있어.
	바다 위에는 노을이 붉어지고 있군.
	납빛의 비구름들이 질주하네.
	잠자는 젊음이 나의 내부에서 잠을 깼어!
조드치의 딸	바닷바람이 유리를 깨뜨렸어!
	너의 영혼 속에서 바다가 엎질러진 거야!
	사악한 새들이 울부짖는 소리가 들려?
	납빛의 파도가 번쩍이는 소리가 들리니?

바람이 그녀의 검은 비단을 세게 잡아당기고, 그녀의 머리채 속에서 질주한다. 어둠이 짙어진다.

시인	아마도 사악한 시각에, 최후의 시각에

	손에 입술을 가져다 대거라.
	검은 구름장 아래 그것은 하얗게 되리니!
조드치의 딸	마지막으로 내 손을 건드려라.
시인	이 밤에 처음으로 나는 너를 알아보겠다.
조드치의 딸	너는 마지막으로 나를 본다.
시인	어째서 그리도 생생하게 청춘이 타오른 걸까?
	아마도 삶이 곧 전부 불타버리는 걸까?
	아마도 젊음이 떠나간 것일까, 왕녀여?
조드치의 딸	나는 너의 생명에 대하여 권리가 있다.
	나와 더불어 있는 자, 그는 해방될 것이다.
	나를 왕녀라 부르지 말라.
	나는 정신 나간 군중의 딸이다!
시인	가을바람이 그렇게 휘파람 소리를 냈지.
	먼지가 그렇게 구름처럼 날아다녔지.
	언제 나는 처음으로 보았던가,
	너의 가볍고, 너의 불가사의한 모습을!
조드치의 딸	나는 너에게서 영웅을 찾으려 했다.
	나는 두 눈으로 미래를 응시한 거야.
시인	너는 드높은 평온함에서 나에게로 내려왔다.
	지금 네가 바라보듯이 너는 노을을 응시하였지!
조드치의 딸	과거는 없다.

창백한 번개

시인	하지만 바람은 꿈의 테두리 속에서 유희하였고,
	그리고 네 앞에서 나는 해맑은 시인이었다.

50

	너의 바람에 사로잡힌 시인.
	너의 숙여진 두 눈 속에서
	나는 네가 날 사랑하고 있음을 읽었지.
조드치의 딸	과거는 잊어라. 과거는 없다.
시인	그러나 너는 한 손으로 날 만졌다!
	나는 그 손에 두 입술을 가져다 댔지!
	까만 너의 머리털 속에서
	왕녀의 왕관이 불타올랐어!
조드치의 딸	난 결코 왕녀가 아니었어!
	그런데 어떻게 나에게서 호사스러움을 찾아낸단 말이냐?
	난 군중의 가난한 딸이다.
시인	마지막으로, 거친 어둠 속에서
	나는 왕녀의 왕관이 불타오르는 것을 본다.
	까만 너의 머리털 속에서!
	아니면 번갯불이 미끄러져 나온 것인가?
	네 얼굴은 얼마나 밝아진 것이더냐!

번개의 창백한 빛 속에서 그녀의 검은 비단이 빛나고 있는 것이 보인다. 까만 머리털 속에서 왕관이 불타오른다. 그녀가 느닷없이 그를 끌어안는다. 먼 구역들에서, 머나먼 광장과 거리에서 다가오는 군중의 커지는 고함소리가 들려온다. 뇌우 몰아치는 밤이 떨리면서 불투명하고 뇌우로 가득 찬 광택 속에서 고함과 폭풍우의 울부짖음, 해변을 때리는 파도들의 흐느낌 때문에 목이 메는 듯하다.

조드치의 딸	(갑자기 자세를 바로잡고는 그를 밀쳐낸다.)
	바다가 해변으로 달려드는 것이 보이느냐?
	번개의 빛들이 불타오르는 것이 보이느냐?

형제들이 날 기다리고 있다! 잘 있거라!

칠흑 같은 어둠 속에서 그는 바다의 파도와 바다 위의 광장으로 밀려오는 군중 사이에 혼자
남는다. 그녀는 계단을 따라 올라가서 광장으로 들어선다. 야만적인 고함소리.

횃불 든 인간 (군중 속에서 질주한다. 바람에 붙들린 것처럼 질주하면서 외친다.)

방파제에서 신호가 왔다. 누군가 망루에서 배를 봤다.

연기 나는 불그스레한 빛을 퍼뜨리면서 새로운 횃불들이 나타난다. 검은 옷을 입은 키 큰
사람이 테라스 계단 가운데 하나 위에 나타난다.

검은 옷의 인간 그대들은 여기 모두 모였다. 밤이 다가오고 있다. 불행한 배의
도착을 위하여 그대들에게 지정된 최후의 시한이 지나갔다.

군중 속에서 울부짖음과 새된 소리.

자, 그런데 배는 없다! 굶주린 자들이여, 조심하라! 수난자들
이여, 조심하라! 당신들은 다시 한번 기만당할 것이다! 그들은
당신들에게 불가능한 행복을 약속한다! 모욕 받은 민중이여,
그대들의 파멸을 냉담하게 바라보는 자를 그대들의 손아귀로
보복하라. 바로 저기, 내 머리 위로!

한 손을 들어 왕을 가리킨다. 군중은 통곡소리로 대기를 휘젓는다. 바로 그 순간 검은 옷의
인물과 나란히 조드치의 딸이 나타난다. 그녀는 말없이 서서 움직이지 않고 군중을 바라본다.

군중 속의 목소리들

─여자 마법사다! 어째서 저 여자가 왔을까?

느닷없이 여자의 통곡이 터져 나온다.

─ 성녀여!

다른 목소리들 (그 말을 받아서 광장을 따라 구른다.)

스스로를 옹호하라! 우리 상처를 치료하라!

해방하라! 사람 살려! 우리에게 새 삶을 다오!

검은 옷을 입은 음모자가 사라진다. 조드치의 딸은 테라스의 계단을 따라 천천히 올라간다.
군중이 침묵한다.

누군가의 목소리 (명확하게 알아들을 수 있을 정도로 너무나도 흔한 목소리로 말한다.)

여자가 등장하는 본보기들은 역사에서 잘 알려져 있지… 그
래서 난 놀라지 않아…

어디선가 군중 속에서 광대의 붉은 모자가 아른거린다. 쉬하는 소리로 뒤덮인 그의 억눌린 웃
음소리가 들려온다. 조드치의 딸은 테라스에 모습을 드러내고는 왕에게서 몇 걸음 떨어진 곳에
멈춰 선다. 군중은 완전히 침묵한다. 마치 기다림의 희열로 죽어버린 것처럼 도시 위로는 오직
두 사람, 그녀와 왕만이 솟아오른다.

그녀 (가슴에서 울려나오는 낮은 목소리로 침묵을 깨뜨린다. 목소리는 마치 종소리
처럼 위에서 천천히 전해진다.)

왕이시여! 저의 두 손에 있는 미래여! 당신의 민중이 저에게
당신의 권력을 넘겼습니다.

침묵

왕이시여! 지금 당신을 타도할 수 있는 충분한 힘이 저의 내
부에 있습니다. 만일 저의 의지가 실행된다 해도 어느 누구도
당신의 늙은 유골에 눈물 흘리지 않을 겁니다.

침묵. 목소리는 마치 마지막으로 불타오르는 화톳불처럼 점점 생생하고 불안해진다.

왕이시여! 저는 당신을 죽이고 싶지 않습니다. 만일 당신이 죽는다면, 저기 저 노을의 좁다란 선(線)도 꺼질 테니까요. 빛을 끄는 것보다 더 많은 것을 저는 할 수 있답니다. 저는 당신에게 이전의 힘을 돌려드리겠어요. 당신에게 예전의 권력을 드리겠습니다. 자, 저는 당신에게 무구한 저의 육신을 드리겠어요, 왕이시여! 저의 젊음으로 인하여 당신의 고전적 이성 안에서 청춘이 활활 타오르도록 제 몸을 가지세요.

그 어떤 소리로도 침묵이 깨지지 않는다. 노을의 붉은 선이 창백해진다. 조드치의 딸이 앞으로 움직인다. 왕과 한 걸음을 사이에 두고 그녀는 무릎을 꿇고 마루에 주름져 드리워져 있는 왕의 망토에 입술을 가져다 댄다.
그녀는 창백한 얼굴로 일어서서 둔중한 목소리로 위에서 말한다.

건드리지 말아요. 그로 하여금 잠들도록, 별들을 바라보도록 합시다. 난 그에게서 아버지의 흔적을 알아보았어요.

그리고는 순종하는 움직임으로 평온한 그녀는 거대한 무릎을 끌어안고서 그의 발치에 앉는다. 그녀는 이제 황제인 아버지의 발치에 자리한 어린아이처럼 보인다. 군중은 한층 매혹된다. 놀라워하는 속삭임들이 질주한다. 여자들은 나지막하게 흐느낀다. 광대는 군중을 뚫고 바다로 지나가려 한다. 그는 낚시도구와 꾸러미를 가지고 있다. 그의 빨간 모자가 바람 때문에 흔들린다.

광대   (중얼거린다.)
바다는 오늘 지나치게 탁하다고 나는 말했다. 이 자리에서 나는 누구에게도 쓸모가 없다. 모두가 이성을 상실했는데, 누가 상식에 귀를 기울이겠는가. 당신들은 나를 다시 찾기 시작할 테지만, 때는 이미 늦었다. 이제 상식에게는 오직 하나의 수단만 남아 있다. 망명이다…

바다로 내려가서 그는 어둠 속으로 사라진다. 자기가 타고 온 배를 찾으러. 어린아이가 운다.
놀란 거지 어머니가 아이를 잠재우려고 하지만 울음은 숙지지 않는다. 그러자 여자 거지는
아이를 군중 위로 들어 올리면서 째지는 것 같은 목소리로 운다.

여자 거지　　　아이가 죽어가요!

남자 거지의 목소리 (가담한다.)

　　　　　　— 사람 살려! 나 죽네…

많은 목소리들

　　　　　　— 빵을! 우리를 속였다! 왕은 꺼져라! 궁전은 없어져라!

동일한 평범한 목소리

　　　　　　— 사람들을 환상으로 기르지 말라. 권력이 작동하지 않을 경
　　　　　　　우에는 스스로 일해야 한다.

　　공항. 바다로부터 무대로 사람들이 질주한다. 선두에 황금빛 옷을 입은 남자가 열심히 달린다.

황금 옷　　　(소리친다.) 배가 왔다! 행복! 행복!

　　멀리서 불화살이 날아오른다. 그 뒤를 이어 다른 화살이 날아오르고, 점점 자주 화살들이 난다.

군중 속의 목소리들

　　　　　　— 늦었어! 늦었다니까!

　　테라스 계단 위에 새처럼 뼈가 앙상한 검은 옷을 입은 남자가 뛰어나온다.

검은 옷　　　상식이 당신들을 버렸소! 보시오, 당신들에게는 양식도 집도
　　　　　　없소. 당신들은 소문의 지배 아래 있습니다. 당신들 사이에는
　　　　　　황금빛과 붉은 색의 악마들이 뛰어다니고 있소이다! 불태우
　　　　　　시오! 모든 걸 파괴하시오! 당신들이 내일을 책임질 수는 없
　　　　　　으니!

어둠으로부터 아래쪽에 시인이 나타난다. 환희에 가득 찬 그의 얼굴이 광장 위에서 빛난다.
순식간에 그는 군중 가운데 멈춰 선다.

시인   행복이 우리와 함께 있다! 배가 도착했소! 해방이다!

그는 테라스의 계단을 따라 자신의 마지막 오르기를 시작한다. 그가 걸음을 옮길 때마다 군중
의 광포함이 커진다. 걸음걸음마다 조드치의 딸이 위에서 그를 눈길로 환영한다.

시인   (오르면서) 천상의 장미여! 그대에게 가리라!

조드치의 딸   (왕의 발치에서) 그대는 아버지에게 가라.

시인   (더 높은 곳에서) 보라, 불화살과 천상의 장미 꽃잎들이 비처럼
           내리고 있다!

조드치의 딸   그대는 해방이다.

시인   (더 높은 곳에서) 그대 얼굴이 환해졌나니!

조드치의 딸   가까이, 더 가까이!

시인   (마지막 계단 위에서) 안녕하신가, 하늘이여!

조드치의 딸   더 위로! 좀더 위로! 나를 지나서 아버지께로 가라!

바로 그 순간에 격분한 군중이 시인의 뒤를 따라 계단으로 쏟아져 나온다. 아래에서 기둥들이
흔들린다. 고함소리와 울부짖는 소리들. 왕, 시인, 조드치의 딸, 그리고 일부 민중을 자기 쪽으
로 끌어들이면서 테라스가 무너진다. 횃불의 붉은 빛 속에서 사람들이 시체를 찾으며 아래에
서 뛰어다니는 것이 뚜렷하게 보인다. 그들은 망토의 돌 파편과 몸통 조각, 돌로 된 손을 들어
올린다. 공포에 질린 고함소리가 들린다.

〈동상! 돌로 된 우상! 왕은 어디에 있는가?〉

조드치   (파편들의 무더기 위에서 모습을 드러낸다. 군중이 잠잠해질 때까지 움직이지
           않고 기다린다.) 나는 사랑하는 아들을 여러분에게 보냈으나, 그
           대들은 그를 죽였소. 나는 그대들에게 다른 위로의 존재인 나

의 딸을 보냈지. 그대들은 그녀도 소중히 하지 않았다. 나는 그대들에게 권력을 창조했으며, 견고한 대리석을 다듬어 깎았소. 그리하여 그대들은 나의 재단기가 만들어낸 이 고대의 아름다운 고수머리에 매일 도취되곤 하였소. 그대들은 나의 창조를 파괴하였으며, 그리하여 그대들의 집은 비어 있소이다. 그러나 내일 세계는 예전과 다름없이 푸를 것이며, 바다 또한 그렇게 평온할 것이외다.

힘을 잃어 가는 개별적인 목소리들

　　　　　　― 누가 우릴 먹일 것인가? 누가 남편과 아이들을 돌려줄 것인가? 누가 우리의 고통을 달래준단 말인가?

조드치　천체를 움직이는 사람, 검은 대지를 비로 적시는 사람, 바다 위에 비구름을 모으는 사람, 그가 그대들을 먹일 것이다. 아버지께서 그대들을 먹일 것이다.

　그는 천천히 궁전의 잔해로부터 내려와 어둠 속으로 모습을 감춘다. 파괴의 장면 너머로 더 이상 단 하나의 불도 남아 있지 않다. 군중의 투덜거리는 소리가 바다의 파도소리와 합류한다.

1906년

별들에게
К звездам

등장인물

세르게이 니콜라예비치 테르노프스키 __ 외국으로 망명한 러시아 학자. 천문대 책임자.
많은 아카데미와 학회의 회원으로 저명한 인물. 56세. 그러나 외모로 보면 더 젊어 보인다.
움직임이 경쾌하며, 평온하고 매우 정확하다. 동작도 그 정도로 절제되어 있으며 정확하고,
잉여가 없다. 예의 바르고 주의 깊으나, 바로 그런 이유로 냉정하다는 인상을 준다.

인나 알렉산드로브나 테르노프스카야 __ 거의 같은 나이의 그의 아내.

니콜라이 __ 27세.

안나 __ 25세. 아름답지만 건조하다. 얼굴과 맞지 않게 옷을 입는다.

페챠 __ 18세. 창백하고 말쑥하며 병약하다. 검은 곱슬머리. 하얀 더블칼라.

발렌틴 알렉세예비치 베르호프쩨프 __ 안나의 남편. 30세 무렵. 붉은 머리. 자기 확신이 강하
고, 명령을 내리는 데 익숙하며, 조소하는 버릇이 있다. 때로 거칠다. 기술자.

마루샤 __ 니콜라이의 약혼자. 20세. 미인.

폴락 __ 건조하며, 키가 크고 커다란 대머리 두개골을 가지고 있으며, 정확하다. 32세.
기계적이다. 담배를 피운다.

이오시프 아브라모비치 룬쓰 __ 유대인. 28세. 기계를 정확하게 다루는 습관을 가지고 있기
때문에 절제와 정확성을 동작에 부여한다. 그러나 흥분할 경우에 룬쓰는 자제하지 못하며,
남방인 – 셈족의 열정을 가지고 동작을 한다.

바실리 바실리예비치 쥐토프 __ 나이를 잘 모름. 크고 털이 많으며 곰과 같은 인상.
언제나 앉아 있다. 독특하게 아름답다.

트레이치 __ 노동자. 30세. 피부가 검으며 야위었다. 매우 아름다우며 눈썹이 굽어 있다. 원시.
소박하고 신중하며, 입이 무겁다.

슈미트 __ 작은 키의 젊은이. 작지만 또렷한 용모. 세심하게 옷을 입는다.
가는 목소리로 말한다. 미미한 인상을 가지고 있다.

민나 __ 하녀.

프란츠 __ 하인.

노파

레오니드 안드레예프(Леонид Андреев, 1871~1919)

- 1871년 8월 9일 오룔 Орёл에서 관리가문의 아들로 출생.
- 모스크바 대학 법률학부 졸업. 신문 문예란과 법정 출입기자로 문예활동 시작.
- 1898년 최초의 단편 모음집 출간.
- 단편소설 〈거대한 투구 Большой шлем〉(1899), 〈도시 Город〉(1902) 등이 톨스토이와 고리키의 호평을 받음.
- 1904년 〈유령 Призраки〉에서 도시에 거주하는 가난뱅이, 수공업자와 같은 영락한 인간, 억압받고 학대받는 '작은 인간 маленький человек'의 주제를 다룸.
- 1904년 단편소설 〈붉은 웃음 Красный смех〉에서 러일전쟁의 공포를 작품화.
- 1906년 첫 번째 장막희곡 〈별들에게 К звездам〉 창작.
- 1907년 희곡 〈사바 Савва〉에서 무정부주의와 주인공 사바의 운명 묘사.
- 1907년 희곡 〈인간의 일생 Жизнь человека〉에서 표현주의 드라마 기법 선보임.
- 〈어둠 Тьма〉(1907), 〈기아 황제 Царь Голод〉(1908), 〈사슈카 제굴료프 Сашка Жегулёв〉(1912) 등의 희곡에서 무정부주의적이고 니힐리스트적인 폭동을 그림.
- 〈인간의 일생〉, 〈검은 가면들 Чёрные маски〉(1908), 〈아나테마 Анатэма〉(1910)에서 이해 불가능한 세계, 무기력한 이성, 비합리적인 세력의 지배 등을 그림.
- 1908년 세태적인 드라마 〈우리 삶의 나날들 Дни нашей жизни〉 창작.
- 1908년 이후 1915년 사이에 부르주아 가문의 도덕적 영락을 그린 일련의 희곡 〈안피사 Анфиса〉, 〈예카테리나 이바노브나 Екатерина Ивановна〉, 〈스토리친 교수 Профессор Сторицын〉 창작.
- 1915년 사실적이고 심리적인 드라마 〈뺨을 맞은 사나이 Тот, кто получает пощёчины〉 창작.
- 1917년 사회주의 혁명 이후 핀란드로 망명.
- 1919년 9월 12일 핀란드의 네이발 Нейвал 마을에서 서거.

제1막

Действие первое

산악지대의 천문대. 늦은 밤. 무대는 두 개의 방을 보여준다. 첫 번째 방은 식당 비슷한 큰 방으로 하얗고 두툼한 벽을 가지고 있다. 그 너머로 어둠 속에서 하얀 어떤 것이 뛰어다니는 창문들 옆에는 매우 넓은 창턱이 있다. 커다란 난로에는 장작이 불타고 있다. 장식은 소박하고 엄격하며, 푹신한 가구와 커튼이 없다. 몇 점의 판화가 있다. 천문학자들의 초상화와 예수를 가리키는 별에 인도되는 점성술사들. 도서관과 테르노프스키의 서재로 올라가는 계단. 뒤쪽 방은 드넓은 작업실. 전체적으로 첫 번째 방과 비슷하지만, 난로가 없다. 몇 개의 탁자. 별과 달 표면의 사진들과 몇 가지 지극히 소박한 도구들. 테르노프스키의 조수 폴락이 작업실에 앉아 있다. 방의 전면에서 인나 알렉산드로브나와 쥐토프가 이야기하고 있다. 페챠는 독서 중이다. 룬쓰는 앞뒤로 왔다 갔다 한다. 화덕에는 도이칠란트 여자 요리사가 커피를 준비한다. 창문 너머로 산악지대 눈보라의 울부짖음이 휘파람 소리를 낸다. 난로 안에서는 장작이 소리 내면서 갈라진다. 길 잃은 자들을 불러 모으며 종소리가 고르게 울려 퍼진다.

인나 알렉산드로브나　종이 울리네요, 종이 울려요. 계속해서 의미도 없이. 나흘 전에는 누군가 왔어야 했는데. 하염없이 앉아서 생각만 하는 거예요. 저기에는 아직도 사람들이 살아 있는 것일 까? 하는 생각 말이에요.

페챠　　　　　　　　(끼어들면서) 누가 와야 하는 거죠? 누가 이리로 온단 말이에요?

인나 알렉산드로브나 누군들 어떠냐! 저 아래서 누군가 올 수 있는 게지…

페챠 그들은 산을 오를 경황이 없을 거예요.

쥐토프 그래, 매우 어려운 상황이야. 포위된 도시처럼 길은 없어. 거기서도 여기서도.

인나 알렉산드로브나 이틀이 지나도 아무 일도 없겠죠.

쥐토프 이렇게 우린 앉아 있을 겁니다.

인나 알렉산드로브나 당신은 이야기하는 걸 좋아하죠, 바실리 바실리예비치. 당신은 곰처럼 한 주일을 지방으로 배부르게 지낼 테지만, 나와 세르게이 니콜라예비치는 어떻게 하죠?

쥐토프 그렇다면 당신이 그에게 식량을 만들어주세요. 그러면 우리도 만족할 겁니다. 룬쓰, 이봐 룬쓰 좀 앉지 그래!

룬쓰는 대답 없이 왔다 갔다 한다.

인나 알렉산드로브나 잠깐만! 정말로 누가 두드린 것 같은데요. 잠깐만요! (귀를 기울인다.) 아닌가 보네. 우리나라에는 없는 대단한 눈보라군요.

쥐토프 스텝에서는 종종 있지요…

인나 알렉산드로브나 스텝에는 산 적이 없어서… 모르겠네요. 얼마나 창문을 때려대는지!

페챠 헛되이 기다리는 거야, 엄마. 아무도 오지 않아.

인나 알렉산드로브나 혹시라도? (사이) 오래된 신문들을 읽고, 뭐… 읽고 또 읽고. 이오시프 아브라모비치, 당신은 뭔가 새로운 걸 듣지 않았나요?

룬쓰 (멈춰 서면서) 어디서 제가 들을 수 있겠어요? 정말로 이상

	하게 물으시네요. 정말이지 그건 불가능하니까요. 어디서 제가 들을 수 있을지, 몸소 판단해 보세요. 이상하군요!
인나 알렉산드로브나	뭐, 그냥… 화내지 말아요. 저기에는 무슨 일이 일어나고 있을까, 생각하면 영혼이 피범벅 되어서 말이에요! 맙소사!
쥐토프	싸우고 있어요.
인나 알렉산드로브나	싸운다고요! 당신은 참 편하게 이야기하는군요. 당신에게 는 저기에 가족이 없잖아요. 하지만 나한테는 아이들이 있어요! 그런데도 숲에서 그런 것처럼 아무것도 모르잖아 요. 숲에서 무슨 일이 일어나는지! 그래도 숲에는 새도 날 아다니고, 토끼가 내달리고 있는데, 여기서는…
룬쓰	(움직이면서) 아마도 저기에는 이미 완전한 승리가 있을지 모릅니다. 아마도 저기에는 이미 새로운 세계가 낡은 것 의 폐허 위에 있을지도 몰라요.
쥐토프	나는 그렇게 생각하지 않네. 그럴 것 같지 않아.
페챠	어째서 그렇게 생각하지 않으시나요? 당신은 읽었잖아 요? 내각이 사퇴하고, 도시 전체가 바리케이드로 둘러쳐 지고, 프롤레타리아가 이미 시청을 장악했다는 걸! 닷새 전에 무슨 일인가 일어났을 수 있다고요!
쥐토프	글쎄, 그럴 수도 있겠다만, 모르겠다. 룬쓰, 좀 앉으면 안 될까. 내가 계산한 바에 따르면, 당신은 요 며칠 동안 200 베르스타는 걸었을 거야.
룬쓰	내버려두세요! 내가 당신을 헤살 놓지 않듯이, 당신도 날 방해하지 말아요. 남의 삶에 끼어드는 것은 얼마나 비문 화적인가요. 당신에게 나는 말하지 않잖아요. "쥐토프, 매 번 졸지 말아요. 당신은 이미 엄청나게 잤잖아요." 나는

그렇게 말하지 않아요!

페차가 룬쓰에게 다가가 그와 함께 무엇인가에 대하여 나지막하게 이야기를 나눈다. 때때로
말을 교환하면서 그들은 나란히 왔다 간다 한다.

인나 알렉산드로브나   (쥐토프에게 나직하게) 정말 신경질적인 사람이죠! 어쨌거나,
바실리 바실리예비치. 커피 한잔 합시다. 어때요, 슬픔의
커피…

쥐토프   차를 마셨으면 좋겠네요.

인나 알렉산드로브나   뭐라고요! 이보세요, 차가 있다면 나도 차를 마시겠어요.
산딸기 잼과 함께라면. 좋아라.

쥐토프   저는 사탕조각을 갉아 먹으며 차를 마실 거예요.

인나 알렉산드로브나   그것 참! 당신이 이야기하세요, 바실리 바실리예비치. 나
는 여기 있는 모든 것에 익숙해졌어요. 모든 것에 말이죠.
여기 있는 산에도, 사람 없는 것에도. 하지만 자작나무는
잊을 수가 없어요. 조금만 생각하면 이내 떠올라요. 그래
서 두 시간 동안 중독이나 된 것처럼 우는 거예요. 우리
영지의 저택은 산 위에 있었어요. 주위에는 자작나무 숲
이었고. 얼마나 기막힌 숲인지! 비가 온 다음엔 그런 냄새
가 하늘로 올라가곤 했죠, 아아… 아아… (두 눈을 닦는다.)

쥐토프   기회가 있으면 두 달 정도 러시아에 가시지 그러세요.

인나 알렉산드로브나   그러면 누굴 그이와 함께 남겨두죠? 그이도 여러 번 나한
테 그런 얘길 했어요. 그런데 그게 가능한 일인가요! 갑
자기 그이가 아프기라도 한다면? 그이와 함께 나는 적지
않은 세월을 보냈어요.

쥐토프   제가 남겠습니다.

인나 알렉산드로브나	아니, 아니에요. 그렇게 말하지 말아요. 자작나무는 필요 없어요. 내친 김에 한 말이었어요. 아니에요, 아니라니까요. 여기도 좋아요. 봄이 오고 있어요…
쥐토프	만일 그를 시베리아로 보낸다면? 가실 건가요?
인나 알렉산드로브나	아니 왜 안 가겠어요? 시베리아에도 사람이 살잖아요. 그것 참!
쥐토프	당신은 훌륭한 분입니다, 인나 알렉산드로브나.
인나 알렉산드로브나	(상냥하게) 당신은 어리석군요. 어쩌면 늙은이들한테 그런 말을 할까요? 그건 그렇고, 바실리 바실리예비치. 왜 당신은 결혼하지 않나요? 당신도 여기서 살면 되잖아요. 나와 세르게이 니콜라예비치가 그런 것처럼.
쥐토프	아닙니다. 제가 어딜… 저는 정착하지 못하는 인간입니다.
인나 알렉산드로브나	(웃으며) 정말 그런 것 같아요.
쥐토프	아니, 틀림없습니다. 오늘은 여기, 내일은 저기. 저는 천문학도 곧 던져버릴 겁니다. 아직 호주에 가본 적이 없거든요.
인나 알렉산드로브나	왜, 거기 가려고요?
쥐토프	그렇습니다. 사람들이 어떻게 사는지 보려고요.
인나 알렉산드로브나	그런데 당신에겐 돈이 없잖아요. 돈을 가진 사람이 여행하기에 좋은 법이죠.
쥐토프	그래서 저는 여행하지 않습니다. 그렇습니다. 철도회사나 공장에 취직할 겁니다.
인나 알렉산드로브나	천문학자가 말이에요?
쥐토프	어떻습니까. 금방 일을 배울 겁니다. 저는 공학을 아니까요. 저는 조금만 있으면 돼요. 버릇없는 인간이니까요.

사이. 눈보라가 휘몰아치는 소리가 더 강해진다.

페챠	엄마, 아빠 어디 계시죠? 일하세요?
인나 알렉산드로브나	그래… 방해하지 말라고 부탁하셨다.
페챠	(어깨를 으쓱하면서) 아빠는 어떻게 이런 시간에 일하실 수 있을까! 이해가 안 돼요.
인나 알렉산드로브나	그럴 수 있단다. 만일 아빠가 엄청나게 광분한다면, 그게 낫겠니? 저기 폴락도 일하잖아.
페챠	그래요, 폴락도… 그에 대해선 말하지 않을래요. 폴락. (룬쓰와 나직하게 말한다.)
쥐토프	폴락은 재능 있는 사람입니다. 5년 후에 그는 유명인사가 될 거예요. 정력이 넘치는 사람이죠.

인나 알렉산드로브나가 웃는다.

왜 웃으세요? 그렇지 않습니까?

인나 알렉산드로브나	아니에요, 나는 그렇게 생각하지 않아요. 그 사람은 정말 괴짜예요. 때로는 좋지도 않고, 억제하지 못하거든요… 그는 어떤 기구와 비슷해요. 그 사람과 비슷한 어떤 기구가 있죠?
쥐토프	모르겠는데요.
인나 알렉산드로브나	아마 천체관측의일 거예요.
쥐토프	모르겠습니다. 어떻게 당신이 웃을 수 있는지, 놀랄 따름입니다.
인나 알렉산드로브나	(한숨을 내쉰다.) 웃지 않고는 살 수 없어요. 때로는 오직 웃음을 통해서만 구원되니까요. 그래서 당신한테 똑같은 애

길 해야겠어요. 그때 우리는 아이들과 가재도구를 가지고 러시아를 떠났어요… 일은 엉망이었지만, 표 살 돈은 구했죠. 그게 다였어요. 그런데 어떻게 그런 일이 일어났는지, 지금도 이해할 수가 없어요. 몽땅 잃어버린 거예요. 한 번도 잃어버린 적이 없었는데… 근데 거기서…

쥐토프 그게 어디였나요, 러시아였습니까?

인나 알렉산드로브나 만일 러시아에서 그랬다면, 국경을 넘을 수 있었을까요. 우리는 오스트리아의 어느 정거장에 있었어요… 아이들, 여행 가방들, 베개들… 베개를 바라보다가 큰소리로 웃기 시작했죠! 정말로! 지금은 재미나게 회상하지만.

쥐토프 말씀해주세요, 인나. 저는 지금도 전혀 모르고 있습니다. 왜 세르게이 니콜라예비치는 러시아에서 추방된 겁니까?

인나 알렉산드로브나 추방당한 게 아니라, 그이 스스로 떠난 거예요. 그이는 책임자와 말다툼을 벌였거든요. 그에게 어떤 추악한 서류에 서명하라고 했어요. 그이는 서명하지 않았고, 그 후에는 장관에게 불손하게 말했어요. 그래서 우리는 떠나왔고, 여기서 그이에게 천문대를 제안했어요. 12년 동안 우리는 바위에서 살고 있는 겁니다.

쥐토프 그렇다면, 그분은 돌아갈 수 있겠네요, 원하신다면?

인나 알렉산드로브나 왜요? 당신도 아시겠지만, 러시아에는 이런 천문대가 없어요.

쥐토프 하지만 자작나무가!

인나 알렉산드로브나 무슨, 부질없는 거예요! 잠깐만, 누군가 두드리네요.

눈보라의 울부짖는 소리

쥐토프	아닙니다. 그렇게 보일 따름이죠.
인나 알렉산드로브나	하지만, 그래도⋯ 민나, 나가서 알아보세요. 누가 왔는지. 종소리가 온 영혼을 기진맥진하게 만들어요. 마치 누군가가 걸어오거나 차를 타고 온다는 느낌이 계속해서 들어요. 들리나요?

눈보라의 울부짖는 소리. 종소리.

쥐토프	3월의 눈보라는 언제나 정말 흉포합니다. 저 아래는 봄인데, 여기는 한겨울이니까요. 아마 복숭아꽃이 벌써 피었을 겁니다.
민나	아무도 없습니다.
인나 알렉산드로브나	저기에는 무슨 일이 일어나고 있을까! 저기에는 무슨 일이 일어나고 있을까! 중요한 건, 콜렌카 때문에 걱정이에요. 아시다시피 그 아인 아무것도 돌아보지 않는 사람이라서. 총도 대포도 거들떠보지 않는다니까요. 맙소사! 이것에 대해선 조금도 생각할 수 없어요! 어떤 소식이라도 있다면⋯ 나흘 동안 무덤 속에 있는 것처럼 지내다니.
쥐토프	잘 될 겁니다. 곧 모든 걸 아시게 될 거예요. 기압계가 올라가고 있어요.
인나 알렉산드로브나	자신의 일을 위해서 싸우는 것이 중요해요. 그런데 그 아이 일이란 게 남들과 남의 나라거든요!
페챠	(열을 내서) 니콜라이는 기사야. 그들이 누구든지 간에 형은 억눌린 사람들 편이에요. 모든 사람들은 똑같아요. 누구의 나라든지 모든 게 마찬가지예요.
룬쓰	남들이라고요! 국가와 정부, 저는 그런 건 모릅니다. 남이

라든가, 정부라든가, 그게 뭡니까? 바로 그런 분리가 노예를 만들어내는 겁니다. 왜냐하면 어떤 집이 강탈당하면, 다른 집에서는 편안하게 앉아 있고, 어느 집에서 살육이 벌어지면, 다른 집에서는 이렇게 말하거든요. '이건 우리와 상관없어.' 우리들! 남들! 저는 유대인입니다. 저에겐 제 나라가 없습니다. 그렇다면 저는 모든 사람에게 남인 겁니까? 아니, 저는 모든 사람에게 집안 식구죠. 그렇습니다… (왔다 갔다 한다.) 그렇다고요!

페챠   물론이에요. 땅을 어떤 영역으로 나누는 것은 속 좁은 짓입니다.

룬쓰   (왔다 갔다 한다.) 그래요. 오직 이런 말만 들립니다. 우리들, 남들! 흑인들, 유대인들!

인나 알렉산드로브나 당신은 또다시 자기 쪽으로 방향을 돌렸군요. 부끄럽지 않아요! 내가 무슨 말을 했더라? 콜렌카가 서툴게 행동한다고 말하지 않았나요? 그런데 내 스스로 그 앨 보냈으니 말이죠. 난 이렇게 말했어요. '애야, 서둘러 가거라. 그렇지 않으면, 넌 여기서 훨씬 더 괴로워할 거니까.' 맙소사. 내 가슴이 괴로움에 지쳐 있으니 콜랴도 나쁠 거예요. 한 주일 내내 나는 그런 고통 속에서 살고 있어요. 그런 고통 속에서… 당신들은 잠을 자지만, 나는 눈을 감을 수가 없어요. 계속해서 듣고 또 들어요. 눈보라와 종소리, 종소리와 눈보라. 흐느끼면서 누군가를 매장하는 소리… 아니에요. 나는 콜류쉬카를 보지 못할 겁니다!

눈보라, 종소리.

페챠	(상냥하게) 진정하세요, 엄마. 모든 게 잘 될 거야. 거기에서 형은 혼자가 아니잖아요? 어째서 형에겐 꼭 무슨 일이 생기는 걸까요? 진정하세요.
쥐토프	당연히 마루샤가 그와 함께 있고, 안나 세르게예브나가 남편과 함께 있습니다. 어쨌든 그들은 조심할 겁니다. 그런데다가 아시다시피, 모두가 그를 무척 사랑합니다. 그에게는 지금 수행원이 있어요. 마치 장군처럼. 그래서 헛되이 파멸하지는 않을 겁니다.
인나 알렉산드로브나	알아요. 알고 있어요. 뭘 하겠어요! 하지만 마루샤에 대해서는 말하지 말아요. 안나는 신중한 여성이지만, 마루샤는 스스로 앞장설 거예요. 난 그 아일 알아요.
페챠	그래서 엄마, 뭘 바라시는 거예요? 마루샤가 숨기를 바라는 거야?
인나 알렉산드로브나	또… 그래 너희들 원하는 만큼 싸워보라고, 그렇게 말해야겠니? 그저 나를 안심시키려고 하지는 마라. 나도 알고 있어. 내가 어린애가 아니란 걸 말이다. 조금 더 젊었을 때 난 늑대하고도 싸웠다. 그렇다니까!
쥐토프	늑대하고요? 당신이 그런 분이라니, 기대하지 않았습니다. 어떻게 그럴 수가?
인나 알렉산드로브나	시시한 일이죠. 언젠가 한번 겨울밤에 혼자 말을 타고 나갔는데, 놈들이 날 공격했어요. 난 방어사격을 했죠. 놈들은 지금까지도 날 흥분시키고 있어요.
쥐토프	총 쏘실 줄 아세요?
인나 알렉산드로브나	바실리 바실리예비치, 이런 인생에서 무엇인들 배우지 않았겠어요. 나는 세르게이 니콜라예비치와 함께 투르케스

70

탄으로 탐사를 나갔는데, 1,500 베르스타를 말을 타고 다녔어요. 마치 남자처럼 말이죠. 어디 그뿐인가요! 한 번은 물에 빠졌고, 두 번은 열이 높았어요… (나직하게) 당신한테만 하는 이야기지만요, 바실리 바실리예비치. 아이들 아픈 것보다 더 무서운 건 세상에 없어요. 한번은, 그때도 탐사 중이었는데, 콜류쉬카가 후두염에 걸렸어요. 그런데 우린 처음에 그게 디프테리아인 줄 알았어요. 그러니 어땠겠어요! 의사도 없고, 약도 없고, 가까운 거주지도 50 베르스타 정도나 그 이상 떨어져 있었죠. 난 천막 밖으로 달려 나가, 땅에 쓰러졌어요… 회상하기도 두렵네요. 아시겠지만, 두 아이가 죽었거든요. 한 아인 7살이었는데, 세료젠카였고, 다른 아인 아직 젖먹이였죠. 한번은 아뉴타도 죽을 뻔 했는데, 그것도 기억나네요… 우리들 어머니의 운명은 고통스러워요, 바실리 바실리예비치… 아이들이 잘 자라는 것은 하느님의 축복이죠.

쥐토프	그래요. 당신의 니콜라이 세르게예비치는 놀라운 분입니다.
인나 알렉산드로브나	콜랴! 참 많은 사람들을 보았지만, 그런 사람은 아직 만나지 못했어요. 내가 '남의 일이야'라고 말하자마자, 내가 이기주의자라는 사실이 곧바로 명백해지는 거예요… 만일 사자가 개미굴을 파괴하는 걸 본다면, 콜랴는 혼자 맨손으로 사자를 향해 달려들 겁니다. 그는 그런 인간이죠! 저기에는 무슨 일이 일어나고 있을까요! 무슨 일이 일어나고 있을까!
쥐토프	만일 제가 그토록 호주에 가고 싶지 않다면…
폴락	(들어온다.) 존경하는 인나 알렉산드로브나, 혹시 검은색 커

	피 잔을 찾지 못하셨나요?
인나 알렉산드로브나	어떻게 찾지 못하겠어요? 찾았어요! 민나! (나간다.)
쥐토프	어떻게 돼가나, 친구?
폴락	좋습니다. 그런데 당신은 아무것도 하지 않으시네요?
쥐토프	날씨가… 여기서 무슨 일을! 게다가 그런 사건까지…
폴락	러시아인의 게으름 아닌가요?
쥐토프	게으름일 수도 있겠군. 누가 알겠나?
폴락	좋지 않습니다, 동지. 룬쓰, 세르게이 니콜라예비치가 위탁한 계산을 했소?
룬쓰	(날카롭게) 아뇨.
폴락	부당합니다.
룬쓰	부당하든, 부당하지 않든, 당신이 상관할 바 아닙니다. 당신도 나와 똑같은 조수고, 그래서 나에게 이러쿵저러쿵 할 권리가 없다고요. 그래요.
폴락	(어깨를 으쓱하면서 돌아선다.) 쥐토프, 저쪽으로 커피를 가져달라고 말씀해 주세요.
쥐토프	알겠네. 세르게이 니콜라예비치는 지금 무슨 일을 하시나? 나는 그 동안 일을 놓아서 말이야.
폴락	그분 하시는 일은 대단합니다! 저도 많은 일을 할 수 있지만, 세르게이 니콜라예비치의 끈기와 두뇌능력에 경탄하고 있습니다. 저항, 그 선동적인 저항이 우리 기구들처럼 그분에게도 없거든요. 그래서 그는 시계의 메커니즘 같은 정확성을 가지고 일합니다. 그의 계산에서는 30년이 넘도록 단 하나의 오류도 찾을 수 없을 거라고 확신합니다.
룬쓰	(경청하면서) 그는 단순한 일꾼이 아니라, 재능 있는 분입니다.

폴락	완전히 옳은 말입니다. 그가 가지고 있는 숫자는 병사들처럼 살아서 움직입니다.
룬쓰	당신은 모든 걸 규율로 귀결시키는군요. 융커의 문학이라니!
폴락	규율이 없다면 이기지 못하죠, 룬쓰
쥐토프	맞아!
룬쓰	그에 대해서는 내가 당신보다 낫게 생각해요. 내 생각으로 그는 영원성을 보고 있습니다. 마치 우리가 벽을 보듯이, 그걸 보고 있다니까요. 그렇습니다!
폴락	이의 없습니다. 혁명이 끝났는지 아닌지, 여러분에겐 정보가 없습니까?
쥐토프	여기에 무슨 정보가 있겠나! 마당에 무슨 일이 일어나고 있는지, 들리시나?
폴락	상황을 시야에서 잃어버렸습니다.
페챠	최근 신문에 따르면…
폴락	아니, 아니야. 언제 이 모든 것이 끝날지 말해주세요. 자세한 것을 알고 싶지는 않으니까요.
인나 알렉산드로브나	(들어온다.) 아무도 없네요. 보려고 나갔어요. 인기척이 없어요.
폴락	존경하는 인나 알렉산드로브나, 커피 한잔을 저쪽으로 주십사고 부탁드립니다.
인나 알렉산드로브나	좋아요, 좋습니다. 일하세요. 지금은 일하는 것이 바로 행복이니까요.

폴락은 두 번째 방으로 간다.

페챠	무슨 일인가를 하는 것이 부정직할 때도 있다고 생각해요.
인나 알렉산드로브나	페챠, 페챠!

페챠	어쩔 수 없어요! 왜 날 저리로 놔주지 않는 거예요? 여기서 난 미칠 지경이에요, 이 벽촌에서!
인나 알렉산드로브나	페체츠카, 넌 아직 열여덟 살도 안 됐잖니.
페챠	니콜라이는 열아홉 살 때 이미 감옥에 갔어요!
인나 알렉산드로브나	그게 뭐 좋은 일이라고?
페챠	형은 일했어요!
인나 알렉산드로브나	어휴 맙소사. 그렇다면 아버지와 이야기해보렴… 아버지 말씀대로 하면 되니까.
페챠	아버지는 떠나라고 말씀하세요.
쥐토프	도대체 일이 어떻게 된 거지?
페챠	모르겠어요, 할 수 없다고요. 저기에는 그토록 위대한 투쟁이 벌어지고 있는데, 나는… 난 할 수 없어요, 할 수 없다고요! (나간다.)
룬쓰	페챠의 신경이 다시 날카로워졌군요. 인나 알렉산드로브나, 페챠에게 관심을 가지세요. (페챠의 뒤를 따라간다.)
인나 알렉산드로브나	뭘 해야죠? 맙소사, 맙소사!
쥐토프	괜찮아요, 지나갈 겁니다.
인나 알렉산드로브나	여자애처럼 부드러운 녀석인데… 어딜 가겠다고! 요즘 그 아이한테 무슨 일이 생긴 거라고요! 여기 있는 룬쓰만 해도 그래요. 그 사람을 진정시켜야 합니다. 안 그러면 그는…
쥐토프	그래요. 룬쓰 자신에게도 히스테리가 생겨날 수 있으니, 조심하세요.
인나 알렉산드로브나	알고 있어요. 바실리 바실리예비치, 고마워요. 당신은 여전히 침착하군요. 설령 관 속으로 들어가 죽어라 해도 말

이죠.

쥐토프   저야 뭐. 저는 언제나 평온합니다. 성격이 그렇거든요. 어
         떨 땐 조금 흥분했으면 좋겠는데, 그렇게 되지 않습니다.

인나 알렉산드로브나 좋은 성격이에요.

쥐토프   모르겠습니다. 물론 편리한 성격이지요. 다만 신문이 없
         는 게 유감입니다. 사람들이 저기서 얼마나 흥분하고 있
         는지 읽고 싶어요.

인나 알렉산드로브나 4년 전 룬쓰가 아직 대학생 신분으로 여기 왔을 때, 국경
         너머에서 그의 양친이 살해당했다는 사실을 알고 있나요?
         유대인 학살시기에 말이에요…

쥐토프   압니다. 들었어요.

인나   그는 스스로 이것에 대하여 결코 말하지도 입 밖에 내지
         도 않아요. 불행한 젊은이에요… 때로는 눈물 없이 그를
         볼 수가 없어요. 다시 두드리는 거죠?

쥐토프   아닙니다.

인나 알렉산드로브나 3년 전 이런 날씨에 행상인이 우리한테 왔어요. 초주검
         이 돼서요. 하지만 몸이 녹자마자 곧바로 장사를 시작하
         더군요.

쥐토프   바로 그 행상인처럼 저는 호주로 가려고 합니다.

인나 알렉산드로브나 영어를 모르잖아요.

쥐토프   조금 압니다. 캘리포니아에서 배웠거든요.

인나 알렉산드로브나 그렇군요. 어쨌든 난 신문을 읽을 거예요. 다른 것에 대
         해선 생각할 수 없어요. 당신도 무엇인가 읽을 테죠, 바실
         리 바실리예비치.

쥐토프   그러고 싶지 않습니다. 난로 옆에 앉아 있을 겁니다.

인나 알렉산드로브나는 안경을 끼고 신문을 검토한다. 쥐토프는 난로 옆에 앉는다. 폴락은
일하고 있다. 눈보라, 종소리.

인나 알렉산드로브나 세르게이 니콜라예비치는 무얼 하실까? 벌써 이틀 동안
보질 못했으니. 저기서 마시고 먹고 하시니 말이죠. 들어
오라고 하시지 않으니.

쥐토프 네에.

사이

인나 알렉산드로브나 (읽는다.) 참 두렵군요! 바실리 바실리예비치, 기관총이 뭐
예요?

쥐토프 특별한 대포 같은 겁니다.

사이. 민나가 폴락에게 커피를 가져온다.

인나 알렉산드로브나 내가 기관총을 손에 넣게 된다면, 그걸…

쥐토프 네에. 심각한 농담이 되겠죠.

사이

인나 알렉산드로브나 대단한 눈보라군요! 읽을 수가 없네요. 만일 당신이 호주
로 떠난다면, 바실리 바실리예비치. 당신을 그리워할 거
예요. 가지 마세요, 네?

쥐토프 그럴 수 없습니다. 저는 정착하지 못하는 인간입니다. 지
구 전체를 공처럼 만져보고 싶어요, 인나 알렉산드로브나.
지구가 어떤지. 호주에서 인도로 갈 겁니다. 자유롭게 돌
아다니는 호랑이를 아직 보지 못했거든요.

인나 알렉산드로브나	무엇 때문에 그런 것들이 당신한테 필요한가요?
쥐토프	모릅니다. 저는 보는 게 좋아요, 인나 알렉산드로브나. 이 모든 것처럼 말입니다. 우리 농촌에는 언덕이 있었는데, 아직 어렸을 때, 저는 몇날 며칠이고 앉아서 모든 걸 봤어요. 천문학도 저는 보기 위해 공부했습니다. 하지만 계산은 싫어요. 이천만 마일이나 삼천만 마일이나 마찬가지 아닌가요? 그리고 이야기하는 것도 좋아하지 않습니다.
인나 알렉산드로브나	그래요, 알았어요. 그만 하리다. 자기 자신을 보세요.

사이. 눈보라. 종소리.

쥐토프	(돌아보지 않은 채) 세르게이 니콜라예비치와 함께 캐나다로 가십니까? 식(蝕)을 보러?
인나 알렉산드로브나	네? 캐나다요? 가야죠. 그이가 어떻게 나 없이 갈 수 있겠어요?
쥐토프	힘들 겁니다. 멀거든요.
인나 알렉산드로브나	사소한 일이에요. 여기 있는 모든 일이 잘 되기만 한다면. 맙소사, 생각만 해도 두려워요!

침묵. 눈보라. 종소리.

바실리 바실리예비치!

쥐토프	네?
인나 알렉산드로브나	들리나요?
쥐토프	아뇨.
인나 알렉산드로브나	다시 무엇인가 나타난 것 같아요.

사이

바실리 바실리예비치, 들리세요?

쥐토프 글쎄요?

인나 알렉산드로브나 누군가 총을 쐈어요.

쥐토프 어디서 이리로 총을 쏩니까? 단지 환청입니다.

인나 알렉산드로브나 하지만 확실히 들었어요.

사이. 멀리서 총소리.

쥐토프 어허! 총을 쏘네요!

인나 알렉산드로브나 (달려나간다.) 민나, 민나! 프란츠!

쥐토프가 천천히 일어난다. 두 번째 총소리는 좀더 가깝다. 페챠와 룬쓰가 빠르게 지나간다.

페챠 이게 뭐죠?

룬쓰 몰라. 가자!

쥐토프는 창가에서 귀를 기울인다. 폴락은 머리를 돌려 빈 방을 보고는 다시 일한다. 어디선가
문이 쿵하는 소리를 낸다. 개 짖는 소리.

인나 알렉산드로브나 (들어온다.) 사람들을 불칸과 함께 보냈어요. 아마도 누군가
길을 잃은 모양이에요.

쥐토프 종소리는요?

인나 알렉산드로브나 저쪽에서 불어오는 바람 탓이죠. 총소리가 얼마나 선명한
지, 들었죠?

폴락 (들어온다.) 저는 아무짝에도 쓸모가 없습니까?

인나 알렉산드로브나 지금은 없어. 뜨거운 음식을 준비해야 하니까요.

문이 다시 쿵하는 소리를 낸다. 말소리가 들린다. 모든 사람들과 함께 안나와 트레이치가 눈을 뒤집어 쓴 채 베르호프쎄프를 데리고 들어온다.

인나 알렉산드로브나 (문지방에서) 이게 무슨 일이냐? 안나냐?

안나 (머릿수건을 벗으며) 엄마, 빨리 뭐든 뜨거운 음식을 좀 주세요. 죽을 지경이에요. 발렌틴이 동상에 걸리지나 않을까 걱정이에요. 빨리! (반쯤 실신상태에서 의자에 쓰러진다.)

인나 알렉산드로브나 (실려 온 사람에게 서둘러 다가간다.) 발렌틴! 어떻게 된 거야?

트레이치 부상당했습니다.

베로호프쎄프 (힘없이) 저… 불안해하지 마세요… 장모님. 대단치 않아요… 다리가…

인나 알렉산드로브나 이 사람은 누군가?

트레이치 친굽니다.

인나 알렉산드로브나 (원초적인 공포를 가지고 주위를 돌아본다.) 콜랴는?

사이. 페챠가 눈물을 글썽이며 인나 알렉산드로브나에게 달려든다.

페챠 엄마, 엄마! 괜찮아, 놀라지 마. 괜찮다니까.

인나 알렉산드로브나 (가볍게 그를 밀어내면서 한결 침착하게) 콜랴는 어디 있는 게냐?

안나 (제정신이 들어 부상자 주위를 살피기 시작하면서) 어휴, 엄마! 특별한 일도 아니야. 오빠 감옥에 있어.

룬쓰 그래요? 잠깐, 잠깐만요. 이해할 수가 없군요. 무슨 말이죠?

인나 알렉산드로브나 감옥이라니! 어떤 감옥 말이냐?

안나 이런 맙소사. 어떻게 이해할 수가 없나요. 우린 도망쳤어요… 이게 전붑니다… 그래서 여기 숨으려고 하는 거예요.

폴락	혁명은 끝난 겁니까?
룬쓰	하지만 이해가 안 됩니다. 정말이지?
트레이치	그래요. 우리가 졌습니다.

사이

안나	엄마, 뜨거운 음식을 준비해줘요! 물과 코냑도… 솜 있죠?
인나 알렉산드로브나	곧 준비하마. 민나! (나간다.) 감옥에 있다니!
쥐토프	세르게이 니콜라예비치를 불러야겠어요.
인나 알렉산드로브나	내가 부르러 가겠어요.
폴락	제발 말씀해주세요. 어떻게 된 일인지… 미스터…
트레이치	트레이칩니다.
베르호프쎄프	(힘없이) 트레이치가 없었으면… 나는 골로 갔을 겁니다. 안나, 그렇게 부산대지 마. 난 정말이지 좋아…
안나	어떻게 여기까지 왔는지, 모르겠어요! 너무도 무서웠어요. 우리는 오늘 여덟시부터 산에 있었어요. 온종일. 국경에서는 하마터면 체포될 뻔했고요.
룬쓰	믿을 수가 없군요…
페챠	발랴, 무슨 일이에요? 아파요, 자형?
베르호프쎄프	다리에 구멍이 났어… 파편 때문에… 그리고 머리도… 얼마간. 별거 아니야.
룬쓰	당신들에게 폭탄을 날렸군요?
베르호프쎄프	부르주아들이… 막아낸 겁니다… 그럴 듯하게.
안나	발렌틴, 말하면 안 돼. 얼마나 무서웠던지, 정말로 무서웠어! 폭탄이 수천수만의 사람들을 살상하면서 산탄으로 날았어요! 시청 옆에서 시체들의 산을 보았고요.

인나 알렉산드로브나	(다가온다.) 그런데 콜랴는? 콜랴에 대해 말해주세요.
안나	사실은, 오빠가 어디 있는지 몰라요.
인나 알렉산드로브나	뭐라고? 네가 말했잖아…
페챠	마루샤도 없어요! 뭔가 감추고 있는 거예요. 방금 말했잖아요, 룬쓰…
룬쓰	페챠, 페챠! 그냥 생각한 거야! 난 믿을 수가 없어…
안나	꼭 감춰야 해.
트레이치	진정하십시오, 테르노프스카야 부인. 니콜라이가 살아 있다고 확신합니다.
안나	트레이치가 말할 거예요. 그는 바리케이드 위에 콜랴와 나란히 있었거든요.
트레이치	바리케이드가 거의 군대 수중으로 떨어지는 마지막 순간에 니콜라이는 부상당했습니다. 그는 내 옆에 서 있었고, 그래서 그가 쓰러지는 걸 보았습니다.
인나 알렉산드로브나	맙소사! 위험했겠군요? 필시 죽은 건 아닌가요? 말하세요!
트레이치	위험하다고는 생각하지 않습니다.
프란츠	(들어온다.) 교수님께서 곧 오시겠다고 말씀드리라고 하십니다.
안나	당연하지. 뭐 서두를 게 있겠어!
인나 알렉산드로브나	그만, 그만! 말해보세요!
트레이치	아마 총탄이나 산탄에 어깨를 부상당한 것 같습니다. 처음에는 의식이 있었는데, 그 다음에 기절했습니다. 저는 그를 골목까지 데려갔습니다만, 거기서 용기병 분견대와 마주쳤습니다. 저는 오랫동안 싸울 수 없었지요. 오히려

그것이 그를 총살의 위험에 처하게 할 것이기 때문입니다. 그래서 그의 육신을 남겨두고, 아군 쪽으로 귀환했습니다. 지금 그는 아마 감옥에 있을 겁니다.

인나 알렉산드로브나 (흐느껴 운다.) 콜류쉬카, 콜류쉬카! 그런데 우리는 앉아서 아무것도 모르다니. 내 마음이 예감했구나, 예감했어. 그런데, 위험하진 않을까요? 말해 봐요! 네?

트레이치 그렇게 생각하지 않습니다.

페챠 마루샤는요? 어째서 마루샤에 대해선 말하지 않는 거죠? 죽었나요?

안나 무슨 소리! 발랴, 코냑 든 물 줄까?

트레이치 우리는 그녀를 잠시 보았습니다. 그녀는 니콜라이 동지를 찾으려고 남았어요!

인나 알렉산드로브나 아아, 마루시카! 대단해, 정말로! 그래야지, 그래야 하고말고. 대단한 처녀니까! 어떤가요, 트레이치. 코냑을 드릴까요? 얼굴이 창백하군요. 마셔요. 당신에게 키스하고 싶지만, 당신 형제가 그걸 좋아하지 않을 듯싶네요.

트레이치 특별한 영광으로 생각합니다.

그들은 키스한다.

인나 알렉산드로브나 아아 너, 마루시카, 마루시카! 그리고 그 아이도… 민나! (나간다.)

룬쓰 (거의 이성을 잃은 듯) 그러니까, 수포로 돌아갔단 말입니까?

폴락 명백해요.

룬쓰 말하자면, 이 모든 피가, 수많은 희생이, 미증유의 투쟁이 헛된 것이라고… 이것이… 이것이… 저주받을! 어째서 나는 여기 있었을까요? 어째서 나는 거기에 눕지 못했을까요? 형제들과 함께?

베르호프쎄프	어떻게… 당신은… 부르주아가… 그렇게 금방 넘겨주기를… 바라죠… 토지에 대한 자기들의 지배권을? 부르주아는… 바보가 아니에요. 그리고 당신에게는 누울 시간이 충분합니다.
트레이치	투쟁은 끝나지 않았습니다.
폴락	당신은 노동잡니까, 트레이치 씨?
트레이치	그렇습니다. 그건 그렇고 저는 테르노프스카야 부인에게 말하지 않았습니다. 왜냐하면, 부인을 괜히 불안하게 만들까봐서요. 니콜라이는 총살되었을 가능성도 있습니다.
페챠	총살!
트레이치	이리로 오는 도중에 이미 그놈들이 모든 포로를 재판도 없이 총살하는 소리를 들었어요… 부상자들도 마찬가지로.
페챠	(몸을 부르르 떨고는 두 손으로 얼굴을 감싼다.) 오오 무서워!
룬쓰	짐승 같은 놈들! 그놈들은 언제나 인간의 피를 먹고 살아요. 그자들은 인간의 피로 목까지 채운다니까.
베르호프쎄프	그래요… 그들이 채식… 주의자들인 적은 없었어요.
룬쓰	당신은 어떻게 농담을 할 수 있나요.
안나	발랴, 당신은 말하면 안 된단 말이야.
베르호프쎄프	구멍 난 발이… 나를 그런… 분위기로 인도하는군. 침묵할게, 안나. 피로하군. 다만… 보고 싶구면… 점성술사의 얼굴을…
트레이치	조용히.

인나 알렉산드로브나가 들어온다.

그들은 투쟁하고 있어요. 그리고 물론 우리는 그들에게 투쟁방침을 지시할 수 없습니다.

쥐토프   세르게이 니콜라예비치가 오시네요.

계단 위로 세르게이 니콜라예비치가 모습을 드러낸다. 움직이면서 말한다.

세르게이 니콜라예비치 무슨 일이냐? 니콜라이는 어디 있느냐?

인나 알렉산드로브나 놀라지 마세요, 아버지. 그 아인 부상당해서 감옥에 있대요.

세르게이 니콜라예비치 (멈춰 서면서, 위에서) 정말로 저쪽에서는 여전히 죽이고 있는 것일까? 정말로 저기에는 여전히 감옥이 있는 것일까?

베르호프쎄프 (악의를 가지고) 불시에… 나타나셨군.

막

Занавес

84

제 2 막

Действие второе

산악지방의 맑은 봄날 아침. 하늘은 구름 한 점 없고, 모든 것은 햇빛으로 가득 차 있다. 오른쪽 깊은 곳에는 위로 올라가는 탑이 있는 천문대 건물 모퉁이. 가운데는 마당. 거기에 마치 수도원에서 그런 것처럼 아스팔트로 길이 부설되어 있다. 고르지 않은 마당은 아래로 내려가는데, 무대 뒤쪽으로 낮은 돌담과 문들이 있다. 그 너머로 산들이 이어져 있는데, 천문대가 자리하고 있는 산보다 높지는 않다. 왼쪽과 무대전면 가까이에 집 모퉁이가 있는데, 집에는 절벽 위의 돌베란다가 딸려 있다. 식물이라고는 찾아볼 수 없다. 제1막에서 3주의 시간이 흘렀다. 베르호프쩨프는 바퀴 달린 안락의자에 앉아 있다. 안나가 그것을 앞뒤로 끌고 다닌다. 쥐토프는 벽 주위에 앉아서 햇볕을 쬐고 있다. 모두 봄옷을 입고 있는데, 쥐토프만 신사복을 입고 있다.

쥐토프	(앉는다.) 안나 세르게예브나, 내가 좀더 멀리 밀어볼까요?
안나	아뇨, 그냥 앉아 계세요. 누구든 폐를 끼치고 싶지 않아요. 당신 괜찮아, 발랴?
베르호프쩨프	좋아. 다만 우리는 쥐덫에 걸린 쥐처럼 같은 곳을 빙글빙글 돌고 있는 거지. 나를 쥐토프와 나란히 세워둬. 나도 태양으로부터 에너지를 축적하고 싶으니까. 그래, 좋아. 즐겁군!
안나	어째서 일하지 않나요, 쥐토프?

쥐토프	날씨가 대단해요. 봄날의 햇빛이 이렇게 빛나면 방안에 앉아 있을 수 없어요. 그래서 햇볕을 쬐고 또 쬐고 있지요…
베르호프쎄프	쥐토프, 당신은 터키사람 아니죠?
쥐토프	네, 아닙니다.
베르호프쎄프	어떻게 그럴 수 있나요. 그런 식으로 앉아서 배꼽을 들여다보거나 아니면 어떻게 저기서…
쥐토프	아니에요, 난 터키사람이 아닙니다.
베르호프쎄프	당신을 이해합니다. 양지바른 곳에 있으니 좋군요. 니콜이 안 됐어요. 이런 만족을 누릴 수 없으니까요. 나는 슈테른베르크 감옥을 압니다. 거기서는 태양은 물론이고, 하늘도 보이지 않아요. 거기에 불과 한 달 동안 갇혀 있었는데, 습기 때문에 온몸이 습포 투성이가 되고 말았어요. 지긋지긋해!
안나	오빠가 살아 있다는 것만으로도 좋아. 총살당했을 거라고 확신했으니까.
베르호프쎄프	기다려, 아직은 일이 그렇게 된 건 아니니까. 모든 걸 빨리 알려면, 마루시카를 깨워야 해.
쥐토프	그녀는 늦게 도착했어요.
베르호프쎄프	들었습니다. 그녀가 노래로 집안 전체를 깨웠으니까요. 이런 무덤 속에서 누가 노래할 수 있을까, 하고 놀랐어요. 폴락이 새로운 별을 발견한 것은 아닌가, 생각했죠.
쥐토프	노래한다는 것은, 일단 잘 되고 있다는 뜻이지요.
안나	이해할 수가 없어요. 모두가 자고 있는데, 노래하다니.
인나 알렉산드로브나	(베란다에 모습을 드러낸다.) 룬쓰는 오지 않았니?

안나	네.
인나 알렉산드로브나	맙소사, 무슨 일이지! 세르게이 니콜라예비치가 그를 찾으시는데, 뭐라고 말하지? 모두가 양들처럼 흩어져 있고, 폴락 혼자만 일하고 있네. 마루세츠카가 어제 노래를 불렀지! 그 아이 목소리를 들었을 때, 숨이 멎는 듯했어… 그래서 생각하기를…
베르호프쩨프	장모님, 그녀를 깨우시죠.
인나 알렉산드로브나	아니, 안 돼. 그런 생각 말게. 저녁까지 자도록 내버려두게.
베르호프쩨프	슈미트도요.
인나 알렉산드로브나	슈미트도 깨우지 않을 테야. 도중에 그렇게 기쁜 소식을 가져온 사람인데, 잠을 자지 못하게 하면 되겠나! 룬쓰가 돌아오거든 보내줘요. (가다가 문에 멈춰 선다.) 태양이 따뜻하네요, 바실리 바실리예비치! 마치 고향에 있는 듯해요. 오늘 아침 상자에 흙을 넣고 무를 심었어요. 자라면 누구에게든 쓸모가 있을 테니까요! (나간다.)
베르호프쩨프	힘이 넘치는 분이야. 무라니, 흠!

사이

안나	쥐토프, 그렇게 꼼짝도 않고 바라볼 때에는 무엇인가 생각하는 건가요?
쥐토프	아뇨. 무엇 때문에 생각을? 그냥 봅니다.
베르호프쩨프	거짓말하시네. 어떻게 생각하지 않을 수 있습니까. 만일 생각하지 않는다면, 무엇인가 회상하시는 거죠.
쥐토프	내겐 회상할 게 없어요. 그렇지만… 뉴욕에서는 좋았어

	요… 정말로 소란스러운 거리에 위치한 호텔에서 살았는 데, 발코니도 있었고…
베르호프쎄프	그래서요?
쥐토프	그랬다고요. 무척 좋았어요. 앉아서 보는 거죠. 거기서 사람들이 어떻게 걸어 다니고, 차를 타고 다니는지. 고가도로하며. 흥미로워요.
안나	미국인들의 문화수준은 높아요.
쥐토프	아뇨, 그렇게 생각하지 않습니다. 하지만 무척 흥미로워요. (사이) 그런데, 룬쓰는 어디 있죠?
안나	어젯밤에 트레이치와 함께 산으로 떠났어요.
베르호프쎄프	연구하러 말이지?
쥐토프	연구라니요?
베르호프쎄프	트레이치는 언제나 무엇인가 연구합니다. 그는 아마도 당신들의 우라니아 사원을 연구했을 테고, 그것이 최상의 무기창고가 될 거라는 결론을 내렸을 겁니다. 지금 그는 산악을 연구 중이죠. 아마도 무기공장 부지를 물색하고 있을 겁니다.
안나	트레이치는 몽상가예요.
베르호프쎄프	뭐, 완전히 그런 건 아니지만요. 그의 환상에는 이상한 특징이 있어요. 때로는 어느 모로 보나 완전히 미친 짓인데도 그게 어떻게든 실현된다는 겁니다. 전반적으로 호기심이 많진 않아요. 말이 많지는 않은데, 누구도 그 사람만큼 선전선동을 하지는 못합니다. 당신네 천문학 용어로 말하면, 그는 태양처럼 달을 빛나게 하는 겁니다. 니콜라이가 어디서 그를 데려왔는지 모르겠어요.

페챠	(들어온다.) 안녕하세요.
베로호프쩨프	페투쇼크, 왜 그렇게 얼굴을 찌푸리고 있어?
페챠	그래요.
안나	알고 있지? 니콜라이는 감옥에 있어.
페챠	알아. 엄마가 말했어.
안나	어째서 의기소침한지, 이유를 모르겠구나. 마치 식초 마신 얼굴 같아서 못 봐주겠다.
페챠	그러면 보지 마.
쥐토프	페챠, 나하고 호주로 가자.
페챠	왜요?
안나	마치 어린애처럼 계속 왜, 왜 거리는구나. 사람들이 어제 그를 산으로 불렀는데, 그가 <왜요?> 한다면 어떻겠니? 너는 왜 먹는 거냐?
페챠	몰라. 그냥 내버려 둬, 안나.
베르호프쩨프	네가 참으로 예의 바르다고는 말할 수 없겠다. 저기들 오는군!

진흙투성이가 된 트레이치와 룬쓰가 나타난다.

점성술사가 당신을 찾았소, 룬쓰. 정신 차려요. 이제 당신을 꾸중할 테니.

룬쓰	그 사람을… 미안합니다, 안나 세르게예브나.
안나	괜찮아요. 난 부드러운 딸은 못되니까, 당신의 바람에 동참하겠어요.
페챠	얼마나 저속한지!
베르호프쩨프	트레이치, 돌아다닌 건 어땠소? 뭔가 찾았소?

트레이치	좋은 곳이 있어요.
안나	마루샤가 밤에 도착한 걸 아세요?
트레이치	(한 걸음 나서며) 그래요?! 니콜라이는? 니콜라이는요?
베르호프쎄프	총살. 교살. 약살.
안나	아니야, 살아 있어. 살아 있다고!

창밖에 음악과 마루샤의 노래 소리.

마루샤	<축축한 감옥의 창살 뒤에 나는 앉아 있다네. 자유롭게 길러진 젊은 독수리…>
트레이치	그는 감옥에 있습니까? 구출됐어요?
마루샤	<날개를 퍼덕이며 우울한 동지는 창문 아래서 피범벅된 먹이를 쪼고 있네…>
베르호프쎄프	(노래한다.) <쪼고, 던지고, 창문을 보네. 마치 나와 함께 한 가지를 생각했던 것처럼. 자신의 눈길과 외침으로 그는 나를 부르네. 그리고 말하고 싶어 하네. 함께 날아오르자고.>
마루샤	(나온다. 열정적으로) <우리는 자유로운 새! 지금이다, 형제여. 지금, 저리로. 비구름 너머 산이 보이는 곳으로, 바다의 먼 땅이 푸르게 빛나는 그곳으로. 오직 바람과 나만이 떠도는 바로 그곳으로!>
트레이치	마루샤!
안나	정말로 부적절한 음악회로군!
인나 알렉산드로브나	(두 눈을 닦으면서 뒤에서 걸어 나온다.) 너희들은 나의 어린 독수리들이야…
베르호프쎄프	너희들은 나의 병아리들이야,라고 말씀하시는 것 같아요.

	장모님…
인나 알렉산드로브나	그래, 병아리들 같아. 그리고 자넨 털이 뽑혀 곧 수프 속으로 던져질 것 같아.
마루샤	안나, 안녕하세요! (트레이치에게) 당신에게도 인사를!
트레이치	(손으로 신속하게 눈을 가리고 이내 손을 치운다.) 저는 행복합니다.
마루샤	모든 이에게, 모든 분들에게 인사를. 그리고 당신, 부상자에게도 인사를.
베르호프쎄프	그를 보았소?
마루샤	날아오르자!
룬쓰	그건 좋지 않군요. 모든 사람들이 그토록 알고 싶어 하는데…
마루샤	보았어요, 그것도 모든 걸 말이죠. 그래요… 바로 이 신사는… 슈미트입니다. 소개하겠어요. 놀라운 사람이에요. 지금은 은행에서 근무하고 있지만, 시간과 함께 혁명을 위해 대중에게 봉사할 겁니다. 그는 스파이와 너무도 비슷하기 때문에 나를 도왔어요… 인사하세요, 슈미트
슈미트	정말 기쁩니다. 안녕하세요.
마루샤	페챠, 왜 그렇게 우울한 거야?
베르호프쎄프	마루샤, 이건 겸손하게 표현해도 비열한 거야.
마루샤	저런, 저런. 화내지 말아요, 불구자여. 어쩜 오늘 화를 낼 수가 있죠? 그이는 슈테른베르크 감옥에 있어요…
목소리들	― 우리도 알아.
	― 알고 있다고.
마루샤	그리고 그들은 그일 총살하려고 했어요.
인나 알렉산드로브나	맙소사. 콜랴를 말이냐?!

마루샤	진정하세요, 어머니. 그런 일은 일어나지 않을 테니까요. 저는 모리츠 백작의 딸이에요. 엄청난 명문이지만, 그곳엔 단지 친척들의 소유지만 있을 뿐이에요. (한 손으로 공중을 휘저어본다.) 그들은 사악하지만, 지독하게 어리석어요.
베르호프쎄프	그렇고 말고. 물론이지.
마루샤	그가 어디 있는지 알아내는 것이 무엇보다도 어려웠어요. 그들은 체포된 사람들의 이름을 숨겼는데, 그것은 재판도 없이 은밀하게 징벌하려고 그런 겁니다. 그런데 그때 슈미트가 절 도와줬어요. 인사하세요, 슈미트

세르게이 니콜라예비치가 들어온다. 그는 닳은 외투를 입고, 작은 모피 모자를 쓰고 있다. 사람들은 존경하는 마음으로 그러나 냉담하게 그에게 인사한다.

인나 알렉산드로브나	여보, 마루샤가 말하는 걸 들어보세요. 그 아일 총살하려 했다는군요.
마루샤	맞습니다. 이야기하려면 깁니다. 한 마디로 말하면, 유럽의 여론과 그이 아버지의 학자적인 권위에 의지하면서 저는 협박하고 사정했어요. 그래서 징벌이 연기된 겁니다. 저도 감옥에 있었어요…
베르호프쎄프	그래, 그는 어떻소?
마루샤	(우울해하면서) 그는… 상당히 의기소침해요… 하지만 지나갈 겁니다, 물론.
인나 알렉산드로브나	상처는?
마루샤	별 거 아녜요. 이미 새 살이 돋아나온 데다, 그인 정말로 단단하잖아요. 근데 그 방이란 게 말이죠. 지하실, 술 창고에 늪지대 같아요. 뭐라고 불러야 할지 모르겠어요.

베르호프쎄프	알아. 거기 있었거든.
마루샤	하지만 제가 너무도 소란을 부리니까, 그들은 그이에게 더 나은 방을 주겠노라 약속했어요. 세르게이 니콜라예비치, 그는 단단히 당신 손을 잡고, 하시는 일이 잘 되길 바라고 있습니다. 당신 일이 어떻게 되어 가는지 커다란 관심을 가지고 있어요…
안나	그런 상황에서도 하찮은 것들을 생각하다니.
세르게이 니콜라예비치	사랑스러운 녀석! 그 아이에게 매우 감사하고 있소.
안나	참 대범도 하시지!
룬쓰	근데 대체 당신은 어찌된 일이죠? 어째서 당신을 체포하지 않은 건가요?
마루샤	같은 날 병사들이 저를 붙잡았어요. 하지만 전 엄청나게 울고, 미친 듯이 흐느껴 울었어요. 가게에서 저를 기다리는 병든 할머니를 생각하면서 말이죠. 그랬더니 놔주더라고요. 사실 어떤 병사가 개머리판으로 살짝 때리긴 했지만요…
룬쓰	뻔뻔스러운 짓 같으니라고!
마루샤	치마 밑에 깃발을 가지고 있었어요. 우리 깃발 말이에요.
베르호프쎄프	무사한가요?
마루샤	영국제 핀으로 고정해 두었거든요. 그런데 얼마나 무겁던지! 그걸 이리로 끌고 왔어요. 이번엔 슈미트가 그걸 스웨터 대신 썼답니다. 만일 슈미트가 그렇게 작은 키가 아니었다면…
베르호프쎄프	키가 컸겠지. 왜 그걸 이리로 가져온 거요? 한번 보았으면… 우리 깃발! 빌어먹을, 응?

마루샤	안 돼요. 우리가 다시 싸움터로 가게 되면, 그걸 펼쳐 보일 겁니다. 트레이치, 누가 우릴 배신했는지, 당신 알아요?
트레이치	압니다.
슈미트	반역자와 배신자들은 죽음으로 징벌해야 합니다.

마루샤가 소리 내서 웃는다. 트레이치는 가볍게 미소 짓는다.

베르호프쎄프	저런, 피를 갈망하는 분이군요, 슈미트 씨.
슈미트	피를 보지 않고 전기로도 죽일 수 있습니다.
인나 알렉산드로브나	그래, 콜류쉬카는!
마루샤	니콜라이요? 자, 들어보세요. 여긴 아무도 없나요? 하인들 말이에요? 그렇다면 좋아요. 탈주할 겁니다.
트레이치	당신과 함께 가겠습니다.
마루샤	안 돼요, 트레이치. 콜랴는 당신이 여기 머물러 있어야 한다고 명령했어요. 그들이 당신을 찾고 있다는 것을 아시잖아요.
트레이치	그건 의미 없습니다.
마루샤	하지만 그럴 필요 없어요. 이미 모든 걸 꾸며놓았어요. 모든 게 준비돼 있다고요. 그러니 당신은 여기 국경에 있다가 이런저런 일을 하세요… 단지 돈, 많은 돈이 필요해요. 병사 한 명과 감시인이 콜랴와 함께 탈주할 겁니다. 물론 그는 이리로 올 겁니다. 그건 자명해요. 그래서 저는 오늘 갑니다. 시간을 허비하면 안 됩니다.
베르호프쎄프	빈틈없네요, 마루샤!
마루샤	저는 참 행복해요!

인나 알렉산드로브나	(세르게이 니콜라예비치를 바라본다.) 돈이라고?

세르게이 니콜라예비치 (인나 알렉산드로브나를 바라본다.) 그런데 우리한테 돈이 있소?
인나, 당신이 이 일을 맡아요.

인나 알렉산드로브나 (당황해하면서) 겨우 3천 정도…

마루샤 5천이 필요해요.

인나 알렉산드로브나 그래… (세르게이 니콜라예비치를 바라본다. 그는 말없이 고개를 끄덕인다. 기쁘게) 그래도 3천이 있잖아. 다행이야!

쥐토프 (당황해하면서) 모을 수 있을 겁니다. 저에게도 200루블이 있습니다.

룬쓰 폴락은 부유한 사람입니다. 정말 부잡니다.

안나 그 사람에게는 부탁하고 싶지 않네요. 무정한 인간이니까요.

베르호프쎄프 공연한 소리. 그런 자들은 강탈이라도 해야 해! 페챠, 폴락을 이리로 불러와… 만약 오지 않으면, 중요한 일이라고 해.

마루샤 자, 이제 중요한 일이 성사됐어요. 돈이 있으니까요. (노래한다.) <눈길과 외침으로 나를 부른다. 그리고 말하고 싶어 한다. 날아오르자고!> 트레이치, 당신과 할 얘기가 있어요. 당신은 참 지저분하군요! 어디 갔다 온 거죠?

그들은 나간다.

룬쓰 대단한 여자야! 태양이야! 불길의 힘이 만드는 소용돌이야! 유디트라니까요!

안나 그래요, 지나치게 불이 많아요. 혁명은 당신들의 격동과 분출을 필요로 하지 않아요. 만일 알고 싶다면, 혁명은 인

	내, 견고함 그리고 안정감을 필요로 하는 수공업이죠. 하지만 이런 격동은…
룬쓰	그리고 혁명에는 재능이 필요하죠.
안나	모르겠어요. 사람들은 재능이란 단어를 정말 잘못 쓰고 있어요. 밧줄에 잘 매달려 있는 것도 재능이거든요. 평생 별만 바라보는 것도…
베르호프쎄프	그래요. 존경하는 점성술사여, 하늘에서 당신 일은 잘 돼 가고 있습니까?
세르게이 니콜라예비치	좋아. 지상에서 자네들 일은 어떤가?
베르호프쎄프	보시다시피 제대로 되고 있지 않아요. 지상에서는 언제나 추악합니다, 존경하는 점성술사여. 언제나 누군가가 누군가를 짓누르고, 누군가는 울고, 누군가가 누군가를 배신하고… 바로 이 다리도 아프고요. 하늘 영역의 조화에 이르기에는 아직 멀었습니다.
세르게이 니콜라예비치	거기엔 언제나 조화가 없다네. 거기엔 늘 파멸이 있을 따름이야.
베르호프쎄프	정말 유감입니다… 그러니까 하늘에서도 희망이 상실되었습니다. 그런데 당신은 뭘 그리 생각하고 있나요, 미스터… 미스터… 슈미트?
슈미트	모든 인간은 강해져야만 한다는 걸 생각하고 있습니다.
베르호프쎄프	아하! 당신은 강합니까?
슈미트	유감스럽지만 아닙니다. 태어날 때 자연은 저에게서 힘을 구성하는 몇 가지 속성을 앗아갔습니다. 저는 피를 몹시 두려워하고, 그리고…
베르호프쎄프	거미도 말이요? 그건 그렇고. 당신은 기성복을 샀나요, 아

96

니면 주문했나요?

폴락	(다가온다.) 무슨 일입니까? 안녕하십니까, 여러분!
베르호프쎄프	폴락이로군요. 2천이 필요합니다… 빌려달라고 말하지 않겠어요. 누군가가 그 돈을 갚을 거라고 생각되지 않기 때문이죠…
폴락	어디에 쓰려는지, 물어봐도 될까요?
베르호프쎄프	니콜라이 세르게예비치의 탈주를 준비하기 위해섭니다. 줄 수 있겠습니까?
폴락	기꺼이 드리겠습니다.
베르호프쎄프	그는…
폴락	아닙니다, 아니에요. 자세한 것은 부탁드리지 않을 겁니다. 존경하는 세르게이 니콜라예비치, 오늘 당신의 굴절망원경을 써도 될까요?
세르게이 니콜라예비치	그러시오. 오늘 난 쉴 테니까.

폴락, 인사하고 나간다.

베르호프쎄프	바로 이게 학자죠. 그는 미남이죠, 세르게이 니콜라예비치?
세르게이 니콜라예비치	그는 매우 유능하다네.
안나	그런데 무엇 때문에 천문학은 존재하는 걸까요?
베르호프쎄프	분명히 달력을 위해서 필요할 거야.

마루샤와 트레이치가 다가온다.

마루샤	그렇게 처리하세요, 트레이치… 세르게이 니콜라예비치, 당신을 공격하던가요? 안나는 천문학을 너무나 증오하거든요. 마치 자기의 개인적인 적이나 되는 것처럼 말이에요.

세르게이 니콜라예비치	그런 일에는 이미 익숙해져 있어요, 마루샤.
안나	당신들도 잘 아시겠지만, 내게 개인적인 적은 없어요. 하지만 난 천문학이 싫어요. 지상의 모든 것이 그토록 엉망인데 어떻게 인간이 그토록 많은 시간 동안 하늘을 올려다볼 수 있는지, 이해할 수 없기 때문이죠.
쥐토프	천문학은 이성의 승리입니다.
안나	내 생각으로는, 만일 지상에 배고픈 자들이 없다면 이성은 더 크게 승리하겠지요.
마루샤	저 산들! 저 태양! 태양이 저토록 빛을 발하는데, 어떻게 당신들은 말하고 논쟁할 수가 있나요!
룬쓰	당신은 과학에 반대하는 듯합니다, 안나 세르게예브나!
안나	과학이 아니라, 학자들에게 반대하는 겁니다. 사회적인 의무를 피하려고 과학을 구실로 삼는 학자들 말이에요.
슈미트	'나는 원한다'고 인간은 말해야 합니다. 의무, 그것은 노예상태입니다.
인나 알렉산드로브나	나는 그런 대화를 좋아하지 않아요. 욕망은 사람들의 피를 성나게 하거든요. 바실리 바실리예비치… 부끄러워하세요! 자, 보세요. (그를 베란다로 데리고 나간다.) 당신은 돈을 내지 말아요. 됐어요. 폴락은 매우 대범한 젊은 사람이에요. 그리고 그 경우에… (웃는다.) 어쨌거나 그는 천체관측의니까요.
쥐토프	인나 알렉산드로브나, 캐나다로 탐사 가는 일은 어떻게 돼갑니까? 돈은요?
인나 알렉산드로브나	충분해요! 아직 일 년이나 남았으니까요. 난 솜씨 좋게 돈을 구할 거예요. 바실리 바실리예비치, 친구로서 당신

	에게 부탁해요. 그들이 남편을 공격하고, 그가 침묵하는 걸 즐거워하면, 당신이 그의 편에 서주세요. 알겠어요?
쥐토프	알겠습니다.
인나 알렉산드로브나	나는 가겠어요. 콜류쉬카에게 옷을 준비해 주려고요. 정말로 걱정되는 게 많아요… (나간다.)
세르게이 니콜라예비치	(계속한다.) 나는 좋은 대화를 무척 좋아하오. 모든 말에서 나는 빛의 불꽃을 보고 있는데, 그것은 은하수처럼 아름답소 사람들은 대개 하잘 것 없는 것들에 대해 말하고 있다는 사실이 정말 유감이오.
안나	사람들은 자주 멋진 말로 싫은 일에서 빠져나가죠.
베르호프쎄프	당신은 매우 평온한 분입니다, 세르게이 니콜라예비치. 제가 보기에 당신은 화도 내지 못하시는 분 같습니다. 언젠가 울어보신 적이 있습니까? 물론 저는 당신이 바지도 없이 여행했던 그런 행복한 나이는 아닙니다만, 지금은 그래도?
세르게이 니콜라예비치	물론이지! 나는 눈물이 많다네.
베르호프쎄프	아니 저런!
세르게이 니콜라예비치	갈릴레이가 예언한 비엘라 혜성을 보았을 때 울었네.
베르호프쎄프	전적으로 이해되는 것은 아닙니다만, 근거 있는 이유군요. 그런데 여러분은 이해가 됩니까?
룬쓰	그럼요, 물론입니다. 갈릴레이가 틀릴 수도 있었으니까요.
베르호프쎄프	그런 경우엔 절망 때문에 머리털을 뽑기라도 해야겠군요?
마루샤	당신은 과장하고 있어요, 발렌틴.
안나	아들이 총살당할 지경인데도 저 분은 완전히 침착하시거든.
세르게이 니콜라예비치	이 세상에는 매순간 사람이 죽어가고 있어. 하지만 우주

에서는 매순간 온전한 세계가 파괴되고 있지. 그런데 어떻게 내가 한 사람의 죽음 때문에 울거나 절망에 빠질 수 있다는 거냐?

베르호프쎄프   그렇습니다. 슈미트, 이것이 방금 전에 당신이 말한 매우 강한 것이네요. 그렇지 않습니까? 그렇다면 만일 니콜라이가 탈출에 성공하지 못하고 그래서 그를…

세르게이 니콜라예비치   물론 그것은 몹시 슬픈 일이 될 거야, 하지만…

마루샤   그렇게 농담하지 마세요, 세르게이 니콜라예비치. 그런 농담을 들으면 저는 고통스러우니까요.

세르게이 니콜라예비치   사랑하는 마루샤, 난 농담하는 게 아니오. 대개 난 농담할 줄 모른다오. 다른 사람들, 이를테면 발렌틴이 농담하는 걸 무척 좋아하지만 말이오.

베르호프쎄프   감사합니다.

쥐토프   맞아요. 세르게이 니콜라예비치는 절대로 농담하지 않습니다.

마루샤   (생각에 잠기면서) 그렇다면 더욱 나빠요.

베르호프쎄프   그러니까 천문학의 솜으로 두 귀를 틀어막았다는 말이군요! 좋습니다, 침착하다는 것은. 온 세상이 울부짖도록 놔둬라, 마치 개가 짖듯이…

룬쓰   언젠가 젊은 부처가 굶주린 암호랑이를 보았을 때, 그는 자신의 몸을 넘겨주었습니다. 그는 이렇게 말하지 않았어요. '나는 신이고, 중요한 일에 몰두하고 있다. 하지만 너는 단지 굶주린 야수에 지나지 않는다.' 그는 호랑이에게 자신을 준 겁니다.

세르게이 니콜라예비치   여기 서명을 보시오. (천문대의 박공을 가리키면서) 'Haec domus

Uraniae est. Curae procul este profanae. Temnitur hic humilis tellus. Hinc ITUR AD ASTRO.' 이런 뜻이라오. '이것은 우라니아의 사원이다. 덧없는 번뇌를 던져버려라! 여기에서 저급한 지상은 무시되리니, 여기로부터 별들에게로 나아갈 것이다.'

베르호프쎄프   그렇군요. 하지만 당신이 말씀하시는 덧없는 번뇌는 무엇입니까, 존경하는 점성술사여? 여기 제 다리는 파편 때문에 뼈까지 긁어냈습니다… 당신 말씀에 따르면, 이것 또한 덧없는 번뇝니까?

안나   물론이지.

세르게이 니콜라예비치   그렇다네. 죽음, 부당함, 불행, 지상의 모든 검은 그림자들, 바로 그것이 덧없는 번뇌일세.

베르호프쎄프   그렇다면 내일 새로운 나폴레옹, 새로운 독재자가 나타나 쇠주먹 안에 온 세상을 쥐어짠다 해도 그것 또한 덧없는 번뇌인가요?

세르게이 니콜라예비치   그래… 그렇게 생각한다네.

베르호프쎄프   (모든 사람들을 둘러보고 거칠게 웃는다.) 그게 그렇단 말씀이군요!

안나   정말로 불쾌합니다! 무슨 신들이로군요… 원하는 만큼 괴로워하라고 사람들을 내버려두고서 자기들은…

마루샤   트레이치, 어째서 당신은 반대하지 않는 거죠?

트레이치   듣고 있습니다.

베르호프쎄프   정부의 비용으로 살면서 자기 지붕 위에 지극히 안전하게 앉아 있는 인간만이 그렇게 말할 수 있겠지요.

세르게이 니콜라예비치   (다소 상기되어) 언제나 안전한 건 아닐세, 발렌틴. 갈릴레이

	는 감옥에서 죽었다네. 조르다노 브루노는 화형 당했어. 별들에게 나아가는 길은 언제나 피로 얼룩져 있다네.
베르호프쎄프	그것만이 아닙니다… 기독교인들도 박해를 받았지만, 차례가 되자 그들은 죄 없는 천문학자들을 석탄 위에 올려 놓고 주저 없이 화형 시켜버렸죠.
안나	아버지에게는 나름의 권능이 있지만, 그걸 쇠문 뒤에서 움켜쥐고 있어요.
세르게이 니콜라예비치	안나! 그건 좋지 않아!
베르호프쎄프	그건 또 무슨 터무니없는 소리야?
안나	무너진 천문대의 어떤 폐허에서 나온 벽돌조각과 진짜 원고 쪼가리들 말이야.
마루샤	안나! 정말 불쾌하군요! 콜랴는 당신이 그렇게 말하도록 허락하지 않을 거예요…
안나	니콜라이는 너무 물러. 그게 그의 결함이지.

페차가 다가오더니 눈에 띄지 않게 말없이 벽 옆에 멈춰 선다.

베르호프쎄프	(초조하게) 한걸음 나갈 때마다 왜 그들은 우릴 공격하는 걸까…
마루샤	그러지 말아요! 그럴 필요 없어요! 트레이치, 어째서 당신은!
트레이치	(절제하면서) 앞으로 나가야 합니다. 여기서는 패배에 대해 말하고 있습니다만, 패배는 없습니다. 저는 오직 승리만을 압니다. 지구, 그것은 인간의 손아귀에 든 밀랍입니다. 부수고 눌러야 합니다. 새로운 형식을 창조해야 합니다… 그러나 앞으로 나가야 합니다. 만일 벽을 만나면 벽을 부숴야 합니다. 만일 산을 만나면 산을 폭파해야 합니다. 만

102

	일 절벽을 만나면 절벽을 뛰어넘어야 합니다. 만일 날개가 없다면 날개를 만들어야 합니다!
베르호프쎄프	좋아, 트레이치! 만들어야지!
마루샤	벌써 날개가 느껴지는 걸요!
트레이치	(절제하면서) 하지만 앞으로 나가야 합니다. 만일 대지가 발 아래서 금이 간다면 그걸 쇠로 고정시켜야 합니다. 만일 그것이 조각조각 부서진다면 불로 그것을 결합해야 합니다. 만일 하늘이 머리 위로 무너져 내린다면 두 손을 뻗어서 그것을 내던져야 합니다. 이렇게! (내던진다.)
베르호프쎄프	와아! 그래!

몇몇 사람이 부지불식간에 지구를 떠받치고 있는 트레이치―아틀라스의 자세를 반복한다.

트레이치	하지만 앞으로 나가야 합니다. 태양이 빛나고 있는 동안에.
룬쓰	태양은 어두워질 거요, 트레이치.
트레이치	그땐 새로운 태양을 점화해야 합니다.
베르호프쎄프	그래, 맞아. 말해 봐요!
트레이치	태양이 불타고 있는 동안에는 언제나 그리고 영원히 앞으로 나가야 합니다. 동지들, 태양도 노동잡니다!
베르호프쎄프	그건 천문학인데! 빌어먹을!
룬쓰	앞으로, 언제나 영원히.
베르호프쎄프	앞으로! 아아, 빌어먹을!

모두가 흥분되어 몇몇 집단으로 쪼개진다.

룬쓰	(흥분하면서) 여러분, 부탁입니다… 그렇게 방치해서는 안 됩니다. 살해된 자들 말입니다! 안 됩니다, 여러분. 자유를

위해 용기 있게 투쟁하고 죽어간 사람들만이 아니라, 바로 그들… 희생자들 말입니다. 그들은 엄청나게 많지만, 죄가 있는 게 아닙니다… 그런데 그들을 죽인 겁니다!

침묵

마루샤	(울림 좋은 목소리로 외친다.) 너희들에게 고개 숙인다, 산들이여! 너에게 맹세하노니, 태양이여. 나는 니콜라이를 해방시킬 테다! 이 산에도 메아리가 있나요?
룬쓰	여긴 없어요. 하지만 만일 있다면, 이야기에서처럼 대답하겠죠. '그렇다'고요!
안나	(쥐토프에게) 이건 정말로 감상적이에요. 발렌틴을 이해할 수 없어요…
쥐토프	아니, 괜찮습니다… 아시겠지만, 호주로 가려고 기다리고 있어요. 나도 니콜라이 세르게예비치를 보고 싶었어요.
마루샤	(하늘을 바라보면서) 정말로 날고 싶어요!
베르호프쩨프	그건 천문학이오. 그런데 점성술사여, 저런 천문학자들이 마음에 드시나요?
세르게이 니콜라예비치	그렇다네. 마음에 드네. 그의 성이 트레이치였던가?
베르호프쩨프	제가 비스마르크이듯, 그는 그런 트레이치죠. 그의 본명이 무엇인지는 귀신도 모른다니까요.
룬쓰	(한 무리에서 다른 무리로 달려가면서) 저는 행복해요, 정말로 행복해요. 여러분은 아시나요… 제 부모님은 살해당했어요. 누이도 저는 그걸 절대로, 절대로 말하고 싶지 않았어요… 무엇 때문에 말하지,라고 전 생각했어요. 영혼 가장 깊은 곳에 남겨두고, 나 혼자만 알고 있자. 그런데 지금…

그들이 어떻게 살해됐는지, 아세요? 트레이치, 당신은 저를 이해하나요? 절대로 말하려고 하지 않았는데…

페챠 (쥐토프에게) 이 모든 게 무엇 때문입니까?

쥐토프 아니야, 좋아.

페챠 왜 모두가 죽는 건가요? 당신도 저도 저 산들도. 왜죠?

모두가 집단으로 나뉘어져 있다. 세르게이 니콜라예비치는 혼자 서 있다.

베르호프쎄프 (기쁨에 겨워 마루샤에게) 트레이치를 교수형 시키기엔 부족해요. 니콜라이가 찾아냈잖아. 마루시카, 어쨌든 탈출하는 거죠, 응?

마루샤 (우울해지면서) 다른 게 두려워요…

베르호프쎄프 뭐가 또 말이오?

마루샤 하지만 말할 거리가 못돼요. 하찮은 거예요.

베르호프쎄프 무슨 일인데요? 뭘 생각하고 있는 거요?

마루샤 (대답하지 않는다. 그런 다음에 느닷없이 웃고 노래한다.) 날아가자!

인나 알렉산드로브나 (창문으로 얼굴을 내민다.) 어린 독수리들이여! 식사시간이에요!

베르호프쎄프 구구구!

마루샤 샴페인을 마셔요! 엄마, 있죠?

목소리들 그래요. 샴페인.

인나 알렉산드로브나 샴페인은 없고, 버찌 술은 있지.

웃음과 환성

세르게이 니콜라예비치 (마루샤를 데리고 간다.) 그런데, 마루샤. 난 방으로 가야겠소. 당신들을 방해하고 싶지 않구려.

마루샤 (냉담하게) 안 돼요, 왜 그러세요. 오늘은 이리 즐거운데요.

세르게이 니콜라예비치	그래요. 나도 당신의 도착을 기념해서 작은 축제를 만들어주고 싶었는데, 잘 안됐소
마루샤	우리와 함께 식사하세요.
룬쓰	(외친다.) 폴락을 끌고 와야 합니다. 예의 바른 사람이고, 매우 좋은 사람이거든요. 그를 데리러 가겠어요.
목소리들	─ 폴락!
	─ 폴락!
세르게이 니콜라예비치	아니오, 나 없이 식사하시오.
마루샤	정말로 유감이에요! 인나 알렉산드로브나가 무척 서운할 텐데요.
세르게이 니콜라예비치	일한다고 말해요. 출발하기 전에 나한테 들러주겠소, 마루샤? (누구에게도 눈치 채지 않게 나간다.)
마루샤	슈미트, 어디 있나요? 당신이 나의 기사가 돼 주세요. 우리한테는 참 많은 일이 있으니까요. 여러분, 정말로 그는 스파이를 닮았죠. 그렇지 않나요?
안나	마루샤가 버릇이 없어지는군.
마루샤	저는 그에게서 밤을 지새워야 했어요. 그는 이렇게 말했답니다. '안됩니다. 난 조용한 도이칠란트 가정에서 삽니다. 그래서 여자와 개는 들이지 않겠다고 약속했습니다.'
슈미트	그리고 누구도 재우지 않겠다고요. 게다가 방에는 새 비단이 깔린 소파가 있습니다. 그들은 누군가 거기 누워있지는 않을까 해서 매일 밤 감시하곤 했죠. 무시무시한 사람들입니다!
베르호프쎄프	당신은 정말이지 떠나고 싶었겠군, 슈미트!
슈미트	불가능합니다. 그들은 선불을 받거든요.

안나	내지 않으면 되죠!
슈미트	불가능합니다, 그 사람들은…
룬쓰	(폴락을 데려와 소리친다.) 그가 왔습니다! 억지로 떼어놓았어요. 마치 거머리처럼 굴절 망원경에 달라붙어 있더라고요!
폴락	여러분, 이건 폭력입니다. 저쪽 일이 끝나지 않았는데…
마루샤	폴락, 사랑스런 폴락! 오늘은 참 기뻐요! 그리고 당신은 참으로 좋은 사람이고, 사랑스런 분이죠. 모두가 당신을 그토록 사랑하는 거죠.
폴락	그런 말 들으니 정말 유쾌하군요. 그런데 왜 당신들이 그렇게 즐거워하는지 모르겠네요. 당신들 편으로 혁명이 끝난 건 아니잖아요.
베르호프쎄프	우린 새로운 계획을 세웠어요. 우리는…
폴락	(손을 흔들며) 아아, 그렇군요. 믿습니다, 당신들을 믿어요.
마루샤	우린 천문학을 위해 술을 마실 겁니다. 궤도 만세!
폴락	유감스럽지만, 난 술을 못합니다. 술을 마시면 두통과 구역질이 나서요.
베르호프쎄프	폴락에게 좋은 음료는 기계기름입니다. 폴락, 기름은 마실 거죠?
마루샤	아니에요. 우린 버찌 술을 마실 겁니다. 참으로 순수한 버찌 술을!
룬쓰	갑시다, 동지. 당신은 좋고도 선량한 인간입니다.
인나 알렉산드로브나	(얼굴을 내밀면서) 오세요! 아직도 다 부르지 못했나요!
마루샤	이제 가요, 엄마. 금방. 폴락이 고집을 피워요. 자, 여러분, 이제 갈까요? 쥐토프, 당신 노래할 수 있죠?
쥐토프	따라 부를 수는 있습니다.

룬쓰	마르세이예즈!
마루샤	아니, 안 돼요. 마르세이예즈는 깃발과 마찬가지로 싸움을 위해 아껴야 해요.
트레이치	동의합니다. 사원에서만 부를 수 있는 노래가 있지요.
베르호프쎄프	무언가 더 기쁜 걸로! 태양이 어떻게나 타오르는지!
안나	발랴, 다리를 내놓지 마.
마루샤	(노래하기 시작한다.) 하늘은 저토록 밝고 태양은 아름다운데, 태양이 부른다네…

페차를 빼고 모두가 따라 부른다.

유쾌한 과업에서 걱정도 없이 형제들이여 앞으로
유쾌한 태양에게 영광이! 태양은 지상의 노동자!
유쾌한 태양에게 영광이! 태양은 지상의 노동자!

베르호프쎄프	좀더 생동감 있게, 아냐! 당신은 죽은 사람 다루듯이 날 데려가고 있어.
모두	(노래한다. 폴락은 심각하고도 자제하는 듯이 지휘한다.) 우레비와 생생한 군청색의 폭풍우도 우리를 이기지 못하리. 폭풍의 어둠 아래서, 우레비의 어둠 속에서 번개는 타오르나니! 강력한 태양에게 영광을! 태양은 지상의 지배자!

노래의 마지막 가사가 집 모퉁이 뒤에서 반복된다. 페차는 혼자 멈춰 선다. 떠나가는 사람들 뒤를 우울하게 바라본다.

모두	(무대 뒤에서) 강력한 태양에게 영광을! 태양은 지상의 지배자!

막
Занавес

제3막

Действие третье

객실 비슷한 크고 어두운 방. 가구가 별로 없는데다가 푹신한 가구라고는 없다. 두 개의 책장과 피아노. 뒷벽은 문과 두 개의 커다란 이탈리아식 유리창이 있는데, 그것은 베란다로 통한다. 창문과 문은 열려 있다. 거의 검은 빛의 어두운 하늘이 보인다. 거기에는 여느 때보다 생생하게 반짝이는 별들이 박혀 있다. 무대 한 모퉁이 각광 부근에 탁자가 있고, 그 위에는 어두운 갓 아래 램프가 있다. 탁자에 인나 알렉산드로브나가 앉아서 신문을 읽고 있다. 안나는 무언가를 뜨고 있다. 룬쓰는 앞뒤로 왔다 갔다 한다. 책장 가운데 하나에서 베르호프쎄프는 지팡이를 짚고 책을 꺼낸다. 오직 산악지방에서나 있을 법한 깊은 정적이 감돈다. 막이 오른 후에도 얼마 동안 침묵이 지속된다.

베르호프쎄프 (중얼거린다.) 빌어먹을!

인나 알렉산드로브나 발랴, 대통령이 카소프스키의 특사를 거절했다는 소식 읽었나?

베르호프쎄프 읽었습니다.

인나 알렉산드로브나 어떻게 된 일인가, 응?

베르호프쎄프 총살하는 겁니다.

인나 알렉산드로브나 일이 어디까지 가려는지, 원? 정말로 희생자들이 그렇게 적을까?

베르호프쎄프	(겨드랑이 밑에 책을 끼고 가다가 떨어뜨린다.) 이런 빌어먹을… 안나, 집어줘.
안나	(천천히 일어난다.) 알았어.

룬쓰가 말없이 책을 집어 들어 탁자 위에 내려놓고는 계속해서 왔다 갔다 한다.

베르호프쎄프	(천천히 자리에 앉아 책을 이리저리 넘긴다. 안나에게) 정말로 뜨개질하는 거 질리지 않아?
안나	무엇인가는 해야 하니까.
베르호프쎄프	책을 읽지 그래.

안나는 대답하지 않는다. 침묵.

	참 견디기 어렵군. 악마 같은 정적이야. 무덤 속에 있는 것 같아! 아직 한 주밖에 안됐는데, 난 파멸 속으로 뛰어들어 통음하고 폴락을 때렸으니.
룬쓰	(신경질적으로) 무시무시한 정적입니다! 바이런의 꿈이 실현된 것 같아요. 태양이 꺼지고, 지상의 모든 것은 사멸하고, 그래서 우리가 마지막 인간들인 셈이죠. 무시무시한 정적입니다!
베르호프쎄프	쥐토프, 거기서 뭐 하시나요?
쥐토프	(베란다에서) 보고 있어요.
베르호프쎄프	(경멸하듯) '보고 있어요!'

침묵

	일 없이 견딜 수가 없군!
안나	당신 할 일은 참는 거야.

베르호프쎄프	원한다면 당신이나 견디라고, 난… 빌어먹을! (읽는다.)
인나 알렉산드로브나	(앉아서 생각에 잠긴다.) 세료젠카가 살았다면 이제 스물한 살 됐겠구나… 귀여운 녀석이었는데. 콜랴를 닮아서… 아뉴타, 그 아이 생각나니?
안나	아뇨.
인나 알렉산드로브나	나는 생각나는구나… 아뉴타, 네가 그 아일 때렸지. 넌 나쁜 아이였거든. 얼마나 빨리 꼬였던지, 고작 사흘 만에. 그렇게 작은 아이에게 맹장염이라니! 그 아이의 작은 배를 어떻게 갈랐는지, 믿기세요, 이오시프 아브라모비치…
베르호프쎄프	장모님도, 참! 오늘 밤 내내 죽은 사람들 이야기만 하시는군요. 하지만 죽은 건 죽은 거죠. 그리고 죽었다는 건 잘한 일입니다. 쥐토프, 이리 와서 이야기나 합시다.
쥐토프	그러죠.
룬쓰	정말 고통스럽군요!
베르호프쎄프	마루샤는 뭐라고 썼나요, 인나 알렉산드로브나?
인나 알렉산드로브나	(한숨을 쉬면서) 많이 썼는데, 도통 갈피를 잡을 수가 없어. 한 주일 뒤라고 약속하고는 거기서 다시 무슨 일인가가 지연됐다고 하고, 다시 거기서 한 주일 뒤라고 하네. 바로 어제 편지에서도 똑같이…
베르호프쎄프	알았어요, 알았습니다. 뭔가 새로운 게 없나, 하고 생각했어요.
인나 알렉산드로브나	콜류쉬카가 병이 난 게 아닐까?
베르호프쎄프	병이 나다니요. 차라리 죽었다고 말씀하세요.
룬쓰	그러면 그녀는 죽은 그를 훔쳐서 데려올 겁니다.
인나 알렉산드로브나	무슨 소리예요? 무슨 말을 하는지, 생각 좀 해요!

쥐토프	(들어온다.) 자, 무슨 말을 할까요?
베르호프쎄프	앉으세요. 거기서 뭘 하고 있었습니까?
쥐토프	별을 바라보았어요. 오늘 참으로 아름답고 불안정하더군요.

페챠가 들어온다. 막이 진행되는 동안에 그는 여러 차례 무대를 가로질러간다.

룬쓰	저는 오늘 별을 바라보지 못하겠습니다. 별들에게서 어디로 도망쳐야 할지, 지하실로 숨어야 할지 모르겠어요. 하지만 거기서도 별을 느낄 겁니다. 마치 거리가 존재하지 않는 것 같다는 걸 이해하십니까. 마치 그 모든 죽고 살아 있는 무리들이 지상 위에 모여들어 땅 가까이에 다가오고 있는 듯해요. 그것들 속에 마치 무엇인가 있는 것 같습니다… 모르겠어요. (계속 손짓을 해가며 왔다 갔다 한다.)
쥐토프	여기 공기는 참 맑아요. 캘리포니아에서는…
베르호프쎄프	캘리포니아에 가신 적 있습니까?
쥐토프	그랬죠. 사실 캘리포니아 리크 천문대에서는 가끔 기막히게 잘 보입니다.
페챠	엄마, 부엌에 있는 저 할멈 어디서 왔어?
인나 알렉산드로브나	어떤? 아, 그 할멈? 걸어왔더라. 그래서 머물라고 했다. 저 아래 골짜기에서 왔단다. 거지인데다가 귀머거리여서 할멈이 이해되지 않을 게다.
페챠	어떻게 산 위로 올라왔을까요? 어떻게 그럴 수 있었죠?
베르호프쎄프	장모님, 여기에 양로원을 세우시죠.
인나 알렉산드로브나	무슨 말인가? 그래, 그럴 수도 있겠지. 만일 세르게이 니콜라예비치가 동의하신다면 말이야. 자넨 책이나 읽지 그래…

페챠	(끈질기게) 엄마, 할멈이 어떻게 올라왔냐니까?
인나 알렉산드로브나	모르겠구나, 얘야. 넌 굶주리는 어린아이들에 대해 마루세츠카가 쓴 걸 읽어야겠구나. '엄마, 빵 먹고 싶어.' 그래서 어머니는 빵을 얻으러 나갔단다. 어떻게 거기서 빵을 구했는지는 말할 필요 없고… 어머니가 돌아와 보니 소녀는 이미 죽어 있었단다.
안나	자선으로는 아무것도 할 수 없어요.
인나 알렉산드로브나	그러면, 죽도록 그냥 놔두라는 거냐?
페챠	죽도록 놔둬요. 이오시프, 웬일인지 오늘 우울하시네요?
룬쓰	그래, 페챠. 정말로 고통스러운 생각이 떠오르는구나. 이 밤이 어떤 밤인지 나는 모르겠다. 유령들의 밤이야. 여러분 오늘 별을 보았습니까?
페챠	몹시 즐거워요! (피아노로 무엇인가 야만적인 소리를 낸다.)
베르호프쎄프	그만 둬!
페챠	(연주하고 노래한다.) 정말로 즐거워요!
인나 알렉산드로브나	자, 페챠. 그만 하렴!

페챠가 쿵 소리 나게 피아노 뚜껑을 닫고는 베란다로 나가버린다. 침묵.

룬쓰	트레이치는 곧 돌아올까요?
베르호프쎄프	그렇죠… 그러니까 오늘이나 내일. 쥐토프, 당신은 왜 늘 침묵합니까?
쥐토프	그래요. 뭔가 말하고 싶지 않습니다.
룬쓰	너무 고통스러운 생각입니다! 이렇게 고통스러운 생각이라니요! 날 죽일 것 같아요.
베르호프쎄프	헛된 일입니다. 천문학자들 가운데 자살하는 사람은 없거

든요.

룬쓰   저는 어설픈 천문학잡니다. 정말로 너무나 엉터리라고요.

안나   더 잘 됐군요. 무엇인가 실제적인 걸 해보세요.

룬쓰   오늘은 별이 두려워요. 별들은 얼마나 크고 얼마나 냉담
          한지. 그것들은 나하고 아무 관계도 없습니다. 나는 그토
          록 작고 하잘 것 없는 존재니까요. 유대인 학살 때 어딘
          가에 몸을 숨긴 병아리처럼 그냥 앉아서 아무것도 이해하
          지 못하는 그런 존재 말입니다.

페차가 들어온다.

베르호프쎄프   별과 유대인 학살이라… 이상한 결합이군요.

인나 알렉산드로브나 (경고하듯이 베르호프쎄프에게 머리를 끄딱이면서) 이오시프 아브라
          모비치, 우리 모두 신경이 기진맥진해져서 그런 거예요.
          이것만 생각해봐요. 마루샤가 떠난 지 이미 한 달 반 됐
          어요. 하지만 아무것도 없어요. 내가 아무리 산전수전 다
          겪은 인간이라 해도, 몸이 떨리기 시작했어요.

룬쓰   산탄이 날고, 유리창이 덜컹거리는데, 그는 앉아 있어요.
          그가 뭘 생각하나요?

베르호프쎄프   아무 생각도 하지 않아요. 눈이 오는가 보다 생각하죠.

룬쓰   영원이 절 두렵게 합니다. 어떤 영원이냐고요? 왜 영원이
          냐고요? 그래서 나는 별을 바라봅니다. 하나, 열, 백만 그
          래도 끝이 없죠. 맙소사, 내가 누구한테 투덜대는 건가요?

베르호프쎄프   왜 투덜대는 거요?

룬쓰   그건 제가 하찮은 유대인이니까요… (왔다 갔다 한다. 계속해
          서 손짓을 한다.)

114

폴락	(들어온다.) 안녕하세요. 여러분과 함께 있어도 될까요? 방해하는 건 아닙니까?
인나 알렉산드로브나	물론 아니에요. 자, 이리로.
폴락	자침이 심하게 요동치네요, 룬쓰. 내일은 태양을 관측해야겠어요.

룬쓰는 무엇인가 중얼거린다.

	쥐토프, 당신에게 말하지 않았지만, 보아하니 당신은 업무를 결정적으로 내던졌더군요. 떠나시는 겁니까?
쥐토프	네. 모레요.
인나 알렉산드로브나	뭐라고요? 바실리 바실리예비치, 분명히 당신은 콜류쉬카를 기다리고 싶어 했잖아요? 어떻게 당신이 이럴 수가? 그렇게 일찍?
쥐토프	이젠 아닙니다. 떠나야 합니다. 오래 머물렀습니다.
베르호프쎄프	당신이 떠나면 그리워질 겁니다. 이 젤란디야를 악마에게나 보내세요.
쥐토프	아닙니다.
안나	당신은 왜 일하지 않나요, 폴락 씨?
폴락	오늘 저는 열망합니다, 존경하는 안나 세르게예브나. 저는 오늘 서른두 살이 되었습니다. 바로 이 순간에. 저는 밤 10시 37분에 태어났습니다. 시차를 없애면 (시계를 본다.) 꼭 10시 16분이군요.
베르호프쎄프	축하합니다.
폴락	감사합니다. 그래서 저는 오늘 다소간 꿈을 꾸고 있지요. 서른두 살 나이에 저는 과학을 위해 이미 충분할 정도로

	많을 걸 했습니다. 그리고 제 이름도… 하지만 자세한 이야기는 하지 않겠습니다. 저는 이미 사생활을 수립할 권리를 가지고 있습니다.
베르호프쎄프	그래서 정말로 결혼하시려고요? 뭐 그런 일이!
폴락	그래요, 알아채셨군요. 결혼합니다.
인나 알렉산드로브나	잘 생각했어요, 당신. 다만 좋은 신부가 있어야 할 텐데.
폴락	제 약혼자는 올해 대학과정을 마칩니다. 그래서 곧 당신의 안락한 거주지에서는 저를 구성원으로 간주하지 않게 될 겁니다, 존경하는 인나 알렉산드로브나.
인나 알렉산드로브나	착한 양반 같으니라고! 어떻게 한 번도 그런 얘길 운도 띄우지 않았을까요.
페챠	(날카롭게) 나도 결혼할 테야. 내게도 약혼자가 있어요. 미인이야!
폴락	그래요? 농담이죠?
인나 알렉산드로브나	페챠!

큰 소리로 웃더니 페챠는 베란다로 나간다.

안나	쟤한테 무슨 일이죠? 얼마나 제멋대로 구는지!
인나 알렉산드로브나	나도 모르겠구나. 너희들이 도착한 날부터 도무지 종잡을 수가 없구나. 이오시프 아브라모비치, 당신은 페챠와 가까운 분입니다. 대체 무슨 일이죠? 불안해요.
룬쓰	페챠요? 좋은 소년이죠. 순수한 소년입니다. 그에게도 고통스러운 생각이 있습니다.
폴락	그러니까 여러분, 계속하십시오… 오늘 저는 다소간 신경이 곤두서 있어서 기꺼운 마음으로 여러분의 대화를 듣겠

습니다.

룬쓰	(중얼거린다.) 별, 별들이라…
폴락	친애하는 룬쓰, 당신은 별에 대해서 뭘 말하려고 하는 겁니까?
룬쓰	별이 비구름 위 어딘가에서 빛났을 때, 우리는 앉아서 기다리고 생각했습니다. 저기에는 이미 완전한 승리가 있으며, 그래서 지금 별이 빛나고 있다고… 미칠 것만 같아요…
베르호프쎄프	일을 해야 합니다, 일을. 그런데 사슬에 묶인 채 여기 악마의 무덤 속에 앉아만 있다니. 어휴! (절뚝거리며 방안을 걸어 창으로 간다. 잠시 내다보다가 돌아온다.) 트레이치가 돌아온 것 같습니다.
폴락	트레이치 씨가 참 좋습니다. 매우 신중한 사람이에요.
인나 알렉산드로브나	그렇다면 다시 아무 소득도 없이?
베르호프쎄프	(거칠게) 뭘 기다리시는 거예요? 아무것도 없다고 편지했잖아요.
인나 알렉산드로브나	맙소사, 맙소사! 콜류쉬카, 콜류쉬카! 얘야, 널 끝까지 기다리지 못하겠구나. 그런 예감이 들어. (나직하게 운다.)
트레이치	(들어와서 모두와 인사한 다음 자리에 앉는다.) 안녕하십니까!
인나 알렉산드로브나	피곤하겠어요. 뭘 좀 들지 않겠어요?
트레이치	고맙습니다만, 도중에 먹었습니다.
베르호프쎄프	뭐 새로운 소식 있나요?
트레이치	다수가 체포됐습니다. 자니코가 교수형 당했다는 소식은 물론 알고 계시죠?
목소리들	— 설마?
	— 자니코가?

	– 그럴 리 없어. 언제?
베르호프쎄프	불쌍한 사람! 그런데, 어떻게 그가?
인나 알렉산드로브나	그렇게 젊은 사람! 작년에 콜류쉬카와 여기 왔던 사람이지? 피부가 가무잡잡하고 짧은 콧수염 달린 사람.
안나	네, 그 사람이에요.
인나 알렉산드로브나	내 손에 키스했는데… 그렇게 젊은 사람이… 그에게 어머니는 계시냐?
안나	어휴, 엄마! 트레이치, 그 사람이 무심코 지껄이지는 않았나요?
트레이치	비록 그들이 추악하게 굴었지만 그는 용감하게 죽음을 맞이했습니다. 형을 집행할 때 그는 변호인의 입회를 요구했습니다. 그에게는 친척이 없어서 그럴 권리가 있었습니다. 그들은 약속했지만, 그를 속였습니다. 마지막 순간에 그는 단지 집행인들의 얼굴과 별들만 보았습니다. 그는 밤에 처형됐습니다.
룬쓰	별, 별들이라고요!

침묵

트레이치	테르나흐에서는 병사들이 200명 정도의 노동자들을 죽였습니다. 많은 여자와 아이들이 살해됐습니다. 슈테른베르크 관구는 기아상황입니다. 시체를 먹는 일까지 있었다고 사람들은 확신하고 있습니다.
베르호프쎄프	당신은 불길한 사자요, 트레이치.
트레이치	폴란드에서는 유대인 학살이 시작되었습니다.
룬쓰	뭐요? 또다시?

폴락	정말로 야만적인 짓입니다! 참 어리석은 인간들입니다!
인나 알렉산드로브나	하지만 단지 소문일 수도 있어요. 많은 사람들이 말하니까요…
베르호프쩨프	그런데 우리 편 사람들은? 우리 편 사람들 말이오?
트레이치	(어깨를 으쓱한다.) 내일 그리로 갈 겁니다.
안나	그러면 당신도 교수형 시킬 텐데요. 당연해요. 기다려야 합니다.
베르호프쩨프	당신과 함께 가겠소! 빌어먹을!
안나	그런 다리로 어딜 간다고 그래? 생각 좀 해, 발렌틴. 당신은 어린애가 아니잖아.
베르호프쩨프	아아!
트레이치	다리는 어때요, 발렌틴?

베르호프쩨프가 손을 젓는다.

안나	나빠요.
인나 알렉산드로브나	콜류쉬카에 대해서는 아무것도?
트레이치	예정된 시간과 장소에 아무도 나오지 않았습니다. 그래서 일이 연기되었다는 것을 알게 됐습니다. 저도 자세한 내용을 알지 못해 고민 중입니다. 내일 그리로 가겠습니다.
인나 알렉산드로브나	신이 당신을 돕기를. 아들에게처럼 당신에게 축복을 주겠어요.

트레이치가 그녀 손에 키스한다.

폴락	(쥐토프에게) 말씀 좀 하세요. 노동자가 마치 교육받은 사람 같습니다. 놀라워요.

쥐토프	그래요.
폴락	저 사람이 그토록 명쾌하고 간명하게 말하는 게 정말로 좋습니다.
룬쓰	(소리친다.) 들으셨습니까?
안나	무슨 일이죠? 그렇게 소리치다니! 놀랐잖아요…
룬쓰	다시! 다시 아버지와 어머니들을 살해하고, 다시 어린아이들을 찢어죽이고 있습니다. 오, 그걸 느꼈다니까요. 이 저주받을 별을 바라보면서 오늘 난 알아차렸어요!
폴락	사랑하는 룬쓰, 진정하세요.
인나 알렉산드로브나	왜 그런 얘길 했나요, 트레이치?
트레이치	그건 아무것도 아닙니다.
룬쓰	아닙니다. 진정하지 않을 겁니다. 진정하고 싶지 않습니다! 난 충분히 평온했어요. 어머니와 아버지, 그리고 누이가 살해당할 때조차 난 평온했다고요. 거기 바리케이드 위에서 형제들이 살해될 때에도 난 평온했습니다. 오, 얼마나 오랫동안 평온했던가! 나는 지금도 평온합니다. 평온하지 않은가요? 트레이치! 그러니까 모든 게… 허사라는 거죠?
트레이치	아닙니다. 우리는 이길 겁니다.
룬쓰	트레이치, 나는 과학을 사랑합니다. 폴락, 과학을 사랑했다고요. 아직 어렸을 때, 모든 소년들이 거리에서 나를 때릴 정도로 어렸을 때, 그때 이미 과학을 사랑했습니다. 맞으면서 생각했어요. 자라서 유명한 학자가 되어 가족의 명예가 되겠다고. 내게 마지막 한 푼까지 주셨던 아버지와 나를 위해 울었던 사랑하는 엄마의 명예가 되겠노라

	고… 오, 얼마나 나는 과학을 사랑했던가!
폴락	정말 안 됐습니다, 룬쓰. 당신을 존경합니다.
룬쓰	먹지도 자지도 못하고, 마치 개처럼 빵 조각을 찾아 거리를 떠돌 때, 그때도 과학을 생각했습니다. 아버지와 어머니, 그리고 누이가 살해될 때조차도 나는 울면서 머리를 쥐어뜯으며 과학을 생각했습니다. 얼마나 과학을 사랑했던가! 그런데 이제… (나지막하게) 나는 과학을 증오합니다. (고함친다.) 과학은 필요 없어! 과학은 꺼져라!
폴락	룬쓰, 룬쓰, 정말로 안 됐어요…
안나	룬쓰, 마음을 굳게 먹으세요. 이러시면 안 됩니다. 이건 히스테리예요.
룬쓰	아하, 히스테리! 히스테리라고 합시다. 나는 평온합니다. 그런데 당신들은 내가 평온하지 않다고 헛되이 생각합니다. 나는 과학을 하고 싶지 않아요. 여길 떠나겠어요. 여기를 떠나겠다고요. 듣고 있습니까?
트레이치	나와 함께 갑시다.
룬쓰	그래요, 당신과 함께 가겠어요. 과학을 하지 않겠습니다. 저주받을 별들이여. 다시, 또다시! 그것들이 저기서 소리치는 게 들려요! 들리지 않습니까. 난 들려요! 그리고 불타고 살해되고 갈기갈기 찢긴 모든 사람들이 보입니다. 우리들 사이에서 그리스도가 나셨다는 이유로, 우리들 사이에서 선지자들과 마르크스가 왔다는 이유로 죽인 겁니다. 그들을 봅니다. 차갑고 갈기갈기 찢긴 시체들이 창으로 나를 들여다봅니다. 그들은 머리 위에 서서 내가 잠잘 때 묻는 겁니다. '그래도 과학에 전념할 테냐, 룬쓰?' 아니

에요! 아닙니다!

인나 알렉산드로브나 이보게, 하느님이 자넬 도우실 거야.

룬쓰 그래요, 하느님. 저는 유대인입니다. 그래서 유대의 신을 부릅니다! 복수의 신이여, 복수의 신이시어! 모습을 드러내라! 일어나라! 지상의 판관이여, 오만한 자들에게 복수하라! 복수의 신이여! 복수의 신이여! 현신하라!

베르호프쎄프 형리들에게 복수를!

말없이 주먹으로 위협하고 룬쓰는 나가버린다.

트레이치, 어떻소?

폴락 참으로 불행한 젊은입니다! 인간이 과학을 사랑하는데 그것에 복무할 수 없다면 참으로 고통스러울 겁니다. 존경하는 인나 알렉산드로브나. '나는 울었어요'라고 그가 말했을 때 저는 정말 즐거웠습니다.

인나 알렉산드로브나 그만 하세요. 가슴이 찢어지는 것 같아요. 언제나 이 일에 끝이 오려는지! 아무리 살아봐도 밝은 날을 보지는 못할 겁니다. 삶이란!

쥐토프 그렇습니다. 고통스럽죠.

트레이치가 베르호프쎄프를 한쪽으로 데려간다. 인나 알렉산드로브나를 경고조로 가리키면서 그에게 무엇인가 속삭인다. 몇 마디 지나지 않아 베르호프쎄프가 머리를 움츠리고 큰 소리로 말한다.

베르호프쎄프 그럴 수가! 누구도…

트레이치 쉿!

속삭인다.

폴락	신에게 의지해야 합니다, 존경하는 인나 알렉산드로브나. 하지만 그 불행한 젊은이가 말한 보복의 신이 아니라, 자비와 사랑의 신에게 의지해야 합니다.
쥐토프	사람에게 필요한 신들은 여러 종류니까요.
인나 알렉산드로브나	아아, 얘들아, 얘들아! 너희들의 고통이 참으로 크구나!

세르게이 니콜라예비치가 들어와 인사한다.

세르게이 니콜라예비치	당신도 여기 있었소, 폴락?
폴락	오늘이 제 생일입니다, 존경하는 세르게이 니콜라예비치.
세르게이 니콜라예비치	축하합니다. (악수한다.)
폴락	그리고 오늘 모인 분들께 판니 에어스테르 양과 약혼을 선언할 영광을 가졌습니다.
세르게이 니콜라예비치	그래서 그렇게 행복한 사람이구려!
폴락	그렇습니다. 이제 저에게 동반자가 생길 것입니다, 존경하는 세르게이 니콜라예비치. (소리 내서 웃는다.)
세르게이 니콜라예비치	다시 한번 축하하오. 그런데 니콜라이에 대해서는 무슨 새로운 소식 없습니까?
트레이치	탈출이 연기된 것 같습니다.
베르호프쎄프	지상에서 무슨 일이 일어나고 있는지 들으실 수 있다면, 존경하는 점성술사여!
세르게이 니콜라예비치	무슨 일인가? 또다시 어떤 불행이?
베르호프쎄프	그렇습니다. 덧없는 번뇌들이죠. (머리를 옆으로 돌린 채) 이렇게 당신을 보면서 저는 생각합니다. 당신에게 무슨 친구라도 있을까? 아니면 당신은 그렇게 혼자, 혼자인지 말입니다.

세르게이 니콜라예비치 (인나 알렉산드로브나를 가리킨다.) 이 사람이 친구야.

인나 알렉산드로브나 당황시키지 말아요, 세르게이 니콜라예비치. 당신에게 그런 친구가 필요한가요?

베르호프쎄프 뭐, 그렇다고 해두죠. 다른 친구는요?

세르게이 니콜라예비치 더 있다네. 하지만 생각해보게. 나는 그들을 본 적이 없네. 한 친구는 남아프리카에 사는데 천문대를 가지고 있지. 다른 친구는 브라질에 살고. 세 번째 친구는 어디 사는지 모른다네.

베르호프쎄프 사라졌나요?

세르게이 니콜라예비치 그는 150년 전에 죽었네. 전혀 모르는 친구가 또 하나 있지. 몹시 사랑하는 친구네만, 그는 아직 태어나지 않았다네. 그는 대략 750년 후에 태어날 걸세. 그래서 나는 관측 기록을 점검해보라고 그에게 이미 위임했다네.

베르호프쎄프 그가 점검할 거라고 확신하십니까?

세르게이 니콜라예비치 물론이야.

베르호프쎄프 이상한 수집물이로군요. 박물관 같은 곳에 기부하시지 그래요. 그렇지 않소, 트레이치!

트레이치 테르노프스키 씨의 친구들이 마음에 듭니다.

페챠가 빠른 걸음으로 들어와 주위를 돌아본다.

페챠 룬쓰는 어디 있죠? 여기 다 있나요? 좋아요. 근데 룬쓰는?

인나 알렉산드로브나 자기 방에 있단다, 페챠. 그에게 가서 이야기 좀 하렴. 오늘 너무 흥분해 있더구나.

페챠 제발, 여러분. 여기 앉아 계세요. 작은 축제를 하고 싶어요. 오늘은 그런 날입니다.

124

폴락	불꽃놀이라도 하려고? 오, 영리한 페챠. 하지만 그건 너무 심하지 않은가요. 물론 그런 날이긴 하지만…
페챠	금방. (나간다.)
세르게이 니콜라예비치	(천천히 돌아다닌다.) 폴락, 오늘 기압이 어떤지 알고 있습니까?
폴락	상당히 낮습니다, 존경하는 세르게이 니콜라예비치.
세르게이 니콜라예비치	느껴지는군요.
폴락	자침의 동요와 관련하여 남쪽 지방에서 사이클론이 발생했다고 생각됩니다.
세르게이 니콜라예비치	그래요. 불안하군요.
안나	(인나 알렉산드로브나에게) 페챠가 무슨 뻔뻔스러운 걸 생각한 것 같아요. 괜히 그 아일 들뜨게 했어요, 엄마.
인나 알렉산드로브나	걜 어떻게 하겠니? 걔한테 무슨 일이 있는지, 너도 보고 있잖니…
베르호프쎄프	(트레이치와 함께 탁자로 간다.) 이곳의 지독한 정적은 정말 대단합니다. 마치 무덤 속 같아요.
세르게이 니콜라예비치	그런가? 내가 보기에는 여기 아래쪽이 다소 소란스러운 것 같은데.
트레이치	(베르호프쎄프에게) 그리고 한 가지 더. 만일 내가 돌아오지 않으면, 그녀에게 말하세요…
베르호프쎄프	알겠소! 휴, 정말 후텁지근하군!
안나	내 생각엔 곧 추워질 거야.
베르호프쎄프	더위와 추위. 모두 하나같이 악마라고. 만일 여기서 일주일만 더 산다면…
폴락	여러분, 모든 사람들이 참여할 수 있는 어느 정도 제대로

	된 좌담회를 한번 개최해보지 않겠습니까? 좌장도 선출하고요…
룬쓰	(들어온다.) 부르셨나요? 당신이 불렀습니까, 세르게이 니콜라예비치?
세르게이 니콜라예비치	아니오.
룬쓰	페챠가 나한테 뭐라고 말한 거지? (나가려고 한다.)
폴락	우리와 함께 앉으세요, 친애하는 룬쓰. 지금 당신은 다소간 진정되었으니, 당신에게 말하고 싶군요. 과학에 대한 당신의 견해에 나는 동의하지 않습니다.
룬쓰	아아, 그만 두세요! 세르게이 니콜라예비치, 당신께 말씀드려야겠습니다. 저는 천문대를 떠나겠어요.

문 뒤에서 페챠의 목소리. "생도! 공작영양께 길을 트게!"

폴락	(웃는다.) 아, 페챠군요! 참 재미있는 소년입니다! 들어보세요, 들어 보시라고요!

문이 활짝 열린다. 페챠와 노파가 들어온다. 그녀는 거의 90도 각도로 몸이 절반으로 굽었고, 제대로 걷지도 못한다. 가난과 노년 그리고 슬픔의 무시무시한 형상이다. 페챠는 그녀의 손을 잡고서 마치 오페라에서처럼 의기양양하게 등장한다. 문가에는 민나와 프란츠 그리고 몇몇 하인들의 미소 짓는 얼굴들이 자리하고 있다.

페챠	여러분, 소개합니다. 매혹적인 약혼자 엘렌입니다.
베르호프쎄프	(거칠게 웃는다.) 바보 같으니!
안나	내가 말했잖아!
폴락	(일어난다.) 이건 조롱하는 겁니다! 내 약혼자를 조롱하는 걸 허용하지 않겠어요!

페챠	(큰 소리로) 매혹적인 엘렌, 모두에게 인사하세요!

노파가 인사한다.

폴락	항의합니다! 이건 모욕이에요!
인나 알렉산드로브나	농담하는 겁니다. 페체츠카, 이건 좋지 않아. 늙은 사람을 조롱하면 안 된다.
룬쓰	아닙니다. 이건 농담이 아니에요! 난 이해합니다. 오, 이해한다고요!
페챠	그래요. 이제 이야기합시다, 매혹적인 엘렌. 몇 살인가요?

노파는 침묵하고 고개를 젓는다.

열일곱 살이라고 말했소? 열일곱 살의 매혹적인 처녀니다. 공작인 당신 아버지와 공작부인인 당신 어머니는 우리 결혼에 동의합니까?

노파는 침묵하고는 고개를 젓는다.

폴락	깊이 존경하는 세르게이 니콜라예비치! 당신 집에서 저를 모욕했습니다…
룬쓰	(격노하여) 대체 무슨 생각을 하는 겁니까? 당신과 바보 같은 약혼자가 누구한테 필요하겠어요.
폴락	룬쓰 씨, 당신이 책임져요!
룬쓰	별, 저주받을 별들이여!
페챠	참으로 행복하오, 매혹적인 엘렌! 장미의 향기가 들리나요? 정원에서 꾀꼬리가 노래하는 게 들리시오? 매혹적인 엘렌, 이것은 우리의 사랑을 노래하는 겁니다.

룬쓰	저주받을 별들!
페챠	당신의 향기로운 입술, 매혹적인 엘렌…
룬쓰	그래, 그렇고말고…
페챠	…당신의 진주 같은 이와…
룬쓰	그래, 그렇다니까!
페챠	…당신의 부드러운 뺨. 난 정신없이 사랑에 빠졌다오, 매혹적인 엘렌! 어째서 당신은 매혹적인 두 눈을 그토록 겸손하게 내리뜨고 있나요?
룬쓰	수치다! 부끄럽지도 않습니까, 폴락? 과학이라고! 당신이 보는 게 뭐요? 내 어머니요, 내 어머니라니까…
폴락	이해할 수 없군요…
페챠	당신의 잘 빠진 몸을 쭉 펴고 당당하게 나의 아내라고 선언하세요, 매혹적인 엘렌! 나의 불안한 영혼은 당신의 품 속에서 영원한 안식을 찾았으니까요!

노파가 고개를 젓는다.

안나	그들 모두 정신병원에 보내야 합니다.
베르호프쎄프	(놀라서) 안나, 조용히!
폴락	이건 도대체…
룬쓰	입 다물어, 부르주아. 이건… 내 어머니야. (노파에게) 늙은 여인이여 ! (페챠를 밀어낸다.) 내 말을 들어요, 늙은 여인이여. 당신 앞에 무릎을 꿇겠소, 작은 유대인이. 당신은 내 어머니요. 그러니 주세요. 주십시오. 당신 손에 키스하겠어요…
페챠	(소리친다.) 내 약혼자야!

룬쓰	내 어머니야, 그녀를 놓아주시오…
안나	물을 줘요!
룬쓰	늙은 여인이여! 용서하세요. 저는 과학을 사랑했어요. 어리석은 유대인… 유대인이!
베르호프쎄프	(트레이치에게) 뭔가를 해야 합니다!
트레이치	괜찮습니다.
룬쓰	오직 당신만을 사랑합니다, 늙은 여인이여. 내 머리와 가슴을 받으세요. 저주받을 별들이여! 저주받을 별들이여!
페챠	(소리친다.) 내 약혼자라고!
인나 알렉산드로브나	맙소사! 페츄쉬카! 정상이 아니네!
안나	물을!
룬쓰	당신과 함께 가겠어요. 그리고 신에게 맹세하노니…
베르호프쎄프	그만 하세요!

페챠가 발작적으로 몸을 떤다. 트레이치를 빼놓고 모두가 그에게 달려든다. 세르게이 니콜라에
비치가 걸음을 옮기다가 멈추고 룬쓰를 본다.

룬쓰	(무릎을 꾼 채로) 늙은 여인이여! 당신이 보는 것처럼 나는 울고 있소, 늙은 여인이여. 나는 과학을 사랑한 하찮은 유대인이오. 당신은 나의 어머니, 당신은 나의 어머니입니다. 신 앞에 맹세하노니, 평생 당신에게 몸을 바치겠어요. 사랑하는 나의 늙은 여인이여. 나는 웁니다… 저주받을 별들이여!

막
Занавес

제 4 막

Действие четвёртое

무대의 오른쪽 구석에 천문대의 둥근 지붕이 단면으로 나 있는데, 그것의 3분의 1은 측면무대 뒤로 나가 있다. 둥근 지붕 주위에는 철제의 투명한 격자를 가진 작은 회랑. 무대 아래는 천문 대의 주 건물과 연결된 어떤 지붕의 일부. 산들의 외형이 보일 듯 말 듯하다. 나머지 모든 것 은 밤하늘의 거대한 공간뿐이다. 왼쪽으로 거대한 굴절 망원경의 윤곽이 흐릿하게 드러난다. 두 개의 탁자가 있고, 그 위에는 어둑하며 빛이 통하지 않는 갓이 딸린 램프가 있다. 둥근 지 붕의 관측소는 열려 있고, 거기에서 별이 빛나는 하늘이 보인다. 아래쪽을 향한 계단 또한 단 면만 보인다. 정적. 메트로놈의 고요한 박동소리. 세르게이 니콜라예비치, 페챠 그리고 폴락.

폴락	그러니까요, 존경하는 세르게이 니콜라예비치. 당신이 방을 좀 지켜주세요. 저는 가서 표를 꼭 완성해야 합니다.
세르게이 니콜라예비치	일하세요, 일해요. 잘 가시오!
폴락	(페챠를 향해서) 우라니아 여신의 젊은 신관이여, 오늘 기분은 어떤가요?
페챠	좋습니다. 고마워요.
폴락	그토록 결혼하고 싶어 하는 불쌍한 폴락을 더 이상 놀리지 않는 거죠?
페챠	물론입니다. 그러고 싶지 않았는데…

폴락	알아, 알고 있다고…
세르게이 니콜라예비치	저 아인 그때 건강하지 않았소.
폴락	농담한 겁니다, 존경하는 세르게이 니콜라예비치. 제 안에서 엄청나게 축적된 유머가 발현되고 있다는 것에 놀라워하면서 주목하고 있습니다. 오늘 프란츠가 우유를 흘렸을 때 그에게 말했습니다. '프란츠, 뒤에 은하수를 남기고 있네요.' 그랬더니 몹시 웃더군요. (웃는다.) 하지만 자세한 얘기는 하고 싶지 않습니다. 안녕히 계십시오. (나간다.)
페챠	저 폴락은 정말 재미있어요! 여기 있으면 아빠한테 방해되지 않나요?
세르게이 니콜라예비치	괜찮다, 애야.
페챠	아래로 내려가고 싶지 않아요. 이제 저기는 너무 지루해요. 어제 쥐토프가 카이로에서 전보 보낸 거 알고 계시죠? '앉아서 피라미드를 보고 있단다.' 피라미드 보셨어요?
세르게이 니콜라예비치	보았단다. 엄마 혼자 힘들어할까 걱정되는구나.
페챠	지금 엄마는 주무세요. 낮에 엄마하고 많이 있었어요. 엄마는 계속해서 콜랴 이야기를 하세요, 아빠.
세르게이 니콜라예비치	그래, 아무것도 알 수가 없으니. 안나한테는 소식 없니?
페챠	없어요. 누나는 편지 쓰는 걸 좋아하지 않아요. 물론 알 수 있는 건 아직 없어요. 저는 계속해서 엄마한테 그걸 반복하지만, 아시잖아요. 여자들과 이야기하는 게 얼마나 힘든지… 하지만 아빠를 방해하지는 않을래요. 아빠도 계산하실 거예요?
세르게이 니콜라예비치	그래. 조금만. 어쩐지 피곤하구나.

페챠	조금 읽을래요… 참, 아빠. 어제 잡지에서 읽었어요. 아빠가 성운에 대한 어떤 엄청난 발견을 하셨고, 그걸로 상을 받으실 거라면서요…
세르게이 니콜라예비치	애야, 이미 10년 전에 발견했단다. 천문학의 영광은 늦게 오는 법이란다. 사람들은 우리에게 관심이 거의 없거든.
페챠	저도 몰랐어요!
세르게이 니콜라예비치	이집트 신관들처럼 우리는 예전과 마찬가지로 고립된 채 남아 있게 될 거다. 설령 의지와는 반대된다 하더라도.
페챠	참 바보 같은 일이에요! 아빠, 그런데 제가 아팠을 때, 왜 저를 여기 눕혀 놓으라고 명령하셨어요? 분명히 아빨 방해했을 텐데요.
세르게이 니콜라예비치	아니다. 하지만 무엇인가가 무척 사랑스러워지면, 그걸 이리로 올려놓고 싶어지더구나. 나에게는 어떤 확신이 있단다, 페챠. 여기에는 고통이나 질병이 있을 수 없다는 확신 말이다. 여기는 별들이 있으니까.
페챠	한번은 밤에 일어나 아빨 봤어요. 아빠는 별을 보고 계셨어요. 고요했고, 아빠는 별들을 보고 계셨어요. 바로 그때 뭔가를 깨달았어요… 아니, 느꼈어요. 무엇인지는 알 수 없어요. 설명할 수 없어요. 마치 이 세상에 우리만 있는 것 같았어요. 아빠와 별들 그리고 나… 아니면 마치 우리가 이미 죽었다거나. 그래도 무섭지가 않았어요. 평온했죠. 무엇인가 좋고 순수했어요. 저는 지금 몹시 살고 싶어요. 왜 그런 걸까요? 전과 마찬가지로 모르겠어요. 왜 살며, 왜 늙고 죽는지를? 하지만 마찬가지예요. 이런, 일하세요, 일해요. 폴락이 말한 것처럼 자세한 것으로는 들

어가지 않을 거예요.

세르게이 니콜라예비치   (생각에 잠겨) 그래. 인간은 오직 자신의 삶과 자신의 죽음에 대해서만 생각하지. 그것 때문에 인간은 그렇게 무시무시 하게 살며, 그렇게 지루하게 사는 것이란다. 마치 무덤 속 에서 길 잃은 벼룩처럼 말이다… 무시무시한 공허를 채우 려고 인간은 기막히고 강력하게 많은 것을 생각해낸단다. 하지만 공상 속에서도 그는 오로지 자신의 죽음에 대하 여, 자신의 삶에 대해서만 말하는 법이야. 그래서 그의 공 포가 자라나는 것이지. 그리하여 그는 밀랍세공 인물들로 이루어진 박물관의 주인처럼 되는 것이란다. 그래, 밀랍 세공 인물들로 이루어진 박물관의 주인 말이다. 낮에 그 는 방문객들과 함께 떠들고 그들에게서 돈을 받지. 하지 만 밤이면 혼자서 그는 죽음들과 죽어버린 것, 그리고 영 혼도 없는 것 사이에서 공포와 함께 돌아다니는 거야. 도 처에 생명이 있다는 것을 만일 그가 안다면!

페챠   아빠, 처음에 제가 무엇 때문에 놀랐는지 아세요? 빈방에 서 의자를 보았어요. 정말로 단순한 의자였어요. 그런데 갑자기 너무나 무서워져서 울음을 터뜨렸어요.

세르게이 니콜라예비치   인간의 생각은 창공의 강력하고도 자유로운 지배자인 새 에 의하여 생겨났단다. 그런데 그는 새의 날개를 묶어서 새집 속에 가두었던 거야. 뻔뻔스럽게 거짓말하는 철사로 된 벽을 가진 새집 말이다. 하늘은 철망을 통해서 새를 자극하고, 새는 다른 새들과 논쟁을 벌이면서 둔해지는 거야. 날아다니는 대신 어리석어지는 거란다.

페챠   가련한 지배자!

세르게이 니콜라예비치	그래, 여전히 그렇게 살고 있단다. 그래서 인간이 이걸 알게 되면 그는 희랍인이든, 이교도든 사는 게 기뻐지는 법이야. 숲의 요정들과 님프들이 다시 나타나고, 땅의 요정들은 달빛 속에서 춤을 춘단다. 인간은 숲을 돌아다니며 나무와 꽃들과 이야기를 나누게 될 거다. 그는 결코 혼자가 아닐 것이야. 왜냐하면, 모든 것이 살아 있기 때문이다. 쇠도 돌도 나무도 말이야.
페챠	(웃는다.) 아빤 참 웃겨요.
세르게이 니콜라예비치	그래? 정말이냐?
페챠	아빠는 의자들한테도 예의를 지키니까요. 아니, 그건 사실이에요. 사물에게 아빠는 예의를 지켜요. 무엇인가를 손에 들게 되면 아빠는 그것을 어쩐지 예의 바르게 다루세요. 설명할 수가 없네요. 아빠는 무척이나 산만하죠. 하지만 솜씨 좋게 다니면서 아무것도 걸지 않고, 밀지도 않고, 떨어뜨리지도 않아요. 안데르센 동화처럼 밤에 의자와 책장, 그리고 컵들이 모여서 이야기하기 시작하면 그것들은 분명히 아빠를 엄청나게 찬양할 거예요.
세르게이 니콜라예비치	그래? 의자들이 이야기한다는 게 마음에 드는구나.
페챠	아빠가 떠나시면 여기는 어떻게 되나요? 모든 게 노래할까요?
세르게이 니콜라예비치	내가 있을 때도 노래한단다.
페챠	파이프가 베이스처럼 말씀이죠?
세르게이 니콜라예비치	얘야, 별들이 노래하는 걸 들었느냐?
페챠	아뇨.
세르게이 니콜라예비치	그것들은 노래한단다. 별들의 노래는 영원처럼 은밀하지.

끝없는 공간의 심연에서 나오는 별들의 목소리를 한 번이라도 들은 사람은 영원의 아들이 되는 법이란다! 영원의 아들! 그래, 페챠야. 언젠가 인간은 그렇게 불리게 될 게다. (웃는다.) 아빠, 화내지 마세요. 정말 폴락도 영원의 아들일까요?

세르게이 니콜라예비치 그럴지도 모르겠구나.

페챠 하지만 그는 그토록 어리석고, 그렇게 옹졸한데요… 아니, 아니, 그만 두겠어요. 앉을래요. 아빠가 계신 이곳의 공기가 저쪽 방에는 절대 없거든요. 계속 생각하시는 거예요?

세르게이 니콜라예비치 그래.

페챠 그러면, 생각하세요. 그만하고 책 읽을래요.

침묵

오늘은 룬쓰가 떠난 지 꼭 3주일 되는 날이에요.

세르게이 니콜라예비치 그래?

침묵. 페챠는 읽는다. 세르게이 니콜라예비치는 생각에서 벗어나 천천히 일감을 자기 쪽으로 끌어당긴다. 일한다.

페챠 열이 있던 처음 며칠 밤에는 굴절망원경이 두려웠어요. 별을 따라 돌게 되어 있잖아요. 그래서 눈을 뜨면 그것은 어느새 조금 또 움직이곤 했어요. 왜 그런지 모르지만, 그게 저에게는 마치 커다란 검은 눈 같았어요… 옷소매가 달린 프록코트를 입은.

침묵. 세르게이 니콜라예비치는 일감을 밀어놓고 한 손에 턱을 괸 채 생각한다.

세르게이 니콜라예비치 어떤 기구에 대해 천문학자 티호 브라게가 쓴 시를 알고 있단다, 페챠. 그것은 코페르니쿠스가 모든 작업에서 활용했던 시차기구였다. 세 개의 나무 막대기를 가지고 몸소 만들었는데, 정말로 무지무지하게 나쁜 기구였다. 아랍인들에겐 더 좋은 기구가 있었단다. 한번 들어보렴.

"하늘에서 내려와 멈추어라"라고 태양에게 말했던
그 사람이 땅을 하늘로, 달을 땅으로 던져버렸다.
세계의 모든 질서를 전복시키고 나서도
그는 결코 세계의 연결부분을 깨뜨리지도 떼어내지도 않았다.
그는 두 눈의 경험으로 익히 알고 있는 창공을 우리에게
조화로움의 본보기로 매우 단순하게 제시하였다.
내가 이해하고 있는 바로 그 남자, 코페르니쿠스 자신은
바로 이 막대기를 소박한 기구로 만들고
너무도 대담한 기획을 실현하였다.
그는 하늘의 모든 공간에 규칙을 부여하였고,
규칙의 영광 속에 고상한 천체의 흐름을
하잘 것 없는 나뭇조각에게 복종시켰다.
그리고 그는 창조의 그날부터 모든 죽어가는 것들에게 길을
금지하였던 바로 그런 신들 속으로 파고들어 갔다.
이성이 어떤 장애물을 극복할 수 없으랴!
언젠가 펠리온과 오싸,
그리고 에트나와 올림포스가 단번에
다른 산들과 함께 사방에서 헛되이 축조되었나니.
육체는 야만적인 힘으로 강력한 기간테스가
지혜는 허약한 존재라는 것을 목격한 사람들은
별에 이르지 못하였다. 오직 자신의 이성 속에서 도움을 구한
그 사람, 위대한 그 인간 혼자만이
단단한 근육이 아니라, 가느다란 막대기를
기구로 선택하고 창공으로 올라갔던 터이다.
여기는 얼마나 강력한 사고의 창조물인가!
비록 그것의 가치가 본질적으로 적을지라도,

그러나 황금 자체가 이성을 가지게 된다면,
그런 나무를 부러워하게 될지니!

침묵. 아래에서 다소 주저하면서도 구슬픈 곡조의 음악소리.
〈격자 뒤에 나는 앉아서… 잿빛 감옥에서…〉

페챠	(벌떡 일어난다.) 이게 무슨 음악이죠? 누가 저걸. 저기엔 엄마밖에 없는데!
세르게이 니콜라예비치	(돌아보면서) 그래. 마루샤 아니냐?
페챠	(소리친다.) 마루시카가 돌아왔어요! 곧 갈게요, 금방! (아래로 달려간다.)
세르게이 니콜라예비치	(반복한다.) 〈그러나 황금 자체가 이성을 가지게 된다면, 그런 나무를 부러워하게 될지니!〉

긴 침묵. 계단에 마루샤와 페챠가 나타난다.

마루샤	울지 마. 왜 울어? 엄마한테 가.

흐느낌을 자제하면서 페챠는 울고 있다.

가, 어서 가라니까. 엄마 혼자 계셔. 엄마를 붙들어 드리렴. 넌 남자니까.

페챠	당신은?
마루샤	난 괜찮아. 가거라. (그의 머리에 키스한다. 그들은 헤어진다.)
세르게이 니콜라예비치	이봐요, 마루샤! 당신이 돌아와서 정말 기쁘오. 무엇인가를 내가 예감할 수 있다는 걸 믿지 않을 테지만, 나는 오늘 종일토록 당신의 도착을 느끼고 있었다오.
마루샤	안녕하세요, 세르게이 니콜라예비치. 일하세요?

세르게이 니콜라예비치	니콜라이는 어떻소? 탈출했소?
마루샤	네. 그는 감옥을 벗어났어요.
세르게이 니콜라예비치	여기 왔소?
마루샤	아뇨.
세르게이 니콜라예비치	그 아이가 위험하지는 않은 거요, 마루샤?
마루샤	그렇습니다.
세르게이 니콜라예비치	불쌍한 마루샤! 정말로 지쳐 보이는구려. 온종일 나는 당신과 그 아이, 그 아이와 당신을 생각했다오. 당신에 대해서 말할 수는 없지만, 당신은 음악과 같은 사람이오, 마루샤! 참으로 기쁘오! 당신 손에 키스하게 해주시오. 쇠 자물쇠와 격자 아래서 그렇게 많은 일을 했을 당신의 부드러운 손에. (엄격하게 키스한다.) 앉아서 이야기하시오.
마루샤	(회랑을 가리키며) 저쪽으로 가시죠.
세르게이 니콜라예비치	참 기쁩니다. 당신을 위해 의자를 가져가리다. 무척 피곤할 터이니, 마루샤.

그들은 나간다.

	자, 앉으시오. 여기 괜찮소?
마루샤	네. 참 좋습니다.
세르게이 니콜라예비치	여기서 나는 페차와 앉아 있었소. 참 사랑스러운 아이예요! 요즘엔 니콜라이를 떠오르게 한다오…
마루샤	네.
세르게이 니콜라예비치	하지만 페차에게는 여성스럽고 나약한 면이 많아요. 때로 그 아이 때문에 불안하다오. 니콜라이는 그토록 정열적이고 대담한데. 그 안에서 모든 것은 참으로 조화롭고 균형

138

잡혀 있으며, 참으로 부드럽고 강력한데 말이오! 용기 있는 인간의 아름다운 모범이라오. 반복되지 않도록 자연만이 파괴할 수 있는 드물고 아름다운 형식이오.

마루샤 그렇습니다. 파괴하죠. 제가 드리고 싶은 말씀은…

세르게이 니콜라예비치 그는 젊은 신처럼 매혹적이오. 그에게는 도저히 저항할 수 없는 어떤 마법이 있소. 그래서 모두가 그를 그토록 사랑하는 거요, 마루샤. 심지어 안나, 안나까지도 말이오. 참으로 아름다운 인간이오! 당신에게는 이런 말이 어리석어 보일지도 모르겠소. 그는 아침노을 전에 별이 빛나는 하늘을 떠올리게 한다오.

마루샤 네. 아침노을 전에 별이 빛나는 하늘이에요.

세르게이 니콜라예비치 그는 탈출하지 않을 수 없었소. 그걸 확신하고 있었어요. 감옥이라니! 감옥이 뭐요. 적갈색의 자물쇠와 썩고 어리석은 격자들이라니. 어떻게 그것들이 그토록 오랫동안 그를 붙들어둘 수 있었는지, 놀라워요. 그것들은 마치 젊고 행복한 왕자에게 그런 것처럼 그에게 길을 내주고 분명히 미소 지었을 거요!

마루샤 (무릎을 꿇고 고통스러워하면서) 아버님, 아버님. 얼마나 두려운 지요!

세르게이 니콜라예비치 뭐요, 무슨 일이오, 마루샤?

마루샤 아름다운 형식이 파괴됐어요! 아버님, 파괴됐어요. 파괴됐다고요. 아름다운 형식이!

세르게이 니콜라예비치 죽었소! 말하라니까!

마루샤 그이는… 이성이 그를 떠났어요.

(벌떡 일어난다.) 이게 무슨 일이죠! 저주받을 삶이여! 이런 삶에 신이 어디 있나요? 그는 어딜 보고 있냐고요? 저주받을 삶이여! 눈물로 쇠약해져서 죽어버려라. 떠나버리라고! 뛰어난 인간들이 죽어가고, 아름다운 형식이 파괴되는데 살아서 무엇 하겠어요! 그걸 아시겠어요, 아버님? 삶에 변명은 없어요. 삶에 변명은 없다니까요.

세르게이 니콜라예비치　내게 모두 이야기해라.

마루샤　왜요? 정말로 이야기할 수 있을까요? 이야기하려면 이해해야 하는데, 이해할 수 있을까요?

세르게이 니콜라예비치　말해.

마루샤　그는 저의 깃발이었습니다. 야만인들이 그를 감옥에 던져넣었을 때, 저는 생각했어요. 저들은 야만인이지만, 그는 태양이야. 또 저는 생각하기를, 그이를 사랑하는 모든 사람이 봉기하여 감옥을 부순다면, 나의 태양은 다시 찬란하게 나타날 것이라고. 나의 태양이!

세르게이 니콜라예비치　어떻게 된 거냐?

마루샤　별은 어떻게 지나요? 새는 갇힌 채 어떻게 죽나요? 그이는 노래를 멈추었고, 창백하고 슬퍼하기 시작했죠. 하지만 저를 진정시키곤 했습니다. 딱 한 번 그이는 말했어요. '난 철창을 이해할 수가 없어. 나와 하늘 사이에 있는 철창이란 무엇일까.'

세르게이 니콜라예비치　나와 하늘 사이라고.

마루샤　거기서 사람들을 몰살시킨 겁니다. 그래요, 그렇습니다.

사람들은 감옥에서 봉기를 일으켰습니다. 간수들은 감방으로 난입하여, 그들을 하나씩 붙들고 때렸습니다. 팔과 다리로 때렸고, 발로 짓밟았으며, 얼굴을 뭉개버렸어요. 둔하고 냉정한 야수들은 오랫동안 무시무시하게 때렸습니다. 그들은 당신 아들도 용서하지 않았어요. 제가 그이를 보았을 때, 그의 얼굴은 처참했습니다. 온 세상에 미소 짓던 부드럽고 아름다운 얼굴이! 단 한 번도 거짓말을 하지 않은 그이의 입과 입술을 찢어버렸고, 오직 아름다운 것만을 보았던 눈을 거의 뽑아버렸어요. 이게 이해가 되세요, 아버님? 이걸 정당화할 수 있으세요?

세르게이 니콜라예비치 말해라.

마루샤 그러자 그의 내부에서 무시무시하고 치명적인 애수가 잠을 깼어요. 그는 누구도 비난하지 않았고, 제 앞에서 간수들을 옹호했어요. 자기를 살해한 자들을 말이죠. 하지만 그의 두 눈에는 검은 애수가 자라났어요. 그의 영혼은 죽어가고 있었습니다. 하지만 그는 여전히 저를 진정시키고, 계속해서 위로했습니다. 한번은 이렇게 말했어요. '나는 영혼 속에 세계의 모든 슬픔을 가지고 다닐 거야.'

세르게이 니콜라예비치 계속해라.

마루샤 그는 의식을 잃기 시작했습니다. 그 다음엔 침묵했어요. 말없이 다가와서는 제가 말하는 동안 침묵했어요. 그리고 말없이 가버리는 겁니다. 그의 눈은 커지고 검어지기 시작했어요. 마치 온 세상의 슬픔이 그의 두 눈에서 보이는 것 같았습니다. 그런 아름다움을 저는 본 적이 없어요, 아버님! 오늘 제가 면회하러 갔을 때, 그이는 이미 병원에 있었어요. 어제 사람들이 그이를 산보시키러 데리고 나가자 그이는 계단에서 난간으로 몸을 던지려했는데, 사람들이 붙들었다는 겁니다. 그 다음에 그이는 이성을 잃었고, 광인이 입는 옷을 입게 됐지요. 이게 다예요.

세르게이 니콜라예비치   그를 보았느냐?

마루샤   보았습니다. 하지만 그것에 대해서 말하지 않겠어요. 할 수 없습니다. 아름다운 형식이 파괴됐어요!

세르게이 니콜라예비치   사람들은 언제나 선지자들을 죽였다!

마루샤   아버님! 자기들의 선지자를 죽이는 사람들 사이에서 어떻게 살 수 있을까요? 어디로 가든 더 이상 살 수 없어요. 인간의 얼굴을 바라볼 수 없어요. 무서워요! 인간의 얼굴, 그건 정말 무시무시해요. 인간의 얼굴이. 저는 눈물을 쏟아냈어요. 그리고 앞으로 있을 슬픔도, 치명적이고 최후의 슬픔도요. 보이시죠. 저는 평온해요. 많은 별들처럼!

사이

세르게이 니콜라예비치   인나도 알고 있는 거냐?

마루샤   네.

세르게이 니콜라예비치   의사들은 뭐라 말하더냐?

마루샤   천치가 될 거래요.

세르게이 니콜라예비치   니콜라이가 천치라고?

마루샤   네. 그는 오래 살 겁니다. 무관심해질 거고, 많이 마시고 먹어서 뚱뚱해질 겁니다. 그는 오래 살 겁니다. 행복해질 거예요.

세르게이 니콜라예비치   니콜라이가 천치라고! 그것을 상상하기가 정말이지 어렵구나. 그 아름다운 인간이, 그 조화롭고 밝은 영혼이 어둠 속으로, 지루하고 빈한하며 거의 움직이지도 않는 혼란 속으로 잠겨들다니. 그는 지금 추하더냐, 마루샤?

마루샤 (고통스럽게) 네, 추합니다. 그것 때문에 불안하신가요?

세르게이 니콜라예비치 네가 이토록 평온하다니 나로서는 기쁘구나. 네가 그렇게 강하리라고는 생각하지 않았다.

마루샤 벌써 한 달 동안 날이면 날마다 고통을 견디고 있어요. 익숙해졌습니다. 익숙해진다는 것, 그것은 분명 광기 비슷한 어떤 게 아닌가요, 아버님?

세르게이 니콜라예비치 이제 무엇을 하고 싶은 게냐?

마루샤 모르겠습니다. 아직 생각하지 않았어요. 풀도 마르지 않은 무덤 위에서 새로운 삶을 생각하는 것이 참으로 부끄러워서요. 새끼를 잃어버린 것에 익숙해지려면 개에게도 시간이 필요하니까요.

세르게이 니콜라예비치 내가 니콜라이를 건사하마. 이제 그 아이에게는 많은 것이 필요 없다. 그러니 마루샤, 더 이상 그에게 오지 말거라. 절대 오지 마라.

마루샤 아닙니다. 오겠어요!

세르게이 니콜라예비치 그것은 성물모독이다. 그것은 자기 방에 시체를 남겨두는 것과 똑같은 성물모독이다. 시체는 불길에 태워야 한다.

마루샤 하지만 제 방에 시체를 남겨둘 거예요.

세르게이 니콜라예비치 왜냐?

마루샤 매혹적인 엘렌을 아세요? 그녀를 데려갈 테예요.

세르게이 니콜라예비치 누구한테 저항하는 거냐?

마루샤 모르겠어요. 당신한테 저항하는 겁니다.

세르게이 니콜라예비치	나한테 저항한다고?
마루샤	그래요. 저는 찾았어요. 무엇을 할지 이제 알겠어요. 도시를 건설해서 그곳에 매혹적인 엘렌과 같은 온갖 노파들과 온갖 불구자들, 병신들, 정신병자들과 장님들을 이주시키겠어요. 거기에는 날 때부터 농아들과 천치들이 있을 테고, 재난으로 망가진 사람들과 중풍으로 파괴된 사람들이 살게 될 겁니다. 거기엔 살인자들이…
세르게이 니콜라예비치	네가 안쓰럽구나, 마루샤.
마루샤	거기엔 배신자들과 거짓말쟁이들과 사람과 비슷하지만 짐승보다 훨씬 무시무시한 존재들이 있을 겁니다. 애꾸들과 꼽추들, 장님들과 종기투성이 거주자들에게도 집이 마련될 거예요. 살인자들과 배신자들의 집도 있을 거고요. 그들은 집에 정착한 사람들 머리 위로 떨어질 것입니다. 그들은 거짓말을 하고, 다른 사람들을 부드럽게 질식시킬 테지요. 그래서 우리에게는 언제나 살인과 기아와 눈물이 있을 거고요. 도시의 지배자로 저는 유다를 내세울 것이고, 그 도시를 ≪별들에게!≫로 부르겠습니다.
세르게이 니콜라예비치	가련한 마루샤. 네가 안쓰럽구나!
마루샤	그만두세요! 아버님은 아들도 연민하지 않잖아요.
세르게이 니콜라예비치	내게는 아이들이 없단다. 내게는 모든 사람들이 똑같아.
마루샤	얼마나 비정한가요! 아니에요, 아버님을 이해할 수 없어요.
세르게이 니콜라예비치	내가 모든 것에 대하여 생각하기 때문이지. 나는 과거에 대하여, 미래에 대하여, 지구에 대하여 그리고 별들에 대하여, 모든 것에 대하여 생각한다. 과거의 안개 속에서도

나는 무수한 죽은 자들을 보고 있다. 미래의 안개 속에서도 나는 수많은 죽을 사람들을 본다. 그리고 우주를 본단다. 도처에서 나는 승리하는 끝없는 삶을 보고 있어. 그래서 나는 한 사람에 대하여 울 수가 없단다.

계단에 페챠와 인나 알렉산드로브나가 나타난다. 그녀는 힘들게 걷는다. 그래서 페챠가 그녀를 지탱해준다. 둥근 지붕을 가로질러 천천히 걸어온다.

인나 알렉산드로브나	(남편에게 달려든다.) 우리 콜류쉬카, 콜류쉬카가!
페챠	엄마, 엄마! 울지 마!
인나 알렉산드로브나	콜류쉬카!
세르게이 니콜라예비치	(그녀를 앉히고는 자세를 바로 하고 소리친다.) 아들을 앗아갔어! 미친놈들! 눈먼 놈들이 자살을 한 게야!
인나 알렉산드로브나	괜찮아요… 여보. 우린 살아갈 거예요. 콜류쉬카, 콜류쉬카…
세르게이 니콜라예비치	만일 태양이 더 낮게 매달려 있다면, 놈들은 태양도 꺼버릴 거야. 어둠 속에서 다들 뒈지게 하려고. 아들을 앗아갔어! 아들을 앗아가 버렸어! 빛을 앗아갔다고! (발을 구른다.)

페챠와 마루샤는 울면서 무릎을 꿇고 인나 알렉산드로브나를 달랜다. 세르게이 니콜라예비치는 몇 걸음 걸어 나갔다가 되돌아온다.

마루샤	용서하세요, 아버님.
세르게이 니콜라예비치	울 필요 없다, 울지 마라. 우리한테 생각이 있다. 생각이 있으니까. 네가 도와다오! 그래, 분명 난 늙었다.
인나 알렉산드로브나	콜류쉬카!
세르게이 니콜라예비치	괜찮아. 삶, 삶은 도처에 있으니까. 지금 이 순간, 그래, 바

로 이 순간에! 누군가 니콜라이 같은 사람이나 그보다 나은 사람이 태어나고 있을 게야. 자연은 반복하지 않으니까.

마루샤   광기와 파멸을 위해 태어나는 겁니다! 어머니가 그를 애도하여 울게 하려고 태어나는 겁니다! 그걸 말하고 싶으세요?

세르게이 니콜라예비치   어머니라 했느냐? 그래, 그래. 그는 죽을 게다, 마루샤. 정원사처럼 삶은 뛰어난 꽃들을 잘라낸다. 하지만 대지는 그것들의 향기로 가득하지… 저기, 무한한 공간, 창조적인 힘의 끝없는 대양을 보아라. 저기를 보아라! 저기는 고요하다. 만일 공간을 통해서 들을 수 있고, 영원을 통하여 볼 수 있다면, 너는 아마도 공포 때문에 죽을 수도 있고, 기쁨 때문에 불타오를 수도 있단다. 확고한 힘에 순종하는 인력은 냉정한 광기를 가지고 있고, 끝없는 세계들은 자신의 길을 따라 공간 속에서 질주한다. 그 모든 것들을 하나의 위대한, 하나의 불멸하는 영혼이 지배한다.

마루샤   (일어나면서) 제게 신에 대해 말하지 마세요!

세르게이 니콜라예비치   우리와 비슷한 존재에 대하여, 우리처럼 고통 받고, 그렇게 생각하며, 그렇게 찾아다니는 존재에 대하여 말하고 있다. 나는 그 존재를 모른다. 하지만 나는 친구처럼, 동료처럼 그것을 사랑한다. 두 개의 불가사의한 힘이 우연히 만나게 되는 바로 그 순간에 첫 번째 생명, 즉 아메바와 원형질의 작고 미소한 생명이 불타올랐다. 이미 그 순간에 모든 반짝이는 거대한 것들이 제 주인을 찾아낸 것이야. 그게 바로 여기 있기도 하고, 저기 있기도 한 우리들이야. 하늘의 광대한 공간이여! 고대의 비밀이여! 너는

	내 머리 위에 있고, 내 영혼 속에 있으며, 너는 이미 내 발치에도 있고, 네 주인의 발치에도 있다.
마루샤	그것은 침묵하고 있어요, 아버님! 그것은 우릴 비웃고 있다고요!
세르게이 니콜라예비치	하지만 나는 바라고, 그것은 말한다! 저기, 푸르른 심연으로 눈길을 보내면, 그것은 공간 속에서 미끄러져 인간이 아직 보지 못했던 것을 포착하는 거야. 내가 부르면, 거기 캄캄한 땅굴에서도 부름에 응하여 떨리는 비밀이 기어 나온다. 그것은 악의와 공포 때문에 오그라들고, 둘로 갈라진 혀로 위협한다. 그리고 무기력하며 보잘것없는 괴물은 장님이 된 두 눈을 깜박인다. 그때 나는 기뻐하고, 영원과 공간에게 말한다. 너에게 인사하노니, 영원의 아들이어! 너에게 인사하노니, 알지 못하는 머나먼 벗이여!
마루샤	하지만 죽음과 광기, 노예들의 야만적인 승리는요? 저는 지상을 떠날 수 없어요, 아버님. 그것을 떠나고 싶지 않아요. 지상은 너무도 불행하니까요. 그것은 공포와 슬픔으로 숨 쉬고 있습니다. 하지만 저는 지상에 의해 태어났고, 그래서 핏속에 지상의 고통을 나르겠어요. 저는 별을 몰라요. 거기 누가 사는지 알지 못해요… 총에 맞은 새처럼 제 영혼은 자꾸만 다시 지상으로 떨어집니다.
세르게이 니콜라예비치	죽음은 없다.
마루샤	니콜라이는요? 아버님의 아들은요?
세르게이 니콜라예비치	그는 네 안에, 페챠의 몸속에, 내 안에 있다. 그가 지닌 영혼의 향기를 성스럽게 간직하고 있는 모든 사람들 속에 그는 있다. 조르다노 부르노가 죽었더냐?

마루샤	그는 위대했습니다.
세르게이 니콜라예비치	얼굴을 가지고 있지 않은 야수들만 죽는다. 죽이는 자들만 죽는다. 하지만 죽임을 당한 자, 찢긴 자, 불태워진 자들은 영원히 산다. 인간에게 죽음은 없다. 영원의 아들에게 죽음은 없다.
인나 알렉산드로브나	콜류쉬카! 콜류쉬카!
세르게이 니콜라예비치	고대의 사원에는 영원의 불이 간직되어 있었다. 나무는 재가 되었고, 기름은 다 타버렸지만, 불은 영원히 간직되었다. 그것을 느끼지 못하겠느냐? 여기 도처에서? 네 안에서 그것의 순수한 불길을 느끼지 못하겠느냐? 누가 너에게 이런 부드러운 영혼을 주었느냐? 죽을 운명에 처한 육신에서 날아온 누구의 생각이 네 안에 살고 있는 것이냐? 그것이 네 생각이라고 말할 수 있겠느냐? 네 영혼은 영원의 아들이 제의를 완수하는 제단일 따름이다! (별들에게 손을 뻗는다.) 너에게 인사하노니, 알지 못하는 머나먼 벗이여!
마루샤	저는 삶으로 가겠어요.
세르게이 니콜라예비치	가거라! 네가 삶에서 받은 것을 그것에게 돌려주어라. 태양에게 그것의 온기를 주어라! 니콜라이가 죽은 것처럼, 잴 수 없을 만큼 행복한 영혼으로 영원의 불을 간직할 운명을 가진 사람들이 죽을 것처럼, 너는 죽을 것이다. 하지만 죽음 속에서 너는 불멸을 얻을 것이다. 별들에게!
페챠	울고 계시네요, 아빠. 키스하도록 제게 손을 주세요, 줘요!
인나 알렉산드로브나	당신… 울지 말아요. 어떻게든… 우리는 살아갈 테니까요…
마루샤	저는 가겠어요. 니콜라이가 남긴 것, 그이의 생각, 그이의

148

예민한 사랑, 그이의 부드러움을 보물처럼 간직할 거예요. 자꾸만 다시 그이를 제 안에서 죽도록 할 거예요. 그이의 순수하고 무구한 영혼을 지상 너머 높은 곳으로 가지고 가겠어요.

세르게이 니콜라예비치 (별들에게 손을 뻗으면서) 너에게 인사하노니, 머나먼 알지 못하는 벗이여!

마루샤 (대지에게 손을 뻗으면서) 너에게 인사하노니, 사랑스러운 고통 받는 형제여!

인나 알렉산드로브나 콜류쉬카… 콜류쉬카!

막

Занавес

1905년 11월 3일

막심 고리키

태양의 아이들
Дети солнца

등장인물

파벨 표도로비치 프로타소프

리자__ 그의 누이

옐레나 니콜라예브나__ 그의 아내

드미트리 세르게예비치 바긴

보리스 니콜라예비치 체푸르노이__ 수의사

멜라니야__ 그의 누이

나자르 아브데예비치

미샤__ 그의 아들

예고르__ 철물공

아브도치야__ 그의 아내

야코프 트로쉰

안토노브나__ 유모

피마__ 하녀

루샤__ 하녀

로만__ 수위

의사

막심 고리키(Максим Горький, 1868~1936)

- 1868년 3월 16일 니즈니 노브고로트 Нижний-Новгород에서 출생. 본명은 알렉세이 막시모비치 페쉬코프 Алексей Максимович Пешков.
- 1871년 아버지 사망 후 외할아버지에게 맡겨짐. 정 많고 종교적인 외할머니 영향.
- 1877년 초등학교 2학년 시절 외할아버지 파산으로 거리로 내몰림.
- 1879년 어머니 사망. 신발가게 점원, 접시닦이, 화실 견습공 등으로 생활.
- 1887년 외할아버지와 외할머니 사망. 염세주의와 감상주의로 자살기도.
- 1889년 블라디미르 코롤렌코 Владимир Короленко를 문학적 스승으로 섬김.
- 1892년 티플리스 Тифлис 신문에 단편소설 〈마카르 추드라 Макар Чудра〉 발표.
- 1896년 예카테리나 파블로브나 Екатерина Павловна와 혼인.
- 1899년 폐결핵 치료 위해 알타 Ялта 방문. 안톤 체호프 Антон Чехов와 조우.
- 1900년 체호프 소개로 레프 톨스토이 Лев Толстой와 만남.
- 1902년 희곡 〈소시민 Мещане〉, 〈밑바닥에서 На дне〉 발표.
- 1905년 제1차 러시아혁명 중에 체포되어 페트로파블로프 Петропавлов 요새 감옥에 수감. 거기서 희곡 〈태양의 아이들 Дети солнца〉 창작.
- 1906년 희곡 〈야만인들 Варвары〉과 〈적들 Враги〉, 소설 〈어머니 Мать〉 창작.
- 1913년 자전 3부작 소설 제1부 〈어린시절 Детство〉 창작.
- 1914년 제2부 〈세상 속에서 В людях〉 창작.
- 1922년 제3부 〈나의 대학 Мои университеты〉 창작.
- 1925년 마지막 장편소설 〈클림 삼긴의 생애 Жизнь Клима Самгина〉 집필 시작.
- 1932년 희곡 〈예고르 불르이초프와 다른 사람들 Егор Булычов и другие〉 창작.
- 1933년 희곡 〈도스치가예프와 다른 사람들 Достигаев и другие〉 창작.
- 1934년 소련작가동맹 초대의장.
- 1936년 6월 18일 모스크바 근교의 고르키 Горки에서 서거.

제1막

낡은 지주귀족의 저택. 크고 조금 어두운 방. 방의 왼쪽 벽에는 테라스로 통하는 창문과 방문. 구석에는 리자가 살고 있는 위층으로 올라가는 계단. 방 깊숙한 곳에 아치가 있고, 그 너머에 식당. 오른쪽 구석에는 엘레나의 방으로 통하는 문. 책장들과 육중하고 고풍스러운 가구. 식탁 위에는 값비싼 출판물들. 벽에는 자연과학자들의 초상화들. 책장 위에 누군가의 흉상이 하얗게 보인다. 창가 왼쪽으로 커다란 원형식탁. 그 앞에 프로타소프가 앉아 있다. 그는 소책자를 넘기면서 어떤 액체가 담긴 플라스크가 알코올램프 위에서 가열되는 것을 바라본다. 테라스로 난 창문 아래에서 로만이 장난치면서 불분명하고 음울하게 노래한다. 이 노래가 프로타소프를 불안하게 한다.

프로타소프   이보세요, 수위양반!

로만   (창문에서) 왜요?

프로타소프   가시면 좋겠는데요… 네?

로만   어디로요?

프로타소프   그러니까… 당신이 방해가 돼서요…

로만   주인이 명령했습니다… 수리하라고 해서…

안토노브나   (식당에서 들어온다.) 이런, 악당 같으니라고… 여기로 오다니…

프로타소프   조용히 해, 할멈…

안토노브나 자기 방도 모자란 모양이지…

프로타소프 제발 할멈, 그쪽으로 가지 마… 거기에 연기를 냈거든…

안토노브나 이제 여길 중독시킬 셈이군요… 문이라도 좀 열든지…

프로타소프 (서두르면서) 그럴 필요 없어, 필요 없다니까! 아휴, 할멈… 부탁하
지 않았잖아… 수위한테 그만 가라고 말해줘… 안 그러면 그 사
람이 우는 소리를 내…

안토노브나 (창문으로) 이봐, 왜 여기서 꾸물거리고 있는 거야? 가보라고!

로만 어떻게… 주인이 명령하시기를…

안토노브나 가, 가라니까! 나중에 하면 되잖아…

로만 뭐, 좋아요… (큰 소리를 내면서 나간다.)

안토노브나 (불평하면서) 언젠가 질식할 거요… 사람들 말로는 저쪽에 콜레라
가 돈다는데. 장군의 아들이란 사람이… 뭔지 모를 일만 하면서
불쾌한 냄새나 풍기고 있다니…

프로타소프 잠깐, 할멈… 나도 장군이 될 거야…

안토노브나 세상을 떠돌 거예요. 물레 화학으로 집을 태웠으니 말이죠.

프로타소프 물리야, 할멈. 물레가 아니고… 그리고 제발 부탁인데, 날 좀 내
버려둬…

안토노브나 저기 그 사람이 왔어요… 예고르카…

프로타소프 이리로 불러…

안토노브나 파센카! 그 나쁜 놈한테 말해. 도대체 뭐 하느냐고? 글쎄 어제
또 마누라를 죽도록 팼거든.

프로타소프 좋아요… 말할게…

계단을 따라 소리 나지 않게 리자가 내려온다. 책장 앞에 멈춰 서더니 조용히 그것을 연다.

안토노브나 그래, 협박을 하라고… 그러니까, 혼구멍을 내주겠다고 해!

프로타소프	확실히 놀라게 해주겠어! 불안해하지 마, 할멈. 가 봐요…
안토노브나	아주 엄하게 말이죠. 근데 당신은 누구하고 말하든지 꼭 신사양 반들과 말하듯 하잖아…
프로타소프	그래, 됐어. 할멈! 옐레나는 집에 있소?
안토노브나	아직 안 왔어요. 아침 먹자마자 바긴한테 갔는데, 그때부터 없어… 조심해요. 아내가 뭘 하고 다니는지 못 보잖아…
프로타소프	할멈, 어리석은 소리 하지 마! 화낼 거야.
리자	유모! 파벨이 일하는 걸 방해하고 있어…
프로타소프	아하… 거기 있었니? 그래, 어쩐 일이냐?
리자	아무것도 아니야…
안토노브나	리잔카, 우유 마실 시간이야.
리자	알아…
안토노브나	뭐라고 해도 옐레나 니콜라예브나에 대해 말해야겠어요. 내가 그 사람 입장이라면, 일부러 누군가와 연애를 할 거야… 여자에게 아무 관심도 없으니… 죽이 끓는지, 밥이 끓는지… 애도 없고… 여자에게 무슨 만족이 있겠냐고? 그래서, 여자는…
프로타소프	할멈! 화가 나기 시작해… 가봐! 에이, 끈질기기는!
안토노브나	그래, 알았어요… 무정한 사람! 예고르카 잊지 말아요… (간다.) 우유는 식당에 있다, 리잔카… 약은 먹었어?
리자	그래, 그래!
안토노브나	그래야지… (식당으로 나간다.)
프로타소프	(뒤돌아본 다음) 놀라운 할멈이야! 어리석음은 불멸이야… 끈질기기도 하지… 건강은 어떠냐, 리자?
리자	좋아.
프로타소프	잘됐구나! (읊조린다.) 잘됐구나… 잘됐어…

리자	그런데 유모 말이 맞아, 알아?
프로타소프	글쎄다. 노파들이란 거의 맞지 않는 법이지. 진실은 언제나 새로운 탄생과 함께 있으니까. 리자야, 봐. 여기 일반효모가 있어.
리자	오빠가 옐레나에게 관심 보이지 않는다는 유모 말이 맞아…
프로타소프	(괴로워하면서, 하지만 부드럽게) 정말로 나를 방해하는구나. 너도 유모도! 레나가 벙어리냐? 그녀 스스로 나한테 말할 수 있는 거야. 만일 내가 무엇인가… 해야 할 것을 하지 않는다거나… 뭐랄까… 그런데 언니는 말 안 하잖아! 뭐가 문제냐? (조금 취한 예고르가 식당에서 나온다.) 아하, 예고르! 안녕하시오, 예고르!
예고르	안녕하십니까?
프로타소프	무엇이 문제인지 아시겠소, 예고르. 작은 풍로를 만들어야 합니다… 지붕 달린 걸로… 원추형 지붕. 지붕 꼭대기에는 파이프로 배출되는 둥근 구멍이 있고… 알겠소?
예고르	알겠습니다. 할 수 있습니다.
프로타소프	그림이 있는데… 어디 있더라? 이리 오세요…

식당으로 예고르를 데리고 간다. 테라스에서 체푸르노이가 문을 두드린다. 리자가 문을 열어준다.

체푸르노이	어, 집에 계셨나요? 안녕하세요!
리자	안녕하셨어요…
체푸르노이	(코를 가볍게 움직인다.) 동료도 집에 있군요. 냄새가 나는 걸 보니…
리자	어디서 오세요?
체푸르노이	진료 갔다 옵니다. 하녀가 세무 감독국장 아내의 개꼬리를 문으로 눌러 찌그려 버렸대요. 그래서 개꼬리를 치료해 주었더니, 대가로 3루블을 주더군요. 바로 이거죠! 당신에게 사탕을 사주고 싶었는데, 생각해보니 개를 치료한 돈으로 당신을 즐겁게 해

156

	주는 게 별로일 것 같더라고요. 그래서 안 샀습니다.
리자	잘 하셨어요… 앉으세요…
체푸르노이	그런데 이 즙에서 냄새가 나는군요. 별로 좋지 않은데요. 이봐요, 끓어요!
프로타소프	(달려 나오면서) 끓을 것까진 없는데! 아니, 어떻게 된 거지?! 당신들은 왜 말하지 않은 거야?
체푸르노이	끓는다고 벌써 말했잖아요…
프로타소프	(괴로워하면서) 하지만, 알아둬요. 끓는 건 전혀 필요 없단 말이오!

예고르가 나온다.

리자	그걸 누가 알아, 파벨…
프로타소프	(불평한다.) 으음… 빌어먹을… 다시 해야겠네…
예고르	파벨 표도로비치, 1루블만 주세요…
프로타소프	1루블? 아아… 당장! (주머니란 주머니는 모조리 뒤진다.) 리자, 너 없니?
리자	없는데. 유모한테 있어…
체푸르노이	내게도 있소… 여기 3루블!
프로타소프	3루블? 좀 빌려주시오… 자, 예고르. 3루블이오. 괜찮죠?
예고르	좋습니다… 계산됐어요… 고맙습니다! 안녕히 계세요…
리자	파벨, 유모가 저 사람한테 말하라고 부탁했잖아. 잊어버렸어?
프로타소프	뭘 말하라고 그랬더라? 아아… 그래! 흐음… 그래! 예고르, 당신… 좀 앉으세요! 그렇게… 근데, 리자. 네가 말할래? (리자는 부정적으로 고개를 흔든다.) 이보세요, 예고르… 당신에게 말해야겠어요… 말하자면 이건 유모가 부탁한 건데요… 문제는 당신이… 부인을 때리는 것 같다는 점에 있어요. 미안합니다만, 예고르…
예고르	(의자에서 일어난다.) 때립니다…

프로타소프	그래요? 하지만, 그건 좋지 않은 일이지요… 확신합니다!
예고르	(우울하게) 안녕히 계시오…
프로타소프	아시겠어요? 어째서 그렇게 싸우는 겁니까? 그건 짐승들 짓이에요, 예고르… 그만두세요… 당신은 인간입니다. 이성적인 존재란 말입니다. 당신은 이 땅에서 가장 빛나고 가장 아름다운 현상이에요…
예고르	(미소 지으며) 내가요?
프로타소프	네, 그렇습니다!
예고르	나리! 하지만 먼저 물어봐야죠. 왜 그 여잘 때리는지?
프로타소프	하지만, 알아두세요. 때리면 안 됩니다! 인간이 인간을 때려서도, 때릴 수도 없는 겁니다… 너무나 명백해요, 예고르!
예고르	(냉소하면서) 사람들은 날 때렸소… 그것도 엄청나게… 아내로 말할 것 같으면, 그 여자는 사람이 아니라 악마요…
프로타소프	그게 무슨 말입니까! 악마라니요?
예고르	(단호하게) 안녕히 계시오! 앞으로도 때릴 거요… 바람 앞에 풀이 그런 것처럼 그 여자가 눈앞에서 사라지기 전까지 때릴 겁니다! (식당으로 간다.)
프로타소프	들어봐요, 예고르! 당신 스스로 말했잖아요… 가버렸군! 그런데 저 이는 모욕 받은 것 같아… 일이 엉망으로 돼버렸군… 유모가 언제나… 무슨 일인가 꾸며서… 어리석은! (짜증내면서 커튼 뒤로 나간다.)
체푸르노이	동료는 매우 확신에 차서 말했어요!
리자	귀여운 파벨… 오빠는 언제나 우스꽝스러워요!
체푸르노이	나라면 예고르의 이마빼기를 지팡이로!
리자	보리스 니콜라예비치!
체푸르노이	왜요? 하지만 만약 거칠었다면 용서하세요. 하지만 그는 옳게

158

	생각한 겁니다. 자기가 맞았으니까, 자기도 때릴 수 있다! 계속 말씀드리면, 그는 더 맞아야 합니다…
리자	제발 부탁이에요… 왜 그렇게 말씀하시는 거죠? 왜요?
체푸르노이	모든 징벌규정은 이런 논리에 근거하고 있습니다!
리자	아시잖아요, 제가 거친 것이면 얼마나 싫어하고 얼마나 두려워하는지… 그런데도 당신은 언제나 마치 고의로 그러는 것처럼 절 놀리고 있어요! 잠깐만요… 그 철물공, 그는 내게 공포심을 불러일으켜요. 정말로 음침해요… 커다랗고 무례한 눈하며… 그 눈을 벌써 본 것 같아요… 그때, 거기서. 군중 속에서…
체푸르노이	아니, 생각하지 말아요! 뭐 그런 사람을…
리자	그걸 잊을 수 있을까요?
체푸르노이	무슨 뜻이죠?
리자	피가 흘러내린 곳에는 결코 꽃이 자라나지 않을 거예요…
체푸르노이	하지만 여전히 꽃은 자랍니다!
리자	(일어나서 걷는다.) 거기에는 오직 증오가 자랄 뿐이죠… 어떤 거칠고 날카로운 소리를 듣거나, 붉은 것을 볼라치면 영혼 속에 고통스러운 공포가 살아납니다. 그 즉시 눈앞에 야수가 된 검은 군중, 피범벅 된 얼굴과 모래 위의 뜨겁고 붉은 피 웅덩이가 떠올라요…
체푸르노이	이런, 당신은 또 발작에 이를 지경까지 말해 버렸군요…
리자	그리고 발치에는 목이 부러진 청년이… 그는 어디론가 기어오르고, 뺨과 목에는 피가 흘러내리죠. 그는 머리를 하늘로 향하는데… 그의 흐릿한 두 눈과 벌어진 입과 피로 물든 이가 보여요… 그 사람 머리가 모래로 떨어지고… 얼굴은…
체푸르노이	(그녀에게로 다가간다.) 아니, 맙소사! 이런, 내가 무얼 할 수 있을까요?

리자	정말로 당신은 두렵지 않나요?
체푸르노이	아… 정원으로 갑시다!
리자	아니에요. 말해보세요. 내 공포가 이해되세요? 말씀해 보세요!
체푸르노이	어떡하죠? 이해합니다… 느끼고 있어요!
리자	아니에요… 사실이 아녜요! 만일 이해하신다면, 저는 좀 편할 텐데… 영혼에서 고통의 운명을 던져버리고 싶어요. 그리고 그 운명을 받아들일 다른 사람도 없습니다… 없어요!
체푸르노이	이봐요! 그렇다면 던져 버리세요! 그리고 정원으로 갑시다… 여기서 나는 냄새라니! 마치 고무덧신을 제사 지낼 때 쓰는 기름에 튀기는 것 같아요…
리자	그래요… 냄새가… 머리가 빙빙 돌아요…
안토노브나	(식당에서) 리잔카! 약 먹어야지. 아니 우유도 아직 안 먹었네!
리자	(식당으로 간다.) 지금…
체푸르노이	어떻게 지내세요, 안토노브나?
안토노브나	(식탁을 닦는다.) 별일 없어요… 불만도 없고…
체푸르노이	좋군요! 건강은요?
안토노브나	덕분에…
체푸르노이	유감이네요. 내가 치료할 수도 있는데…
안토노브나	당신은 개를 더 잘 치료하잖아요… 난 개가 아니에요…

리자가 들어온다.

체푸르노이	좋은 사람을 치료하고 싶어요…
리자	가시죠…

그들은 문을 지나 테라스로 걸어간다. 프로타소프가 두 손에 증류기를 들고 등장.

프로타소프	유모, 끓는 물 좀 줘!
안토노브나	없어요…
프로타소프	제발, 유모!
안토노브나	잠시 기다려요. 사모바르가 끓을 테니까… 예고르한테 말했어요?
프로타소프	말했어… 말했다니까…
안토노브나	엄하게?
프로타소프	그렇다마다! 그 사람이 두려움으로 온몸을 사시나무 떨듯 했다니까! 내가 말했지. '이봐, 자넬 그 사람한테 보내겠어…' 그를 어떻게?
안토노브나	경찰부장한테?
프로타소프	아니… 어쨌든 마찬가지야! 그래, 판사한테… 치안판사한테…
안토노브나	경찰부장으로 놀라게 하는 게 나은데… 근데, 그는 뭐랍디까?
프로타소프	그가… 그가 말하더군. '당신은 바보요, 주인나리!'
안토노브나	(분개하면서) 무슨 소리예요?
프로타소프	그래. 그렇다니까. 그가 말하길, 바보라는 거야… 당신 일이나 잘 하쇼…
안토노브나	그렇게 말했어? 정말로, 파센카?
프로타소프	(웃으면서) 아니, 아니야. 할멈! 그가 아니라, 내가 나한테 말했어… 그는 잠시 생각에 잠겼고, 내가 말했지…
안토노브나	아니, 사람하고는… (화가 나서 가려고 한다.)
프로타소프	끓는 물 좀 갖다 줘… 멋쟁이 피마는 옷자락 아니면 소매가 늘 걸리잖아…
안토노브나	그 여자 피마가 주인 아들과 연애하는 것 같던데… 그렇다니까!
프로타소프	부러워요?

안토노브나	쳇! 당신이 주인이잖아요… 그건 처녀한테 좋은 일이 아니라고 꼭 말해요!
프로타소프	제발, 할멈. 그만 해! 사실 할멈 말에 따르면, 나는 온종일 돌아다니면서 만나는 사람마다 말해야 한다고. 이건 좋다 저건 나쁘다, 라고… 하지만, 그건 내 일이 아냐!
안토노브나	그러면 왜 공부했죠? 뭣 때문에?

멜라니야가 테라스 문에 나타난다.

프로타소프	자, 그만 가요! 멜라니야 니콜라예브나! 안녕하세요!
멜라니야	안녕하세요, 파벨 표도로비치!
안토노브나	도대체 누가 문을 열어둔 게야? (문을 잠근다.)
멜라니야	흡족한 얼굴이시네요!
프로타소프	당신이 오셔서 기뻐요… 그렇지 않다면 유모가 괴롭혔을 겁니다. 더욱이 오늘 재미있는 작업에 성공했거든요…
멜라니야	그래요? 저도 정말 기뻐요! 당신이 유명해지기를 바라고 있거든요…
안토노브나	(나가면서 투덜거린다.) 시내에서 다들 말하고 있어요… 유명해졌다고…
멜라니야	당신이 파스퇴르만큼 유명해질 거라고 믿어요…
프로타소프	음… 그건 중요하지 않아요… 하지만 이건 말해야겠네요. 파스퇴르… 당신한테 있나요? 내 책인데… 다 읽었어요? 사실 그게 소설보다 더 재미난데, 그렇지 않나요?
멜라니야	오, 그럼요! 다만 그 표시들이…
프로타소프	공식 말입니까?
멜라니야	공식을 이해할 수가 없어요!

프로타소프	그건 얼마 정도는 외워야 합니다… 지금 당신을 위해 식물생리학을 드리겠어요… 하지만 우선 무엇보다 주의 깊게 화학, 화학을 공부하세요! 놀랄 만한 학문입니다, 아시겠어요! 그건 다른 것들에 비해서 아직 발전되지 않았어요. 하지만 이미 그것은 이제 모든 것을 볼 수 있는 어떤 눈처럼 생각됩니다. 화학이 꿰뚫어보는 대담한 시선은 태양의 불타는 질량도, 지각의 어둠도, 당신 가슴의 보이지 않는 부분들까지 침투해 들어갑니다. (멜라니야가 한숨을 쉰다.) 돌 구조의 비밀도, 나무의 말없는 생명까지도 파고 들어갑니다. 그것은 모든 것을 바라보고, 그리하여 도처에서 조화로움을 밝혀내면서 삶의 근원을 고집스럽게 찾고 있습니다… 그리고 그것은 찾아낼 겁니다. 반드시 찾고야 말 거예요! 물질구조의 비밀을 연구한 다음에 화학은 유리증류기 안에서 살아있는 물질을 창조할 겁니다…
멜라니야	(기쁨에 사로잡혀) 맙소사! 왜 당신은 강의하지 않으세요?
프로타소프	(당황해하면서) 저, 무슨 말씀을?
멜라니야	당신은 꼭 강의하셔야 해요! 참 멋지게 말씀하시잖아요… 당신 말을 듣고 있노라면, 당신 손에 키스하고 싶어져요…
프로타소프	(손을 살펴보면서) 그러지 않기 바랍니다… 내 손은 깨끗한 적이 별로 없거든요… 온갖 잡동사니를 다루고 있어서요…
멜라니야	(진심으로) 당신을 위해서 제가 무엇이든 얼마나 하고 싶어 하는지, 알아주신다면! 얼마나 당신에게 매혹되어 있는지… 당신은 여기 있는 사람이 아니라, 저 높은 곳에 계신 거예요… 뭐가 필요하세요? 뭐든 요구만 하세요! 무엇이든!
프로타소프	아… 필시 당신은…
멜라니야	뭐죠? 뭘 할 수 있죠?

프로타소프   당신 집에 암탉 있습니까?

멜라니야   암탉이라뇨? 무슨 암탉 말씀이죠?

프로타소프   집에서 기르는 새요… 아시죠! 닭들의 가족… 수탉, 암탉…

멜라니야   알아요… 있습니다… 근데 왜요?

프로타소프   좋습니다! 만일 당신이 매일 신선한 달걀을 주신다면… 정말로
            신선한, 방금 전에 낳은 아직 따뜻한 달걀을! 아시겠지만, 내겐
            많은 단백질이 필요해요. 그런데 인색한 유모는 단백질이 뭔지
            이해하지 못해요… 신선하지 않은 달걀을 주지요… 그래서 언
            제나 말을 많이 해야 하는데… 유모 얼굴은 벌레 씹은 표정이거
            든요…

멜라니야   파벨 표도로비치! 정말 잔인하시군요!

프로타소프   내가요? 왜요?

멜라니야   좋아요… 매일 아침 열 개를 보내드리겠어요…

프로타소프   정말 좋습니다! 그것이 나를 최상으로 만들어줄 겁니다! 정말
            정말로 감사드립니다! 당신은 좋은 분입니다!

멜라니야   그런데 당신은 어린애군요… 잔인한 어린아이! 아무것도 모르는
            군요!

프로타소프   (놀란다.) 정말이지, 이해를 못하나 봅니다. 어째서 잔인한 겁니
            까?

멜라니야   나중에, 언젠가 알게 되겠죠. 옐레나 니콜라예브나는 집에 없나요?

프로타소프   그림 그리러 바긴에게 갔어요…

멜라니야   그 사람 좋으세요?

프로타소프   바긴요? 당연하죠! 우린 오랜 친구거든요… 함께 김나지움에 다
            녔고, 그 후에는 대학교도 같이 다녔습니다… (시계를 들여다본다.)
            그 친구 역시 자연과학도였는데, 2학년 과정부터 아카데미로 가

164

버렸습니다.

멜라니야　옐레나 니콜라예브나도 그 사람을 무척 좋아하는 것 같더군요…

프로타소프　네, 몹시 좋아하죠. 훌륭한 친구니까요. 다소 일방적입니다만…

멜라니야　두렵지 않으신가요…

체푸르노이가 테라스 문을 두드린다.

프로타소프　(문을 열면서) 뭐가 두렵죠? 유모가 걸었군요…

멜라니야　아하, 여기 있었어?

체푸르노이　벌써 왔니? 물은 어디 있나요? 옐리자베타 표도로브나가 부탁하던데요…

프로타소프　그 아이한테 나쁘지 않을까요?

체푸르노이　아니, 괜찮아요… 약을 먹어야 하니까요… (식당으로 간다.)

프로타소프　멜라니야 니콜라예브나, 잠시 다녀오겠습니다. 들여다볼 게 있어서요…

멜라니야　가세요, 가보세요! 그리고 금방 돌아오세요…

프로타소프　예, 그러지요! 정원으로 가시지 그러세요?

멜라니야　좋아요…

프로타소프　저기 리자가 있거든요… 유모! 뭐 하고 있어? 물! (나간다.)

체푸르노이　(나온다.) 그래, 어때 멜라니야? 잘 돼가니?

멜라니야　(서둘러 작은 목소리로) 오빠, 혹시 기다토피로모르피즘이 뭔지 알아?

체푸르노이　뭐라고?

멜라니야　기다토—피로—모르피즘?

체푸르노이　그걸 누가 알겠냐! 아마 물로 하는 불꽃놀이겠지…

멜라니야　거짓말?

체푸르노이　그거라니까. '피로'는 불꽃 제조기술이고, '메타모르포자'는 속

	임수거든. 왜 그 사람이 너한테 숙제라도 낸 거냐?
멜라니야	오빠 일 아니야. 가봐.
체푸르노이	그 사람을 아내한테서 빼앗거든, 비누공장을 만들어라. 화학자에게는 급료를 주지 않아도 되니 말이다… (정원으로 간다.)
멜라니야	보리스, 오빤 정말 거칠어! (일어난다. 주위를 돌아본다. 피마가 들어온다.)
피마	옐리자베타 표도로브나가 정원으로 오시랍니다…
멜라니야	알았어… (안토노브나가 뜨거운 물이 담긴 냄비를 들고 온다. 피마가 식당에서 식기를 달그락거린다.) 뭘 가져 오셨어요, 유모?
안토노브나	파센카에게 끓는 물을…
멜라니야	아아, 실험용이로군요…
안토노브나	그래요, 실험을 위해서 모든 걸… (나간다.)
멜라니야	(식당을 돌아보면서) 피마!
피마	(문에서) 왜요?
멜라니야	안주인께서는 매일 화가에게 가시는 거니?
피마	비가 오거나 흐린 날에는 가시지 않아요. 그런 때에는 바긴 씨가 몸소 오십니다.
멜라니야	(그녀에게 가까이 다가간다.) 피마, 넌 똑똑하지?
피마	어리석진 않습니다요…
멜라니야	그분들을 눈여겨보다가 나한테 말해라, 알겠느냐?
피마	알겠습니다…
멜라니야	그리고 비밀이다. 알겠지. 신세는 갚으마.
피마	정말 고맙습니다… 그분이 안주인 손에 키스했습니다…
멜라니야	그래, 그것으로는 부족하다. 그렇게 지켜 보거라!
피마	알겠습니다요… 알았어요…
멜라니야	정원으로 갈 테니… 파벨 표도로비치가 나오시면 나를 불러

| 피마 | 라… (나간다.) |
| | 알겠습니다… |

안토노브나가 온다.

안토노브나	무슨 찻잔을 쇠 찻잔 다루듯 소릴 내느냐? 깨뜨리겠다…
피마	못하겠어요. 식기를 잘못 다루나 봐요?
안토노브나	그래, 그래. 빼기지 마라! 여자 상인이 뭘 물어보데?
피마	(식당으로 가면서) 리자베타 표도로브나에 대해서, 건강이 어떠신지…
안토노브나	(그녀 뒤를 따라가며) 자기가 가서 보면 될 것을, 하녀에게 묻다니…

나자르 아브데예프가 테라스에서 들어온다. 모자를 벗고 방을 돌아본다. 한숨 쉬면서 손가락으로 벽지를 만진다. 기침한다.

피마	(식당에서) 그분도 가셨어요. 그리고 하녀도 사람이에요. 당신도 하녀면서…
안토노브나	내가 누군지는 나도 알아. 오직 타고난 나리들만 하녀와 이야기하지 않는 법이야… 그들은 명령을 하실 뿐이지. 그래 모든 걸… 그렇다니까! 근데 요즘엔 아무나 주인자릴 엿보고 있다니까. 인간종자들 버릇하고는… 저 사람 누구지? (나간다.)
나자르	나올시다. 안녕하시오, 유모!
안토노브나	무슨 일이요?
나자르	파벨 표도로비치에게 일이 있어서… 이야기할 게 있어요…
안토노브나	그래요… 곧 불러 오겠어요… (나간다.)
피마	(내다본다.) 안녕하세요, 나자르 아브데예비치!
나자르	안녕하시오! 당신은… 처치곤란이에요! 사기꾼 같으니!

피마	제발! 손대는 건 금지예요…
나자르	그렇다면 홀아비는 돌보지 않는단 말이군? 저녁에 차나 한잔 할까요…
피마	쉿…

프로타소프가 나온다. 그 뒤에 안토노브나.

프로타소프	저에게 용건이?
나자르	그렇습니다요!
프로타소프	무슨 일입니까?
나자르	집 문제 때문에…
프로타소프	(다소 흥분한다.) 들어보세요. 이 집을 당신에게 넘겼을 때, 꼬박 2년이나 당신 때문에 돈을 기다렸어요… 그런데 당신은… 언제 지불해야 합니까?
나자르	어제 지불해야 했죠…
프로타소프	거 보세요! 보다시피 이건 적절치 않아요… 나는 바쁩니다. 그런데 당신은 여기 와서… 이러쿵저러쿵…
나자르	그렇습니다, 사실 그 일로는 오지 않았어요… 어쨌든 돈에 관해서라면… 나 자신에게 기억을 환기해야…
프로타소프	유모나 아내에게 기억을 환기시키세요… 돈은 있어요. 하지만 그게 어디 있는지, 알아야 말이죠! 서랍 속 어딘가… 아내가 당신에게 보내줄 겁니다… 유모가 가져다주든지… 안녕히 가세요!

안토노브나가 식당으로 나간다.

나자르	당신을 좀 붙들어야겠소!
프로타소프	무슨 일이오? 왜요?

나자르	당신의 토지와 별장에 대해…
프로타소프	그래서요?
나자르	그걸 파셨으면 해서요…
프로타소프	어떤 바보가 그걸 사겠소? 아무짝에도 쓸모가 없는데… 모래와 전나무뿐인데…
나자르	(의욕에 차서) 지당한 말씀입니다! 그 땅은 정말이지 쓸모가 없어요…
프로타소프	그거 보세요!
나자르	그래서 말인데, 나 말고는 누구도 그걸 사지 않을 겁니다…
프로타소프	어째서 당신은?
나자르	한 가지 때문입죠! 당신 이웃에게서 땅을 샀듯이… 당신에게도 사야겠기에…
프로타소프	그렇다면 좋아요. 사세요! 당신이 점점 부자가 된다면, 그렇소?
나자르	그러니까, 뭐라고 할까요? 확대하는 겁니다…
프로타소프	당신은 우스꽝스러운 사람입니다! 도대체 무슨 이유로 모래를 사려는지?
나자르	보시다시피… 아들놈이 상업학교를 마치고 어엿하게 교육받은 인간이 되었습니다. 산업에 대해 그 아인 전문갑니다. 지금 나는 러시아의 산업 확장에 관심이 있습니다… 그래서 작은 공장을 지어 맥주병을 만들어볼까 생각합니다…

피마가 식당 문에서 듣는다.

프로타소프	(큰 소리로 웃는다.) 정말로 괴짜시군요! 그럼 전당포는 닫을 겁니까?
나자르	아니 왜요? 전당포는 영혼을 위한 겁니다… 그건 고상한 사업이에요… 가까운 사람에게 도움을 주는…

프로타소프	(웃으면서) 그래요? 뭐, 좋습니다… 땅을 사세요… 사시라고요… 잘 가시오! (웃으면서 나간다.)
나자르	잠깐만요! 으음… 예피미야 이바노브나, 왜 저분은 간 겁니까? 물건을 사고팔려면 두 사람이 필요한 법인데, 가버렸으니!
피마	(어깨를 으쓱하면서) 고집 센 분이잖아요…
나자르	으음… 경솔한 일이야! 그렇다면, 잘 있어요! (나간다.)
로만	(피마 뒤에서) 어디서 난로 연기가 나지?
피마	어휴, 깜짝이야! 무슨 일이야?
로만	뭐가 무서워? 난로에서 연기가 난다니까?
미샤	(식당에서 달려 들어오면서) 여기가 아니야, 물소 같으니? 부엌이야!
로만	이런… 여기라고 생각했는데… (간다.)
미샤	(재빨리) 저, 핌카. 어때? 집하고 한 달에 15루블, 괜찮지?
피마	가보세요, 무례한 인간 같으니! 이건 마치 말을 사는 것과 똑같아!
미샤	뭐, 그럴 게 있나! 난 사무적인 인간이야. 생각해 봐. 네가 누구한테 시집갈 수 있겠냐? 기술자한테 가겠지. 그자는 널 때릴 거다. 마치 철물공이 제 마누라 때리듯이… 대단치는 않지만, 깨끗하고 배부르게 해주마. 대체로 너의 교육에 관심을 가지겠다, 그 말이야…
피마	대체 여기서 당신을… 난 순수한 처녀예요… 게다가 푸주한 흐라포프는 한 달에 100루블을 내겠다는데…
미샤	늙은이가 바보짓을 했구나! 생각해봐라…
피마	그 사람에게 고갤 끄덕이진 않았지만…
미샤	거 봐라, 이 바보야! 너한테 말이야…
피마	75루블 주세요…
미샤	뭐―어라고? 75루블?

170

피마	일 년에 얼마가 되든지 간에 돈에 대해서는 전부 수표로 주시고요…
미샤	(당황하면서) 하지만 당신은요…
피마	그렇습니다요… (너무도 잘 아는 눈빛으로 서로 바라본다. 상당히 취한 예고르가 테라스에서 들어온다.) 조용… 당신 아버지는 가셨어요…
미샤	가셨다고요? 미안합니다만… (자리를 뜬다.)
피마	여기가 어디라고 기어들어? 부엌으로는 못 들어와? 집 주인이야 부엌으로 돌아다닌다지만, 너는…
예고르	조용해… 주인님 불러와…
피마	게다가 취하기까지! 어떻게 주인님이 너와 말하겠냐?
예고르	네가 알 바 아니야! 불러와! 내가 말할 테니까… 가봐!
피마	(식당으로 달려간다.) 유모! 유모!
프로타소프	(커튼 뒤에서 나온다.) 왜 그렇게 소리치는 거요, 피마? 아하, 당신이군요. 예고르… 무슨 일이오? 바빠서… 서두르세요.
예고르	잠깐만요… 조금 마셨소… 맑은 정신으로는 말할 수 없어서…
프로타소프	그래요, 좋습니다… 무슨 일인데요?

안토노브나가 식당에서 나온다. 그녀 뒤에 피마.

예고르	방금 전에 너는 사람들이 있는 데서 날 모욕했다… 마누라에 대해 말하기 시작했지… 나를 모욕하는 넌 도대체 누구냐?
프로타소프	이보세요, 영감님. 아하, 예고르! 당신을 모욕하고 싶지 않았어요…
예고르	아니, 잠깐! 어릴 때부터 난 모욕 받고 살아왔어…
프로타소프	네, 그래요… 예고르, 이해합니다…
예고르	그만! 누구도 날 사랑하지 않고, 누구도 날 이해하지 못해… 마

	누라도 날 사랑하지 않아… 사람들이 나를 사랑하기 바란다면, 악마가 너희들을…
프로타소프	소리치지 마세요…
안토노브나	이런, 술 취한 상판대기하고는. 응?
예고르	내가 사람이오, 아니오? 어째서 모두가 날 모욕하는 거야?
안토노브나	이봐, 무슨 일이야? (식당으로 달려 나간다. 그녀 고함소리가 마당에 들린다.)
프로타소프	진정하세요, 예고르… 아시겠지만, 저 유모가 이르기를…
예고르	유모를 쫓아내야 해… 자네한테도 이미 수염이 났잖아… 수염 난 사람에게 유모가 무슨 소용이야. 들어보게. 난 자네를 존경하네… 나도 보고 있어. 자넨 특별한 사람이야… 나도 그걸 느끼고 있어… 그렇다고 사람들 있는 데서 날 모욕하다니. 예끼, 이 사람! 내가 자네 앞에 무릎이라도 꿇길 바라는가? 일대일이라면 그건 나한테 모욕이 아니야… 하지만 수의사 있는 데서 그러면 쓰나… 나는 아내를 때릴 거야… 불구로 만들어버릴 테야! 그 여잘 사랑해. 그리고 그 여자는 반드시 나를…

체푸르노이, 멜라니야, 리자, 안토노브나, 피마가 달려 들어온다.

리자	무슨 일이야? 뭐냐고, 파벨?
체푸르노이	(리자를 제지하면서) 무슨 일입니까? 도대체?
프로타소프	잠깐만요, 여러분…
멜라니야	유모, 수위를 부르세요!
안토노브나	(나가서 소리 지른다.) 로만!
예고르	이런, 까마귀들이 날아 들어왔군… 파벨 표도로비치, 저 사람들을 쫓아버려!
체푸르노이	당신, 좋은 사람 같은데. 집으로 가시지, 응?

예고르	난 좋은 사람 아니오…
체푸르노이	(눈썹을 찌푸린다.) 그래도 또, 가시오!
멜라니야	경찰을 불러요…
프로타소프	제발, 그럴 필요 없어요! 예고르, 가세요… 나중에 내가 당신에게 가겠어요.

안토노브나와 로만이 식당 문에 나타난다.

예고르	그래? 오겠나?
프로타소프	가겠어요…
예고르	그래, 좋네… 조심하게! 거짓말 아니지?
프로타소프	정말이에요!
예고르	좋아! 그럼, 잘 있게… 여기 있는 사람들은 자네에 비하면 모두 먼지 같은 인간들이야… 잘 있게! (떠난다.)
로만	이제 난 필요 없지요?
프로타소프	그래요, 가보시오! 후유… 자, 할멈. 봤어? (안토노브나가 한숨을 쉰다.) 도대체 뭘 한 거냐고…
리자	그 사람이 무서워… 무섭다고!
멜라니야	당신은 참으로 섬세한 분이에요, 파벨 표도로비치!
프로타소프	아닙니다. 정말이지 그 사람에게 죄를 지었어요…
리자	다른 철물공을 고용해, 파벨.
체푸르노이	장인들이란 하나같이 고주망태라서…
프로타소프	정말로 신경 쓰이고, 괴로워! 오늘은 운이 없어… 자질구레한 어리석은 일들이 자꾸 끼어들어서… 저기 내 방에서는 시안산을 가지고 복잡한 실험하고 있는데, 여기서는… 리자, 차 한잔 줄래!

리자	차를 이리로 가져오라고 말할게… 오빠 식당을 싫어하니까…
	(나간다.)
프로타소프	그래… 좋아… 어두운 방이 싫어. 그런데 이 집에는 밝은 방은 없고…
멜라니야	아아, 당신을 이해해요. 파벨 표도로비치!
체푸르노이	말라니야! 그게 무슨 말이더라?
멜라니야	뭐가?
체푸르노이	나한테 물었잖아…
멜라니야	아무것도 묻지 않았어…
체푸르노이	잊었니? 아니, 어떻게! 이보시오, 친구. 저 아인 당신에게 현명한 말을 듣게 되면, 나한테 물어본다오. '이게 무슨 말이야?'
멜라니야	(모욕감을 느끼면서) 보리스… 오빠 무서운 사람이야! 나는 외국어에 대한 기억력이 좋지 않아… 여기에 뭐 웃을 게 있다고?

피마가 들어온다. 능숙하게 창가에 식탁을 차리고는 차례대로 차를 가져온다.

프로타소프	오빠에게 무엇을 물으셨나요?
멜라니야	(죄지은 듯) 저는… 기다토피로모르피즘이 무엇인지 잊었거든요…
체푸르노이	물로 하는 불꽃놀이라고 말해주었지요…
프로타소프	(크게 웃는다.) 뭐라고―오요?

리자가 들어와 식탁 옆에서 분주하게 움직인다.

멜라니야	창피하지도 않아, 보리스!
프로타소프	(미소 지으면서) 당신들 관계는 이상해요… 언제나 서로 반목하는 것처럼 보이거든요… 미안합니다만, 어리석게 말하는 건가요?
멜라니야	정말로 딱 맞아요! 보리스는 날 좋아하지 않아요… 나와 오빠 마

174

	치 남 같아요… 오빠는 폴타바의 큰어머니 집에서, 저는 야로슬
	라블에 있는 아저씨 집에서 자랐어요… 우리는 고아였거든요…
체푸르노이	카잔의 고아…
멜라니야	우린 어른이 되어서야 만났어요… 그런데 서로가 마음에 들지
	않았어요… 아시다시피 보리스는 누구도 좋아하지 않거든요…
	그의 인생은 성공적이지 못했어요. 그래서 모든 사람들에게 화
	를 내는 거예요… 심지어 내게도 오지 않아요…
체푸르노이	아시겠지만, 친구. 동생의 늙은 남편이 살아있을 때 찾아갔더니,
	자기를 치료해달라고 부탁하더군요…
멜라니야	거짓말이야…
체푸르노이	그에게 말했죠. 모든 동물을 치료할 수는 없다고요…
리자	보리스 니콜라예비치!

프로타소프가 당황해서 웃는다.

체푸르노이	과장했나요?
리자	차 드세요…
체푸르노이	그 다음엔 집으로 가시오. 그 말이로군요…
멜라니야	파벨 표도로비치! 저에게 현미경으로 조류(藻類)를 보여주고 싶
	다고 말씀하신 거 기억하세요?
프로타소프	말하자면 조류의 세포죠… 그럼요… 어떻게… 흐음… 가능합니
	다… 지금 당장이라도. 보고 싶으세요?
멜라니야	아아, 부탁입니다! 참 기쁠 거예요…
프로타소프	갑시다… 단지 저기 제 방에 냄새가… (걸어간다.)
멜라니야	(그 뒤를 따르면서) 괜찮아요, 괜찮습니다!
체푸르노이	희극이야! 암소가 조류를 원하다니!

리자	(괴로워하면서) 보리스 니콜라예비치! 당신은 매우 올바르고 소박하며 강력한 분이세요… 하지만…
체푸르노이	당장에 죽여주세요!
리자	어째서 당신은 그런 조야함과 고통스럽고 불쾌한 조롱을 가장하는 건가요? 왜죠?
체푸르노이	나는 아무것도 가장하지 않습니다…
리자	인생에는 너무도 많은 조야함과 잔인함… 그리고 소름끼치는 많은 것이 있어요… 더 부드럽고 더 선량해져야 합니다…
체푸르노이	왜 거짓말을 하세요? 사람들은 거칠고 잔인해요. 그게 그들의 본성입니다…
리자	아니에요, 틀렸어요!
체푸르노이	뭐가 틀렸다는 겁니까? 당신도 그렇게 생각하고… 그렇게 느끼고 있어요… 사람들이 야수라고 그렇게 말하지 않았나요? 그들은 거칠고 더러우며 그래서 당신은 그들이 두렵다고 말했잖아요? 나 역시 그걸 알고 당신 말을 믿어요… 하지만 당신이 사람들을 사랑해야 한다고 말하면 나는 믿지 않습니다. 그건 당신이 두려워서 하는 말이니까요…
리자	제 말을 이해하지 못하시는군요!
체푸르노이	그럴지도 모르죠… 하지만 난 이해하고 있습니다. 돼지를 사랑하는 것은 쓸모 있거나 유쾌할 수 있다는 것을. 왜냐하면 돼지는 햄과 지방을 주니까요. 음악, 새우도 그림도 그래요… 하지만 인간, 인간은 쓸모도 없고 유쾌하지도 않아요…
리자	맙소사! 왜 그렇게 말하는 겁니까?
체푸르노이	진실은 느끼는 대로 말해야 합니다… 나는 선량해지려고 해보았어요. 어떤 어린애를 거리에서 데려다가 교육시키려고 생각

	했지요. 그런데 녀석은 내게서 시계를 훔쳐 도망갔어요! 그래서 소녀를, 똑같이 거리에서 데려왔지요… 아직도 젊은 여자였어요… 같이 살다가 결혼식을 올리겠다고 생각했어요… 그런데 어느 날 술 취한 그녀가 내 얼굴을…
리자	그만두세요! 그런 것에 대해서는 말하면 안 된다는 걸 어떻게 모르시나요?
체푸르노이	뭐라고요? 언젠가는 모든 것을 말해야 합니다. 내 모든 인생을… 그 결과 영혼이 더 깨끗해질지도 모르죠…
리자	당신은 결혼해야 합니다…
체푸르노이	어! 내 말이 그 말이에요. 해야죠…
리자	여자를 찾아보세요…
체푸르노이	(평온하게) 아시잖아요. 그런 여자를 찾았고, 그래서 이년 째 그녀 주위를 뱅뱅 돌고 있어요. 마치 곰이 꿀이 든 구멍 주위를 맴돌듯이 말이에요…
리자	당신, 또? 이보세요, 보리스 니콜라예비치. 그러지 마세요! 단호하게 말씀드렸어요… 그건 절대로 변하지 않아요. 단 한 글자도!
체푸르노이	그럴까요? 나는 소러시아 사람입니다. 그들은 고집이 세죠… 그렇죠?
리자	(거의 공포에 휩싸여) 아니에요!…
체푸르노이	그럼, 다른 것에 대해 이야기합시다…
리자	당신은 고집으로 날 놀라게 하고 있어요…
체푸르노이	두려워하지 마세요… 두려워할 건 없으니까요…

사이. 테라스 근방에서 로만이 중얼거린다. 몸을 떨고 나서 리자가 창문을 바라본다.

리자	무슨 이유로 당신은 누이를 그렇게 함부로 대하세요?

체푸르노이	(평온하게) 그 아인 어리석고, 게다가 속물이죠…
리자	맙소사!
체푸르노이	그러지 않겠어요, 그만 하겠습니다! 아름다운 말을 입에 담지 않는 인간에게 불행을! 누이라고 하셨나요? 도대체 그녀는 뭘까요? 스무 살에 돈 많은 늙은이한테 시집갔어요. 왜 그랬을까요? 그 후에는 근심과 그에 대한 혐오감 때문에 거의 죽을 뻔했지요. 한번은 그녀를 통풍구에서 꺼냈는데, 목을 맨 겁니다… 한번은 암모니아수를 마셨고… 이제 그가 죽자 그녀가 미쳐 날뛰는 거죠…
리자	당신 자신도 잘못한 것 같군요. 왜 그녀를 지탱해주지 않았나요?
체푸르노이	그럴지도 모르겠네요. 아마 붙들어줄 수도 있었겠죠…
리자	그러나 그것 때문에 그녀를 벌한다면…
체푸르노이	단지 그것 때문만은 아닙니다. 당신은 그녀가 왜 여기에 오는지 모릅니다… 하지만 난 알아요…
리자	당신 추측을 나에게 풀어놓지 마세요! 차라리 이렇게 생각하는 편이 낫겠어요. '누가 당신에게 그녀의 판관이 될 권리를 주었는가?'
체푸르노이	그렇다면 누가 당신에게 사람들을 판결할 권리를 주었나요? 더욱이 모든 사람들은 허가도 없이 그런 권리를 이용하고 있습니다… 판단하지 않는다는 것은 먹지 않는 것과 마찬가지로 인간에게는 불가능한 일입니다…
멜라니야	(흥분해서 나온다. 그녀 뒤에 프로타소프) 파벨 표도로비치… 알겠어요. 하지만 정말로 그게 사실일까요?
프로타소프	그렇습니다. 모든 게 살아 있고, 도처에 생명이 있어요. 그래서 도처에 비밀이 있는 겁니다. 존재의 놀랍고도 깊은 수수께끼의

세계를 출입하면서 두뇌의 에너지를 수수께끼 해결에 쓴다는 것은 진실로 인간적인 삶입니다. 바로 거기에 행복과 생동감 넘치는 기쁨의 무궁무진한 원천이 있는 것이지요! 오로지 이성의 영역에서만 인간은 자유롭고, 오직 이성적일 때에만 그는 인간인 겁니다. 그래서 만일 그가 이성적이라면, 그는 순수하고 선량합니다! 선은 이성을 통하여 탄생되며, 의식이 없다면 선도 없습니다! (재빨리 시계를 풀어 들여다본다.) 하지만 미안합니다… 가야 합니다… 네, 제발… 빌어먹을! (나간다.)

멜라니야   그이가 저기서 말한 것을 만일 당신들이 들었다면… 얼마나 말을 잘하는지! 그는 오직 나 한 사람, 멜라니야 키르피초바한테 말했어요. 그래요! 인생에서 나와 함께 그렇게 말한 사람은 처음이야… 그런 기적에 대하여… 나와 함께! 보리스, 웃는군요… 하지만 어때, 보리스? (목소리에 눈물이 담겨있다.) 그의 생각을 이해했다고는 말하지 않겠어요. 그걸 말하면 어떨까요? 난 바보예요… 리자베타 표도로브나, 내가 우습죠? 사랑스러운 분이여… 한번 생각해 보세요. 마치 잠을 자듯이 그렇게 살아왔다고 말이죠. 그런데 갑자기 자극을 받고 눈을 떠보니 아침과 태양이 있는 거예요. 아무것도 보이지 않다가 오직 빛만 가득히! 그리하여 온 영혼으로 숨을 쉬고, 그렇게 순수한 기쁨으로 숨을 쉰다면… 부활절 아침기도처럼 말이죠…

체푸르노이   왜 그러니?

리자   차를 드세요… 앉으세요! 당신은 정말 흥분하고 있어요…

멜라니야   오빠 이해 못해, 보리스! 아니에요, 고마워요… 차는 마시지 않을래요… 가야겠어요. 용서하세요, 리자베타 표도로브나… 당신 신경을 어지럽혔군요! 가겠어요… 안녕히! 그이에게 말해주세요. 갔다고. 그리고… 고마워하더라고 전해주세요… 당신은 나의 기쁨이에요. 그는 얼마나 밝은지… 정말 놀라워요! (테라스로나 있는 문으로 나간다.)

체푸르노이   왜 저러죠? 알 수가 없군요…

리자   나는 이해합니다. 언젠가 파벨은 내게도 저런 식으로 영향을 주었어요… 그의 말을 듣고 나자 완전히 각성되는 것 같았어요… 모든 것이 그렇게 선명하고, 그렇게 조화롭고, 수수께끼 같고도 단순하고, 하잘 것 없으면서 거대하고! 그 다음에 쓰레기, 야수성, 무의미한 잔혹함으로 가득 찬 진짜 인생을 알게 되었지요… 공포와 의혹이 영혼을 사로잡았습니다… 바로 그때 난 병원에 실려 갔어요…

체푸르노이   그 일은 떠올리지 마시기를… 무슨 병원이요? 있었더라도 지금은 없어요…

리자   있을 거예요.

테라스에 옐레나와 바긴.

체푸르노이   누군가 오고 있군요… 아하! 옐레나 니콜라예브나… 그리고 화가로군요… 벌써 가야 할 시각이네요…

옐레나   아, 보리스 니콜라예비치! 파벨은 자기 방에 있어, 리자? 차 한 잔 줄래요… (남편에게 간다.)

체푸르노이   어째서 그렇게 창백하고 흐트러진 모습인가요, 드미트리 세르게예비치?

바긴   정말로 그런가요? 모르겠어요! 그림은 잘 되고 있나요, 리자?

리자   오늘은 그리지 않았어요…

바긴   안됐군요. 물감은 신경을 안정시킵니다…

체푸르노이	당신을 보면 그렇게 보이지 않는군요…
바긴	물론 다 그런 건 아닙니다…
리자	(몸을 떨면서) 빨간색은 아니에요…
체푸르노이	안녕히 계세요… 가야겠습니다… 강에 나가서 새우나 잡으렵니다. 그 다음엔 새우를 끓여서 먹고, 술을 마시고… 담배를 피울까 합니다. 그러니 전송하지 마십시오, 옐리자베타 표도로브나. 다시 오겠습니다, 내일이라도. (옐레나가 나온다.) 안녕히 계세요, 옐레나 니콜라예브나!
옐레나	가시게요? 안녕히…

체푸르노이와 리자가 나간다.

바긴	그는 바쁜가요?
옐레나	네… 곧 올 거예요…
바긴	작은 인간을 창조하겠다는 어리석은 생각에 여전히 매달려 있군요…
옐레나	무슨 말투가 그래요, 부끄럽지도 않아요!
바긴	하지만 현학적인 인간들의 이런 시시하고 쓸데없는 생각이 나를 괴롭힌다면! 그리고 당신에 대한 그 친구의 태도도 용서할 수 없습니다. 이것은 터무니없이…
옐레나	당신을 숨김없이 대한 것을 반드시 후회하게 될 것 같아요…
바긴	당신은 자유로운 인간이 되어야 합니다. 그리고 당신을 평가하지 않는 사람을 용서해서는 안 됩니다…
옐레나	그렇게 하려고 해요… 보시게 될 겁니다!
바긴	언제요? 뭘 기다리는 겁니까?
옐레나	그의 영혼에서 내가 어떤 자리를 차지하고 있는지 알아야 해요…

바긴	아무 자리도 아니오!
옐레나	(가볍게 미소 지으며) 만일 그렇다면 좋은 일이죠. 그렇다면 모든 게 간단히 풀리는 거죠. 내가 그이에게 필요 없다면 난 떠날 테니까요. 만일 그렇지 않다면? 만일 그의 사랑이 단지 지쳐 있다면, 그이를 사로잡고 있는 생각의 힘 때문에 영혼 깊은 곳으로 사랑이 밀려나 있다면? 내가 그를 떠난 다음, 갑자기 그의 영혼에 다시 불꽃이 튄다면…
바긴	당신은 그걸 원하오? 그래요?
옐레나	어떤 드라마가 그이를 기다리고 있을지, 당신 알아요? 난 드라마를 싫어해요.
바긴	그 사람 때문에 걱정하는 건가요?
옐레나	그이가 살아가는 걸 방해하고 싶지 않아요…
바긴	당신은 판단하고 있어요. 말하자면 당신은 원하지 않는 겁니다. 강렬하게 원하면 판단하지 않는 법이죠…
옐레나	짐승들이나 그렇죠. 동물은 판단하지 않아요. 하지만 인간은 지상에 악이 보다 적어지도록 행동해야 합니다…
바긴	당신은 의무와 기타 등등의 이유로 자신을 희생하는 거예요. 리자가 시큼한 철학으로 당신에게 어리석은 영향을 미친 겁니다…
옐레나	악은 역겹고, 고통은 혐오스러워요… 나는 고통을 수치라고 생각해요. 그래서 남들에게 고통을 불러일으키는 것은 불순하고 추악하다고 생각해요.
바긴	당신은 정말 이성적입니다! 하지만 여전히 노예의 영혼이 당신의 혀로 말하고 있군요… 당신은 자신을 희생하려고 합니다. 누구에게? 생명의 시초를 찾으려는 우둔한 열망에 빠져 생명을 미세한 부분으로 분해하고 있는 인간에게! 어리석은 생각입니다!

그는 칠흑의 죽음을 위해 일하고 있어요… 자유나 아름다움, 기쁨을 위해서가 아닙니다. 그래서 그에게는 당신의 희생도 필요 없는 겁니다…

옐레나   이보세요, 좀 진정해요! 희생에 대해 나는 아무 말도 하지 않았어요… 더욱이 내게는 당신 감정의 힘을 믿을 이유도 없고요…

바긴   내 사랑을 믿지 않는군요?

옐레나   그렇다고 해두죠… 나 자신을 믿지 않아요…

리자가 들어온다.

바긴   당신은 얼마나… 냉담한지!

옐레나   솔직하게 말하는 거예요…

리자   오늘은 사람들이 온종일 파벨을 방해했어…

옐레나   누가?

리자   모두 다. 유모, 그 철물공, 집주인…

옐레나   파벨이 짜증났겠네?

리자   그럴 거야…

옐레나   화가 나네…

바긴이 테라스로 나간다.

리자   미안해 언니. 하지만 언니는 오빠한테 너무 무관심해…

옐레나   오빠는 그 점에 대해서 나한테 한 번도 말하지 않았어…

리자   (일어난다.) 아마 언니하고 말하는 게 유쾌하지 않아서 그럴지도 몰라… (위에 있는 자기 방으로 간다.)

옐레나   (부드럽게) 리자! 또 그러기야… 리자, 아가씨가 틀렸어… 들어봐…

리자는 대답하지 않는다. 옐레나는 그녀 뒤를 바라본다. 어깨를 으쓱한다. 눈썹을 찌푸리고는 천천히 테라스로 나 있는 문으로 걸어간다. 피마가 식당에서.

피마   마님!

옐레나   응… 무슨 일이죠?

피마   마님 안 계실 때 멜라니야 니콜라예브나가 왔다가 말하기를…

                              사이

옐레나   (생각에 잠긴 채) 그래요… 뭐라고 말했나요?

피마   제가 너무 무례한 것 같습니다…

옐레나   만일 그렇다면 말하지 말아요…

피마   '뒤따라 다녀'라고 말했어요. 마님, 당신 뒤를 말이에요. 그러니까…

옐레나   뭐라고요? 피마, 당신은 언제나 어리석은 것만 생각해내는군요… 가세요, 제발!

피마   정말이지 이건 어리석은 게 아닙니다! 말하기를, 마님과 바긴 씨 뒤를 추적하라고…

옐레나   (크지 않은 목소리로) 당장 나가요!

피마   저는 죄 없어요! 그리고는 1루블을 줬어요…

옐레나   꺼지라니까!

                  피마가 재빨리 나간다. 프로타소프가 커튼 뒤에서 서둘러 나온다.

프로타소프   왜 소리치고 그래, 레나. 응? 아하! 피마와 한판 했군… 참 놀라운 여자야. 그 여자 치마는 정말 특별해. 모든 것에 걸리고, 모든 걸 떨어뜨리고 부순다니까… 잠시 당신과 함께 있을 테야… 꼭 10분만! 차 한잔 줘… 근데 드미트리는 안 왔어?

184

옐레나	테라스에 있어요…
프로타소프	리자도 거기 있나?
옐레나	아가씨는 자기 방에 있고…
프로타소프	어째 기분이 언짢아 보이는군, 응?
옐레나	조금 피곤해요…
프로타소프	당신 초상화는 어떻게 돼가고 있어?
옐레나	날마다 그걸 묻는군요…
프로타소프	그런가? 아, 드미트리가 왔군… 자네도 화가 났군! 왜 그래?
바긴	그러니까… 언젠가 이 집 정원을 그릴 거야… 바로 이 시각, 일몰 무렵에…
프로타소프	그래 그것이 자넬 미리부터 화나게 하나?
바긴	비꼬는 건가?
옐레나	차 드려요?
프로타소프	(일어난다.) 당신들 둘 다 기분이 언짢군… 부엌에 가겠어… 저기 내 방에서… 한잔 더 줘, 레나!
바긴	바로 저자는 언젠가 당신을 플라스크에 넣고 어떤 산을 붓고는 당신이 그걸 좋아하는지 관찰할 겁니다…
옐레나	어리석은 말 마세요… 원하지도 않으면서 말이에요…
바긴	(소박하고 진솔하게) 당신에 대한 나의 태도처럼 그렇게 강렬한 감정을 경험해본 적이 없었어요… 그것 때문에 괴롭습니다… 하지만 고양되기도 하지요…
옐레나	그래요?
바긴	당신 앞에서 나는 누구보다도 고상하고 뛰어나며 반짝이고 싶어요…
옐레나	좋은 일이네요… 당신 때문에 참 기뻐요…

바긴	옐레나 니콜라예브나! 내 말 믿으세요…
프로타소프	(식당에서. 그 다음엔 나온다. 두 손에 어떤 철제용기를 들고서) 할멈, 그만둬! 무엇 때문에 남편 딸린 하녀를? 그냥 하녀 그 자체를 받으라니까… 난 놔둬!
옐레나	유모! 당신에게 부탁했잖아요…
프로타소프	자, 낡은 타르야! 석유 찌꺼기라니까! (자기 방으로 간다.)
옐레나	파벨을 불안하게 하지 말라고 부탁했죠…
안토노브나	미안합니다만, 옐레나 니콜라예브나 마님. 묻겠습니다. 이 집안에서 주인이 누굽니까? 파블루샤는 바쁘고, 리자는 병자고, 당신은 몇날 며칠이고 집에 없고…
옐레나	하지만 사소한 걸로 파벨을 건드리면 안 돼요…
안토노브나	이미 당신 스스로 그걸 보고 있잖아요…
옐레나	훈계하는 걸로 모자란 모양이군요…
안토노브나	무슨 말씀을? 집은 내던져지고, 파블루샤에게 신경도 안 쓰는 걸 보면…
옐레나	(부드럽게) 부탁해요. 나가주세요, 유모!
안토노브나	알겠습니다요… 하지만 고인이 되신 장군 부인께서는 나를 방에서 쫓아내시진 않았어요… (모욕 받고 나간다. 옐레나는 일어나서 신경질적으로 방안을 왔다 갔다 한다. 바긴은 차갑게 웃으며 그녀를 바라본다.)
옐레나	이게 즐거운가 보죠?
바긴	다소간 어리석은 것은 언제나 재미있는 법이오! (열렬하게) 이 집을 나가야 합니다! 당신은 아름답고 자유로운 삶을 위해 창조됐어요…
옐레나	(생각에 잠겨) 도처에 야만적인 인간들이 우리 주위에 있는데 그런 삶이 가능할까요? 인간이 강하면 강할수록, 그의 주위에는 훨씬

더 많은 속물성이 있다는 것은 이상한 일이예요. 마치 바람이 온갖 쓰레기를 고층건물의 벽으로 쓸고 가는 것과 마찬가지죠… (억눌리고 창백한 프로타소프가 걸어온다. 진정성 속에 어린애 같고 의지할 데 없으며 매혹적인 어떤 것이 그에게 담겨 있다. 마치 죄라도 지은 것처럼 나지막하게 말한다.) 여보, 파벨? 무슨 일이에요?

프로타소프   그게 발효해서 부풀어 올랐어. 알겠어? 그래, 부풀어 올랐다니까… 경험이 정확하게 기만당했어… 계속해서 깊이 생각했는데… (아내를 들여다본다. 마치 그녀를 보고 있지 않은 것처럼. 식탁으로 걸어가서 자리에 앉아 신경질적으로 손가락을 움직인다. 주머니에서 수첩을 꺼내 신속하게 연필로 그리면서 거기에 몰두한다. 바긴은 말없이 옐레나와 악수하고 나간다.)

옐레나   (나지막하게) 파벨… (큰 소리로) 여보, 파벨… 당신 몹시 괴롭죠? 그렇죠?

프로타소프   (이를 드러내고서) 잠깐… 어째서 그게 부풀어 오른 걸까?

.... 막
Занавес

제 2 막
Действие второе

오른쪽에 난간이 딸린 넓은 테라스와 벽. 몇 개의 기둥이 난간에서 드리워져 있다. 테라스에는 두 개의 식탁. 하나는 크고 일반 식탁이다. 모퉁이에 있는 다른 식탁은 작고, 그 위에 로토용 주사위가 던져져 있다. 테라스 뒷면은 범포(帆布)로 완전히 덮여 있다. 마당의 깊은 곳 담장까지 길게 낡은 초록색 격자가 서 있고, 그 뒤에 정원이 있다. 저녁. 테라스 모퉁이에서 체푸르노이와 나자르 아브데예비치가 나온다.

나자르   그래요, 별일 없이 지나간 겁니까?

체푸르노이   그렇습니다…

나자르   그거 좋은 일입니다. 비록 형편없는 느린 말이라도 돈은 들거든
           요… 7년 전에 60루블 주고 샀어요. 그 동안 귀리를 얼마나 먹
           어댔는지… 만일 회복될 가능성이 없으면 말해주세요. 그놈을
           팔아넘길 테니까…

체푸르노이   무슨 생각을 하는 겁니까? 주인이 바뀌면 말이 건강해지기라도
           한단 말이오?

나자르   그건 내 알 바 아니오! 의사 선생?

체푸르노이   왜요?

나자르	한 가지 미묘한 부탁이 있는데요. 그걸 어떻게 말씀드려야 할지 모르겠군요…
체푸르노이	(담배를 피우면서) 짧게 말해보세요…
나자르	이건 매우 그럴듯한 겁니다. 내 부탁은, 한번 보아주십사 하는 거죠…
체푸르노이	더 짧게…
나자르	프로타소프 씨에 관한 겁니다만…
체푸르노이	어, 그래요?
나자르	아시다시피 제 아들은 상업학교에서 산업을 공부했어요. 그 녀석 말이 이젠 화학이 큰 힘을 가지고 있다는 겁니다… 그리고 나 자신도 보고 있습니다. 화장실 비누, 향수, 포마드 그리고 그 비슷한 물건이 잘 팔리고, 큰 이익을 준다는 걸…
체푸르노이	그런데, 더 짧게…

미사가 구석에서 내다보고 있다. 체푸르노이가 그를 알아챈다.

나자르	그럴 수 없네요. 매우 그럴듯한 의도이긴 한데… 식초나, 이를테면 온갖 엑기스… 그리고 많은 다른 것들 말이오… 그런데 프로타소프 씨를 보자니까, 쓸모없이 재료와 시간을 낭비하고 있는 겁니다… 그래서 그 양반은 머지않아 재산을 탕진하고 말 겁니다. 생각해야 합니다… 바로 그걸 그분과 이야기해 보시라는 겁니다…
체푸르노이	식초에 대해 말하라는 거요?
나자르	전반적으로 말입니다… 그 양반이 곧 재산을 몽땅 날리게 될 거라고 당신이 주장하는 겁니다… 그러면 내가 그분께 일을 제안하는 거죠. 난 그분에게 공장을 제공하고, 그분은 유용한 물건

을 만들어내는 겁니다. 그 양반에게는 회사 차릴 돈이 없지만, 내가 수표를 가져오면 되니까요…

체푸르노이 (냉소하면서) 당신은 선량한가요, 예?

나자르 내 마음은 정말 부드러워요! 누가 쓸모없는 일에 관심을 가지는 걸 보면, 나는 즉시 일을 위해 그 사람을 쓰고 싶은 겁니다. 더욱이 그분은 주목할 만한 신삽니다! 아내 생일날 그분은 불꽃놀이를 준비했습니다. 맙소사! 그 양반이 높은 수준의 기술을 찾아낸 거예요… 그렇게 말해보세요. 예?

테라스에서 피마가 차를 준비한다.

체푸르노이 말해보리다…

나자르 내 생각으로 당신은 그분에게 엄청난 이익을 가져다 줄 겁니다… 하지만 이제 가야겠습니다!

체푸르노이 잘 가시오! (피마에게) 주인 양반들은 어디 계시오?

피마 바깥주인은 당신 방에 계시고, 안주인은 정원에… 바긴 씨와 함께 계시고, 옐리자베타 표도로브나는 저기에…

체푸르노이 그렇다면 나도 정원으로 가야겠군…

미샤 (재빨리 모퉁이에서 나온다.) 실례합니다만… 당신의 이름과 부칭을 알 수 있는 기쁨을 가지고 있지 못합니다…

체푸르노이 괜찮아요. 나 역시 당신 이름을 모르니 말이오…

미샤 미하일 나자로프 브이그루조폽니다. 아무 일이나 시켜주십시오!

체푸르노이 무슨 일 말이오? 당신에게는 볼 일이 없습니다…

미샤 (비호하듯이) 예의로 한 말입니다. 아버지와 당신의 대화를 우연히 듣게 됐습니다…

체푸르노이 그 우연을 보았소… 말해보시오. 왜 당신은 그렇게 다리를 떠는 겁니까?

미샤	참을 수 없어섭니다… 버릇 때문에… 가만히 있지 못하는 성격이라서요…
체푸르노이	어디로 그렇게 돌진하는 거요?
미샤	그러니까, 뭐랄까요? 저는 현실적입니다… 일반적으로…
체푸르노이	아하! 알겠소… 잘 가시오!
미샤	잠깐만요! 당신께 드릴 말씀이 있는데…
체푸르노이	무슨 말이오?
미샤	아버지 제안에 관해서 말인데요. 보시다시피, 그건 제 생각입니다… 다만 아버지가 그걸 확실하게 이야기하지 못하셔서…
체푸르노이	아니오. 아니오. 이해했어요…
미샤	혹시 오늘 10시에 트로이쓰카야에 있는 '파리' 식당에서 만날 영광을 주시겠습니까?
체푸르노이	아니, 아시겠지만, 그런 영광을 드리지 않겠소
미샤	매우 유감입니다…
체푸르노이	(안도의 한숨을 내쉰 다음) 나도 그렇소… (정원으로 간다.)
미샤	(경멸조로 그를 뒤에서 바라본다.) 후레자식! 진짜 가축 의사로군!
피마	뭐라고요? 그래서 다들 당신과 말하고 싶어 하지 않는 거예요!
미샤	그런데 핌카, 내가 너하고 뭘 할 수 있는지 아니?
피마	없어요…
미샤	내가 너한테 선물한 반지를 네가 훔쳐갔다고 말하는 거야… 경찰서장 조수를 알고 있거든…
피마	놀랄 것 같아요! 그 사람은 나한테 꼬리칠 건데요. 조수 따위가!
미샤	너에겐 더 나쁠 텐데… 아니야, 피마. 농담한 거야. 심각하게 얘기하자. 25루블과 집. 됐냐?

피마 그만둬요! 난 순진한 처녀니까…

미샤 바보다, 넌… 정말로! 자, 들어봐! 내게 조티코프란 친구가 있는데, 미남에다 부자야… 소개해줄까?

피마 늦었어요! 그 사람은 벌써 내게 두 번이나 편지를 보냈는데… 뭐요?

미샤 (당황하고 분개한다.) 거짓말? 어휴, 나쁜 자식! 거참, 인간들이란! 정말이지 사기꾼이야… 제기랄! 야, 피마. 넌 대단해… 그러니까 너와 결혼할 사람이 반드시 돈이 많아야 하는 건 아니지…

피마 (조용히) 나리들이 오세요…

정원에서 리자와 체푸르노이가 온다.

리자 (미샤에게) 무슨 일인가요?

미샤 그러니까 화학용액을 창문에서 정원으로 흘러 내보내지 말라고 당신 하녀에게 말했습니다… 그것 때문에 정원의 식물이 해를 입고, 게다가 콜레라까지 돌고 있는 위험한 시기니까요. 들으셨는지요?

체푸르노이 잘 가시오, 젊은 양반!

미샤 안녕히… (순식간에 모습을 감춘다.)

리자 (테라스로 가면서) 놀랄 만큼 뻔뻔스러운 얼굴이네요…

체푸르노이 친구는 살아 있는 물질을 발명하고 있는데, 어디 쓰려는 거죠? 해로운 것은 사라져라… 라든가 나… 역시 살아 있는 물질인데… 어떤 생각을 가지고 있을까요?

리자 정말로 오늘은 당신 기분이 엉망인가 보네요… 게임을 끝내도록 하죠… 앉으세요… 계속하겠어요. 6, 23.

체푸르노이 10, 29…

192

리자	당신을 알 수가 없어요… 8, 31… 당신은 그토록 건강하고 힘이 있는데…
체푸르노이	7, 36…
리자	아무것에도 관심이 없고, 아무것도 하지 않으니까요… 5, 36… 지금, 삶이 그토록 비극적인 색조를 띠고… 도처에 증오가 자라고, 사랑은 그토록 말라버렸는데도 말이에요…
체푸르노이	36요? 10, 41…
리자	당신은 하시는 일의 상당 부분을 이런 삶에 제공할 수 있을 텐데요. 선량하고 현명한 노동 말이에요… 8, 44…
체푸르노이	나는 이미 마흔 살이오… 그리고 일곱 개의 안경이 있고… 48…
리자	마흔 살이라고요? 하찮은 거죠! 10, 54…
체푸르노이	당신은 날 정말로 못쓰게 만들었소… 3, 51…
리자	내가요? 망쳤다고요?
체푸르노이	그래요… 당신들 모두… 당신 오라버니, 옐레나 니콜라예브나, 당신…
리자	8… 난 끝났어요… 처음부터 다시 해요. 다만 소리 내서 헤아리지는 말아요. 이야기에 방해되니까… 우리가 무엇으로 당신을 망쳤는지, 설명해 보실래요?
체푸르노이	당신들을 만나기 전까지 나는 커다란 호기심을 가지고 살았습니다…
리자	관심 말인가요?
체푸르노이	네, 그래요. 호기심… 뭐든지 나는 알고 싶었어요. 신간서적을 보면, 그 안에 표지 말고 뭐 새로운 게 있는지 알고 싶어서 읽었죠. 길에서 사람을 때리면, 멈춰 서서 지켜보곤 했죠. 열심히 그를 때리면, 왜 때리느냐고 더러 묻기도 했고요. 그리고 수의학

도 커다란 호기심을 가지고 공부했습니다…

안토노브나   (문에서) 리잔카, 물약 먹었어?

리자   응, 그래…

안토노브나   사모바르가 끓고 있는데, 식탁엔 아무도 없네… 어휴 맙소사!
           (정원으로 간다.)

체푸르노이   전체적으로 모든 걸 호기심을 가지고 보았지요… 그리고 알았
           죠. 삶은 안정되어 있지만 시시하고, 사람들은 탐욕스럽고 어리
           석으며, 나는 그들보다 똑똑하고 괜찮다는 것을… 이런 사실을
           아는 게 유쾌했어요. 그리고 영혼은 평온했습니다. 누군가는 내
           가 치료하는 말보다 힘들게 살고, 개보다 불행하게 살고 있다는
           것을 비록 내가 알았다고 해도 말입니다… 하지만 그 경우는 사
           람이 개나 말보다 더 어리석다는 것으로 해명되었지요.

리자   왜 그렇게 말하세요? 사실 당신은 그걸 믿지도 않잖아요?

체푸르노이   그렇게 살았습니다. 그리고 나쁘지도 않았고요… 그러나 마침내
           당신들과 만난 겁니다. 한 사람은 과학에 불타고 있고, 다른 사
           람은 황토가 든 붉은 모래에 몰두하고 있으며, 세 번째 여자는
           쾌활하고 이성적인 것처럼 꾸며대고 있어요… 그런데 당신은
           어딘가 깊은 곳을 들여다보고 있었고, 영혼 속에 비극을 나르고
           있어요…

리자   근데 우리가 무엇으로 당신을 망친 거죠? 내 패는…

체푸르노이   그건 말할 수 없어요… 처음엔 당신 집에 있는 것이 참 좋았습
           니다. 심지어 보드카 마시는 일도 그만 두었으니까요. 왜냐하면
           당신들 이야기에 취하곤 했거든요… 그 다음엔 호기심을 잃어
           버렸고, 불안해지기 시작했습니다…

안토노브나   (정원에서 걸어온다.) 이 양반들이 차를 마셔야 할 텐데…

194

프로타소프	(방에서 나오며) 사모바르 준비됐소? 기막히군! 안녕하세요, 학자 양반…
체푸르노이	안녕하시오, 친구…
프로타소프	레나는 정원에 있니?
리자	응…
프로타소프	부르러 가야겠군… 당신이 졌나보군요…
체푸르노이	그렇습니다…
프로타소프	오늘 얼굴빛이 환하구나, 리자… 두 눈도 밝고 평온하네… 그런 모습을 보니 좋구나… (정원으로 간다.)
리자	(짜증내면서) 왜 오빠는 나하고 말할 땐 언제나 아픈 어린애 대하 듯 할까요?
체푸르노이	그래요, 원형질에 관심이 없는 사람들과 말할 때 오빠는 어린애 들 대하듯 말합니다…
리자	나와 말하는 사람들은 모두 그렇게 말해요… 모두 내가 아프다 는 걸 상기시키려 애쓴다니까요…
체푸르노이	당신 자신이 무엇보다 먼저 그걸 잊으세요…
리자	계속하세요… 불안해졌다고 하셨는데, 왜죠?
체푸르노이	불안해지고, 어쩐지 어리석기도 하고… 마치 영혼의 메커니즘이 갑자기 녹슬어버린 것 같아요… 내가 어리석은 겁니다, 옐리자 베타 니콜라예브나. 만일 당신이 도와주지 않는다면…
리자	보리스 니콜라예비치! 그만두세요… 나는 병신이고 괴물입니다…
체푸르노이	(평온하게) 나는 똥을 먹는 쇠똥구리처럼 죽어버릴 겁니다…
리자	(벌떡 일어나서) 그만두세요! 당신은 정말이지 날 괴롭히는군요… 정말로 그걸 모르시겠어요?
체푸르노이	(놀란다.) 아니, 그러지 마세요! 미안합니다… 그러지 않겠습니다!

침묵하겠어요… 진정하세요!

리자 　맙소사! 모두가 얼마나 괴롭고 불쌍한지… 모두가 이토록 무기
　　　력하고… 고독하다니!

사이

체푸르노이 　아시겠지만, 예전에 나는 잘 잤습니다. 그런데 지금은 눈을 크게
　　　뜨고 자리에 누워서 마치 사랑에 빠진 대학 신입생처럼 열망하
　　　고 있다니까요… 무엇인가 하고 싶거든요… 어떤 영웅적인 것
　　　을 말이죠… 그런데 뭡니까? 알 수가 없어요… 그래서 여전히
　　　이런 게 보이는 거예요. 강을 따라 얼음이 떠내려갑니다. 얼음
　　　위에는 새끼돼지가, 그토록 작고 붉은 새끼돼지가 앉아서 자꾸
　　　울부짖는 겁니다! 나는 그 녀석에게 달려듭니다. 물속으로 뛰어
　　　들어… 새끼돼지를 구하는 겁니다! 그런데 그것은 아무짝에도
　　　쓸모가 없어요! 그래서 엄청난 짜증이! 구해낸 새끼돼지를 고추
　　　냉이와 함께 혼자 먹어야 합니다…

리자 　(웃는다.) 그거 재밌네요…

체푸르노이 　눈물이 나려고 하는군요…

정원에서 옐레나와 프로타소프, 바긴이 걸어온다.

리자 　차를 따를까요?

체푸르노이 　주세요… 이젠 뭘 하죠? 그런데 말이죠, 옐리자베타 표도로브나.
　　　어쨌거나 나한테 시집오세요. 그러면 우리는 대지 위에서 엄청
　　　나게 신음하게 될 겁니다!

리자 　(불쾌하게 놀란다.) 어떻게 당신은… 농담도… 그건 참 고통스럽고
　　　이상해요!

196

체푸르노이	(평온하게) 생각 좀 해보세요. 당신과 내가 뭘 더 하겠어요?
리자	(두려워하면서) 그만두세요… 조용히 하세요!
옐레나	그래요, 멋지군요. 하지만 그건 의미상으로 보면 깊지 않고, 줄거리를 보면 소수에게만 허락되는 거네요…
바긴	예술은 언제나 소수의 성취였습니다… 그것이 예술의 자부심이고…
옐레나	예술의 드라마죠…
바긴	다수 견해가 그렇습니다. 그 한 가지 이유로 나는 반대하고 있습니다…
옐레나	그리지 마세요! 예술은 인간을 고상하게 해야 합니다…
바긴	예술은 목적이 없어요…
프로타소프	이보게, 친구. 세상에 목적 없는 것은 없다네…
체푸르노이	세계 그 자체를 고려하지 않는다면 말이죠…
리자	맙소사! 그런 얘기는 수도 없이 들었어요…
옐레나	드미트리 세르게예비치! 인생은 힘들고, 인간은 살다가 자주 지칩니다… 삶은 거칠어요. 그렇죠? 무엇으로 영혼은 쉬는 걸까요? 아름다움은 드물어요. 하지만 진실로 아름답다면, 그것은 흐린 날을 느닷없이 밝게 비추는 태양처럼 영혼을 덥힐 겁니다… 모든 사람이 아름다움을 이해하고 사랑해야 합니다. 그렇게 된다면 사람들은 그 위에 도덕을 건설할 거예요… 사람들은 아름다운 것과 추악한 것으로 행위를 평가할 것이고… 그래서 그때는 삶이 정말로 기막히게 될 겁니다!
프로타소프	놀라운 걸, 레나! 그럴 것 같아…
바긴	사람들을 어떻게 해야 할까요! 나는 혼자서 자신을 위한 노래를 크게 부르고 싶소…

옐레나   됐어요! 무엇 때문에 말이 필요하죠? 먼 곳과 높은 곳을 향한
        인간의 영원한 지향이 예술에 반영되어야 합니다… 이런 지향
        이 예술가에게 있다면, 예술가가 아름다움의 태양과 같은 힘을
        믿는다면 그의 그림과 책, 그의 소나타는 내게 이해될 것이고…
        가치 있을 거예요… 그는 영혼에 적절한 화음을 불러일으킬 겁
        니다… 만일 지쳤다면, 나는 쉬고 그리고 나서 일과 행복과 삶
        을 다시 원하게 될 테죠!

프로타소프   대단해, 레나!

옐레나   때로 이런 화폭을 꿈꾼답니다. 망망대해 한가운데 배가 가요.
        초록색의 분노한 파도가 배를 탐욕스럽게 덮치죠. 하지만 배의
        이물과 갑판에는 탄탄하고 강력한 사람들이 서 있어요… 사람
        들은 그저 서 있는 겁니다. 여전히 그런 숨김없고 원기 왕성한
        얼굴들이죠. 그리고 자신만만하게 미소 지으며 멀리 앞쪽을 바
        라보는 겁니다. 목적을 향해 나아가는 길에서 평온하게 죽을 준
        비가 되어 있는 것이죠… 이게 그림 전부예요!

바긴   흥미롭군요… 그래요…

프로타소프   잠깐…

옐레나   그들을 작열하는 태양 아래서 사막의 누런 모래를 따라 걸어가
        도록 해도 좋아요…

리자   (자기도 모르게 작은 소리로) 붉은 모래야…

옐레나   마찬가지야! 단지 필요한 것은, 그들이 용감하고 자부심 넘치며,
        동요하지 않는 소망을 가진 특별한 사람들이어야 한다는 거예
        요. 그리고 모든 위대한 것이 소박한 것처럼 그들도 소박해야
        해요… 그런 그림은 인간과 인간을 창조한 예술가에 대한 자부
        심의 감정을 내게 불러일으킬 수 있어요… 그것은 우리들로 하

여금 짐승에게서 멀리 떠나도록 도와주고, 그 후에도 더욱 인간에게 다가가도록 인도한 위대한 사람들을 상기시키는 겁니다.

바긴 그래요, 이해가 되는군요. 재미있고… 아름답습니다! (테라스로 야코프 트로쉰이 다가온다. 사람들이 눈치 채지 못하게 입을 벌린 채 멈춰 선다.) 한번 해보죠, 빌어먹을!

프로타소프 물론이야, 드미트리! 그리라고! 레나, 당신 대단한데! 이건… 당신에게 뭔가 새로운 것이… 안 그래, 레나?

옐레나 이게 새로운 건지 낡은 건지, 당신이 어떻게 알아요?

트로쉰 주인 나리님들! (모두가 그를 바라본다.) 흥미로운 이야기를 끝내시기를 오래 기다렸습니다… 하지만 당신들을 방해해야겠습니다… 정말 간단한 겁니다!

체푸르노이 무슨 일이오?

트로쉰 소러시아인이군요… 정말 간단해요! 왜냐하면 나도 소러시아에 있었고, 플루트를 연주니까요…

체푸르노이 원하는 게 뭐요?

트로쉰 미안합니다만! 모든 게 잘 되고 있어요… 소개하겠습니다. 육군 중위 야코프 트로쉰입니다. 로크 정거장 역장의 조수였습니다… 아내와 애를 열차에 잃어버린 바로 그 야코프 트로쉰입니다… 애들은 아직도 있지만, 아내는 없습니다… 그－그래요! 저는 누구와 함께 있는 영광을 가지고 있습니까?

프로타소프 술 취한 사람들은 정말로 재미나게 말한다니까…

리자 (비난하듯이) 파벨! 오빠는…

옐레나 뭘 원하시나요?

트로쉰 (인사하면서) 마님, 용서하십시오! (덧신 신은 발을 가리킨다.) 위생장홥니다… 왜냐하면 행복은 변덕스러우니까요… 마님! 철물공 예고르가 어디 살고 있는지, 말씀해주세요… 예고르의 성은 잊어버렸습니다… 아마도 그 친구에게 성이 없을지도 모르죠… 그래도 심지어 그 친구는 밤에 꿈에 보이곤 했습니다.

옐레나　　저기… 옆 날개에 살아요. 아래층…

트로쉰　　가–감사합니다! 온종일 찾아다녔습니다… 지쳐서 두 발로 서 있기도 힘겨웠는데… 모퉁이 뒤라고 하셨나요? 봉 보이야즈! 그 사람은 어제야 비로소 저와 인사를 나누었습죠… 그래서 찾아온 겁니다… 이건 평가해야만 합니다! 모퉁이 뒤라고요? 정말 간단하군요! 다시 만날 때까지!

프로타소프　　희극배우로군! 위생장화라니, 응?

리자　　조용히 해, 파벨…

트로쉰　　(비틀거리며 걸어간다. 그리고 중얼거린다.) 아하! 당신들은 그자가 하잘 것 없는 인간이라고 생각하겠죠? 아닙니다. 야코프 트로쉰은… 그는 압니다. 예의범절이 무엇이란 걸… 정말 간단하군요! 야코프 트로쉰! (사라진다.)

프로타소프　　얼마나 재미있어, 응? 레나?

리자　　이런 사람들은 언니 그림에서 어떤 자리를 차지하게 되는 거야, 레나?

옐레나　　그들은 거기 없을 거야, 리자…

프로타소프　　그들은 해조류나 조가비처럼 배 밑바닥에 달라붙을 거야…

바긴　　그래서 배가 움직이는 걸 어렵게 할 겁니다…

리자　　그들 운명은 파멸인가요, 옐레나? 아무런 도움도 받지 못하고 그 사람들은 혼자 파멸해야 하나요?

옐레나　　그들은 이미 죽었어, 리자…

바긴　　우리 또한 삶의 시커먼 카오스 속에 홀로 있는 거요…

200

프로타소프	이보게, 이 사람들은 유기체 속에서 죽어버린 세포들이야…
리자	여러분 모두 참 잔인해요! 당신들 말을 들을 수가 없군요… 얼마나 당신들은 눈멀고 잔인한가요… (정원으로 걸어간다. 체푸르노이가 천천히 일어나 그녀 뒤를 따른다.)
프로타소프	(크지 않게) 레나, 리자 있는 자리에서는 어떤 것에 대해서도 결코 말할 수 없어… 리자는 모든 걸 하나로 귀착시키잖아. 자기의 병들고 컴컴한 구석으로 말이지…
옐레나	그래요… 아가씨와 함께 하기 어려워요… 그녀는 삶에 대한 공포로 살고 있어요…
바긴	옐레나 니콜라예브나! 배의 이물에는 누군가 한 사람이 서 있을 겁니다… 그에게는 해변에, 자신의 뒤에 모든 꿈을 묻어버린 인간의 얼굴이 있어요… 그러나 그의 두 눈은 굴하지 않는 위대한 의지의 불길로 타오르고 있습니다… 그리고 그는 새로운 것을 창조하기 위해 가는 겁니다… 고독한 인간들 가운데서도 고독한 그가…
프로타소프	폭풍우는 필요 없나요, 여러분! 아니, 안 됩니다! 폭풍우를 넣도록 해요. 하지만 앞에는, 뱃길에는 태양이 불타고 있습니다! 자네는 이 그림을 <태양에게!>라고 부르게. 생명의 원천에게!
바긴	그래, 생명의 원천에게! 저기 멀리서, 비구름 사이에서 마치 태양처럼 선명한 여자의 얼굴이…
프로타소프	근데, 왜 여잔가? 배에 탄 사람들 가운데 라브와지에나 다윈 같은 사람들이 있을 거잖아… 하지만 내가 횡설수설했구먼… 가야겠어… (재빨리 방으로 걸어간다.)
바긴	(진정으로) 매일 당신은 점점 더 강력하고 단단하게 나를 당신 쪽으로 끌어당기고 있습니다… 당신을 경배할 준비가 되어 있어요…

프로타소프	(방에서) 드미트리! 잠깐만…
옐레나	우상을 만들지 말아요. 그 비슷한 어떤 것이라도…
바긴	그 그림을 그릴 겁니다. 두고 보세요! 그리고 그것은 자신의 색조로 자유와 아름다움에 대한 위대한 찬가를 부르게 될 겁니다…
프로타소프	드미트리!
옐레나	가보세요, 친구여!

바긴이 자리를 뜬다. 옐레나가 생각에 잠겨 테라스에서 왔다 갔다 한다. 정원에서 체푸르노이의
목소리가 들려온다.

체푸르노이	(평온하게) 다른 방도는 아마 없을 겁니다… 인간은 말하고 행동합니다만, 여전히 짐승이…
리자	(고통스럽게) 하지만 도대체 언제, 언제…

그들의 말이 들리지 않는다.

멜라니야	(문으로 걸어온다.) 아아, 옐레나 니콜라예브나! 집에 계시는군요?
옐레나	(건조하게) 그래서 놀라셨나요?
멜라니야	아뇨. 왜요? 안녕하세요…
옐레나	미안합니다만, 당신에게 손을 드리기 전에 미리…
멜라니야	뭐—어라고요?
옐레나	당신에게 물어봐야 하겠어요… 사실대로 솔직하게 말하도록 합시다! 하녀에게 제안하셨다면서요…
멜라니야	(재빨리) 아아… 파렴치한 년 같으니! 배신했군…
옐레나	(서둘지 않고) 사실이군요? 멜라니야 니콜라예브나… 이걸 어떻게… 당신의 행동을 뭐라고 불러야할지 알고 계시나요?
멜라니야	(진심으로 열렬하게) 네… 그래요, 알아요! 단순해요. 너무도 단순해

요! 마찬가지예요… 들어보세요! 당신은 여자고, 당신은 사랑하고 있어요. 아마 이해하실 거예요…

옐레나 쉿… 정원에 당신 오빠가 있어요!

멜라니야 무슨 상관이에요? 자… 들어보세요. 저는 파벨 표도로비치를 사랑해요… 그래요! 너무도 사랑하기 때문에… 그의 하녀도 요리사도 될 수 있어요… 당신도 마찬가지예요. 난 알아요! 당신은 화가를 사랑하고 있어요… 당신에게는 파벨 표도로비치가 필요 없어요… 내가 무릎 꿇기를 원하시나요? 그이를 내게 주세요! 당신 발에 키스하겠어요…

옐레나 (놀라서) 무슨 말씀이세요? 왜 이러세요?

멜라니야 마찬가지예요! 나에게는 돈이 있어요… 그이에게 실험실을 지어줄 겁니다… 궁전을 지을 거라고요! 바람이 그에게 닿지 못하도록 일하겠어요… 밤이고 낮이고 그의 문 옆에 앉아 있을 거예요… 그래요! 대체 당신에게 그 사람이 왜 필요한가요? 신의 하인처럼 나는 그를 사랑해요…

옐레나 진정하세요… 잠깐만요! 난 분명히 당신을 잘못 이해하고 있어요…

멜라니야 아씨! 당신은 똑똑하고, 당신은 고상하며 순수합니다… 하지만 내 삶은 고통스러웠고 역겨웠어요… 오로지 추악한 인간들만 보아왔다고요… 그런데 그 사람! 그 사람은! 그이는… 정말로 천진난만한 분이에요… 그렇게 고상하고! 그이 옆에서 나는 황비가 되겠어요… 그이의 하녀가 되겠어요. 하지만 모두에게는 황비죠! 그러면 나의 영혼… 내 영혼은 한숨을 쉬겠죠! 나는 순수한 인간을 원해요! 이해하시겠어요? 바로 그거예요!

옐레나 (흥분하여) 당신을 이해하기 어렵군요… 이야기를 많이 나눠야겠어요… 맙소사… 정말이지 당신은 얼마나 불행한 분인가요.

멜라니야 그래요. 정말 그래요! 당신은 이해할 수 있고, 이해해야 합니다! 바로 그것 때문에 당신에게 말하는 거예요. 당신이 금방 이해할 거라고 난 알았어요. 그러니 날 속이지 마세요. 만일 당신이 속이지 않는다면, 나 또한 인간이 될 테니까요!

옐레나 속일 필요 없어요… 당신의 아픈 가슴이 느껴져요… 내 방으로 가세요… 갑시다!

멜라니야 무슨 말씀이세요… 정말로 당신도 좋은 사람인가요?

옐레나 (그녀의 손을 잡는다.) 내 말을 믿으세요… 만일 사람들이 진실해진다면, 서로를 이해하게 된다는 걸 믿으세요!

멜라니야 (그녀 뒤를 따라 걷는다.) 당신 말을 믿어야 할지 아닌지 모르겠어요. 당신 말은 이해돼요. 하지만 감정은 이해할 수가 없군요… 당신은 좋은 사람인가요, 혹은 아닌가요? 좋은 걸 믿는 게 두려워요… 좋은 거라곤 보지 못했거든요… 나 자신 품행이 나쁘고 무지한 인간입니다… 눈물바다로 영혼을 닦았어요… 하지만 여전히 어리석어요…

그들은 나간다. 로만이 구석에서 한손에 도끼를 들고 몰래 엿보고 있다. 정원에서 리자와 체푸르노이가 걸어온다. 안토노브나가 방에서 나온다.

안토노브나 이런… 다들 사라져버렸군… 마치 미친 사람들처럼 뛰어다니는구먼… 리잔카, 왜 그렇게 자꾸 돌아다니는 거야? 앉아 있어야지…

리자 내버려 둬, 유모…

안토노브나 화낼 거 없어… 네게 무슨 힘이 있어서? (방으로 간다. 중얼거린다.)

체푸르노이 귀찮은 할멈… 그녀는 당신을 사랑하는 겁니다…

리자 그건 그러니까… 다만 귀여워하는 게 버릇이 된 거죠… 유모는

30년 넘게 우리 집에서 살고 있어요. 무섭도록 둔하고 고집이 세죠… 이상해요… 내가 기억하는 그때부터 우리 집에는 언제나 음악소리가 울려 퍼졌고, 세계의 뛰어난 생각들이 반짝거렸어요… 그런데 유모는 그런 걸로 더 선량해지거나 현명해지지 않았거든요…

프로타소프와 바긴이 방에서 나온다.

프로타소프   화학적으로 처리된 나무의 섬유를 잣게 된다면, 자네와 난 참나무 조끼나 자작나무 프록코트를 입고 다니게 될 거야…

바긴   나무에 대한 환상은 버려… 지루해!

프로타소프   이봐, 친구… 울적한 모양이군! 리자, 차 한 잔 주렴!

체푸르노이   이건 내 누이 우산인데… 이봐요! 어제 말라니야가 묻더군요. 분자가설이 어떤 친화력 안에 있느냐고? 그래서 분자는 가설에게 손자뻘이라고 말했어요.

프로타소프   (웃으면서) 저런, 당신도 참? 그녀가 그토록 천진하다니… 게다가 모든 것에 뜨거운 관심도 있고…

체푸르노이   천진하다고요? 으음… 단세포를 가진, 과학 속에 버려진 아이죠… 안 그런가요? 그러고 보니까, 내가 계통학을 뒤죽박죽 만들어버렸군요.

리자   자, 보세요. 누이동생에 대한 당신 태도에도 사람들이 얼마나 서로에게 경멸적이고 악의를 가지고 대하는지 드러나 있어요…

체푸르노이   어, 거기에 무슨 악의가 있습니까!

리자   (신경질적으로) 아니에요. 당신에게 말하지만, 지상에는 증오가 점점 더 크게 쌓이고, 지상에는 잔인함이 자라나고 있답니다…

프로타소프   리자! 검은 날개를 다시 활짝 펴고 있구나?

리자	그만 해, 파벨! 오빠 아무것도 보고 있지 않아. 현미경만 들여다 보고 있잖아…
체푸르노이	그러면 당신은 망원경을 보고 있나요? 그럴 필요 없어요. 아시 겠지만… 자기 눈으로 보는 게 낫습니다…
리자	(불안스럽고도 병적으로) 당신들 모두 장님이에요! 눈을 떠요. 당신 들이 살아가고 있는 생각과 감정, 그것은 숲속의 꽃처럼 어둠과 부패에 가득 차 있어요… 공포로 가득 차 있어요… 당신들은 숫 자가 적어서, 지상에서는 눈에 띠지 않아요…
바긴	(건조하게) 지상에서 누굴 보고 있습니까?
리자	지상에 있는 수백이 아니라, 수백만이 보여요… 수백만 사이에 서 증오가 자라나고 있어요. 아름다운 말과 생각에 취한 당신들 은 그걸 보지 못해요. 하지만 나는 증오가 어떻게 거리로 튀어 나왔는지를, 그리고 야만적이고 악의에 찬 사람들이 기쁜 마음 으로 서로서로 뿌리를 뽑아내고 있는 것을 보았어요… 어느 날 그들의 악의가 당신들을 습격할 겁니다…
프로타소프	그 모든 게 그토록 무서운 것은, 리자. 분명히 우레비가 오려면 답답해져서 그런 거야. 그리고 네 신경도…
리자	(애걸하면서) 병에 대해 말하지 마!
프로타소프	그러면 한번 생각해보렴. 무엇 때문에 누가 날 증오하겠니? 아 니면 왜 내가 그를 증오하겠니?
리자	누구냐고? 모든 사람이지. 당신들은 그들에게서 너무 멀리 떠났 어…
바긴	(초조하게) 악마에게나 가버려! 그들 때문에 물러서지는 말라!
리자	무엇 때문이냐고? 그들로부터 소외됐기 때문이고, 그들의 고통 스럽고 비인간적인 삶에 대한 냉담함 때문이야! 당신들이 배부

206

르고 잘 입고 있기 때문이라고… 증오는 눈멀었지만 당신들은 선명해. 증오가 당신들을 보고 있다니까!

바긴 당신한테는 카산드라 배역이 어울리겠어요…

프로타소프 (일어서면서) 그만 해, 드미트리! 리자, 신경이 예민하구나! 우리는 크고 중요한 일을 하고 있단다. 그는 아름다움으로 삶을 풍요롭게 하고, 나는 생명의 신비를 연구하고 있어… 그리고 네가 말한 사람들은 시간과 더불어 우리의 작업을 이해하고 평가할 거야…

바긴 평가하든 말든 나한테는 마찬가지야!

프로타소프 사람들을 그렇게 음울하게 바라봐서는 안 된다. 네가 생각하는 것보다 그들은 더 뛰어나고, 더 이성적이야…

리자 오빠 아무것도 몰라, 파벨…

프로타소프 아니야. 알아, 보고 있다니까! (그가 말을 시작하려 할 때 옐레나와 멜라니야가 테라스로 나온다. 그들은 흥분되어 있다.) 생명이 어떻게 성장하고 진척되는지 나는 보고 있어. 내 생각을 고집스럽게 탐색하자, 생명은 물러서면서 내 앞에 깊고도 놀라운 비밀을 드러내고 있다. 나는 스스로를 많은 것의 군주라고 생각한다. 인간이 모든 것의 지배자가 되리라는 것을 나는 안다. 자라나는 모든 것은 보다 복잡해지고, 사람들은 계속해서 삶과 자신에 대한 요구를 높이고 있어… 언젠가 햇빛 아래서 하찮고 형체도 없는 단백질 덩어리가 생명을 향해 타올라 수가 늘어났고, 독수리로, 사자로, 인간으로 복잡해졌다. 때가 오면 우리들, 인간들, 모든 인간들로부터 생명을 향한 위대하고도 균형 잡힌 유기체인 인류가 발생할 것이야! 인류는 지배자야! 그렇게 되면 인류의 모든 세포에는 사상의 위대한 습득으로 가득 찬 과거가 있을 거야. 그게 우리 과업이야! 현재는 노동을 향락하기 위한 자유롭고 화목한 노동이고, 미래는 아름다워. 나는 그걸 느끼고, 그걸 보고 있다. 인류는 자라고 성숙해지고 있어. 바로 이것이 삶이고, 바로 이것이 삶의 의미야!

리자 (고통스럽게) 나도 그렇게 믿고 싶어. 오오, 나도 바라고 있다고! (그녀는 주머니에서 작은 책자를 꺼내 거기에 무엇인가를 급히 쓴다. 멜라니야는 거의 기도하듯 파벨을 바라보고 있는데, 이것은 다소간 우스꽝스럽다. 처음에 냉엄한 옐레나의 얼굴은 서글픈 미소로 환해진다. 바긴은 생기에 넘쳐 귀를 기울인다. 체푸르노이는 식탁 아래로 몸을 숙이고 있어서 그의 얼굴은 보이지 않는다.)

바긴 자네를 시인으로 생각하고 싶네.

프로타소프 죽음의 공포, 바로 그것이 사람들로 하여금 대담하고 아름다우며 자유로운 존재가 되는 걸 방해하는 거야! 그것은 검은 비구름처럼 그들 위에 매달려 있고, 그림자로 대지를 덮고 있어. 그것 때문에 환영이 생겨나는 거야. 그것이 드넓은 경험의 도로에서 자유를 향한 직선도로로 나아가는 방향을 혼동시키는 거라고. 그것은 존재의 의식에 관한 성급하고도 기괴한 억측을 만들어내도록 자극하고, 이성을 놀라게 해. 그래서 그때 생각은 망상을 만들어내지! 그러나, 우리. 우리, 인간은 생명의 해맑은 원천인 태양의 아이들이야. 태양으로 탄생한 우리는 죽음의 어두운 공포를 이겨낼 거야! 우리는 태양의 아이들이야! 그것은 우리 핏속에서 불타고, 그것은 의혹의 망령을 비추면서 자신만만하고 불타오르는 생각을 잉태하는 거지. 그것은 영혼을 도취시키는 기쁨과 아름다움, 에너지의 태양이야!

리자 (벌떡 일어나더니) 파벨, 그건 좋아! 태양의 아이들… 나도 그럴까? 나도 그러냐고? 빨리 말해, 파벨. 그런 거야? 나도 그러냐고?

프로타소프 그럼, 그렇고말고! 너도… 모든 사람들이! 그럼, 당연하지!

리자 　　　그래? 오, 좋은 일이야··· 말할 수 없어··· 얼마나 좋은지! 태양의
　　　　　아이들··· 그래? 하지만 내 영혼은 분열되고 찢겨나갔어··· 자,
　　　　　들어보세요! (읽는다. 처음에는 눈을 감고서)

　　　　　독수리 하늘로 날아오른다.
　　　　　날개를 번쩍이면서···
　　　　　나도 바란다. 나도 그렇게
　　　　　그곳으로, 하늘로, 독수리 뒤를 좇아!

　　　　　나는 원한다! 하지만 부질없는 노력이어!
　　　　　나는 우울한 대지의 딸.
　　　　　그래서 내 영혼의 날개는 오랫동안
　　　　　진창과 먼지 속에서 헤맸나니···

　　　　　당신의 대담한 논쟁을 사랑합니다.
　　　　　반짝이는 당신의 열망을.
　　　　　하지만 나는 어두운 굴을 알지요.
　　　　　거기에는 눈먼 두더지들이 살아요.

　　　　　그들은 아름다운 생각을 몰라요.
　　　　　그들 영혼은 햇빛을 기뻐하지 않아요.
　　　　　고통스러운 궁핍이 그들을 압박하고
　　　　　그들은 사랑과 관심이 필요하지요!

　　　　　그들은 나와 당신 사이에
　　　　　말 없는 벽처럼 서 있다오
　　　　　어떤 말이든 해보세요.
　　　　　내가 그들을 데려올 수 있을까요?

　　　　　모두가 얼마 동안 말없이 그녀를 바라본다. 그녀의 흥분이 바긴은 싫다.

프로타소프 　　리자! 어떻게 네가? 시를 쓰고 있나 보구나?

옐레나	아가씨, 잘 했어! 이해해…
바긴	잠깐만, 여러분! 옐리자베타 표도로브나, 나는 다른 시를 알고 있어요. 그것이 답변이 될 겁니다…
리자	해보세요!
바긴	검은 연기의 비구름 속에 있는 불꽃처럼 이런 삶의 한가운데 우리는 고독하다. 하지만 우리는 그곳에 있는 미래의 알곡! 우리는 그 안에 있는 미래의 불꽃! 자유, 진리, 아름다움의 밝은 사원에서 우리는 화목하게 일한다네. 그러면 자랑스러운 독수리들처럼 눈먼 두더지들이 자라날 것이니…
프로타소프	브라보, 드미트리! 여보게, 기막히군!
멜라니야	(경탄하면서) 여러분! 얼마나 좋은가요… 옐레나 니콜라예브나, 나도 그녀를 이해할 듯싶어요… 이해해요! (운다.)
옐레나	진정하세요… 이러지 말아요!
리자	(우울하게) 당신들은 미친 듯이 기뻐하지만… 난 우울해요. 그렇게 많은 좋은 생각들이 불타올랐다가 사라지는 걸 보는 게 슬퍼요. 마치 한밤의 어둠 속에서 불꽃이 사람들에게 길을 비춰주지 못하는 것처럼 말이죠! 그게 슬퍼요…
멜라니야	(프로타소프의 두 손에 키스한다.) 빛나는 당신은 나의… 고마워요!
프로타소프	(당황해하면서) 무슨 일입니까? 왜 그러시죠? 내 손은 더러울지도 모릅니다…
멜라니야	아닐 수도 있죠…
리자	보리스 니콜라예비치, 무슨 일이세요?

체푸르노이	아무것도 아닙니다… 듣고 있어요!
리자	내가 제대로 말했나요?
체푸르노이	당신과 함께 진실이…
리자	나와 함께요. 그래요?
멜라니야	(옐레나에게) 가겠어요… 당신은 내 친척입니다… (그녀는 방으로 간다. 옐레나가 그녀를 뒤따른다.)
체푸르노이	그와 함께 아름다움이…
바긴	무엇이 더 나은가요?
체푸르노이	네… 아름다움이 낫습니다… 하지만 사람들에게는 진실이 더 필요하죠…
리자	그런데 당신에게는? 당신에게는 무엇이 더 필요한가요?
체푸르노이	네… 모르겠습니다… 아마도 두 가지 다 취할 듯싶어요… 적절하게…
옐레나	(나온다.) 파벨, 멜라니야 니콜라예브나가 당신을 불러요…
프로타소프	레나, 왜 그녀가 내 손에 키스한 거야? 얼마나 어리석고 불쾌한지!
옐레나	(미소 지으며) 참아야죠…
프로타소프	(나가면서) 살찐 입술하고는… 무엇을 원하는 걸까? (방으로 간다. 테라스 모퉁이 뒤에서 아브도치야의 히스테릭한 고함소리)
아브도치야	거짓말, 더러운 놈!
리자	(전율하고서) 무슨 일이지? 저게 누구야?
아브도치야	(달려 나온다.) 못 잡았지? 악마 같으니!
예고르	(두 손에 자작나무 장작을 들고서) 서라!
리자	맙소사! 그녀를 숨기세요!
아브도치야	(테라스로 달려 들어오면서) 나리님들! 여러분… 그가 날 죽여요!
옐레나	이리 오세요… 빨리!

아브도치야	(남편에게) 그래, 잡았냐? (옐레나와 함께 방으로 간다.)
체푸르노이	어, 다시 그 주정뱅이로군… (리자에게) 가시겠어요, 네?
리자	제발이지… 제발, 그를 붙잡으세요!
트로쉰	(모퉁이에서 나온다.) 레즈보프, 조심해!
체푸르노이	(예고르에게) 꺼져!
바긴	그를 내쫓아요!

방에서 프로타소프가 뛰어나온다. 그 뒤로 멜라니야.

프로타소프	예고르! 당신 또…
예고르	(체푸르노이에게) 너나 귀신에게 꺼져! 아내를 내주시오!
프로타소프	당신 미쳤군요…
트로쉰	마누라는 지아비 것입죠, 자비로운 나리! 정말 간단해요!
예고르	당신들이 그 여자를 감춘 거요… 들어가겠소!

로만이 온다. 졸린 얼굴. 예고르 뒤에 멈춰 선다.

로만	예고르! 날뛰지 마…
체푸르노이	들어오라고!
리자	보리스 니콜라예비치, 그 사람은 장작을 가졌어요…
체푸르노이	괜찮아요! 당신은 가세요…
프로타소프	가, 리자…
예고르	아내를 돌려주시오… 뭐야 당신? 이게 당신 일이야?
멜라니야	수위, 경찰 불러.
로만	예고르! 경찰을 부르겠다!
예고르	나리! 들어보시오. 나한테 손님이 왔소…
트로쉰	정말 간단해요!

예고르	영혼을 가진 교육받은 사람이오…
트로쉰	완전히 맞는 말이야!
예고르	그런데 그 여자는 젖은 걸레로 그의 상판대기를!
트로쉰	사실이야! 하지만 예고르, 상판대기가 아니라 얼굴이야…
프로타소프	이보세요! 자, 인간처럼 구세요…
예고르	그 여잘 이리 데려와!
바긴	빌어먹을! 얼굴하고는!
멜라니야	수위! 말했잖아. 경찰 불러! 저 자를 잡아… 막으라니까!
로만	예고르! 간다. 너를…
예고르	(테라스로 간다.) 정말이지 당신들이 말귀를 못 알아듣는다면…
리자	달아나요… 그가 와요! 죽일 거예요!
체푸르노이	(예고르를 맞이하러 나간다. 멸시하면서) 자, 쳐라…
프로타소프	리자, 나가라니까… (그녀를 강제로 방으로 데려간다. 멜라니야가 그들 뒤를 따른다.)
예고르	넌 꺼져… (장작을 준비한다.)
체푸르노이	(그의 눈을 응시한다.) 자…
예고르	갈길 테다…
체푸르노이	(예고르에게 나지막하게) 거짓말, 개새끼…
예고르	욕하지 마…
체푸르노이	자, 쳐봐…
예고르	너나 쳐라! 자! (장작을 땅에 던진다.)
체푸르노이	꺼져… 자?
트로쉰	(희망 없는 얼굴로) 레즈보프, 물러나!
예고르	(물러서면서) 이 자식이… 악마 같은 놈!
체푸르노이	(경멸하듯이) 이런, 개자식…

트로쉰	(바긴에게) 봉 수아르, 무슈! 하지만 가정의 화덕을 범해선 안 되는 법이라오…
바긴	가시오…
체푸르노이	(예고르의 뒤를 따라서 테라스에서 나간다.) 물러서… 엉? 만일 여기 여자들이 없었다면, 네놈들 둘 다…
트로쉰	(예고르의 뒤를 따라 나가면서) 나는 폭력에 복종한다… 정말 간단해요! (모퉁이 뒤로 사라진다.)
체푸르노이	(테라스로 돌아오면서) 짐승 같으니라고…
바긴	하지만 당신 얼굴도 대단합니다. 넋을 잃고 봤다니까요… 그 표정하고는!
프로타소프	(나온다.) 내쫓았나요?
리자	(재빨리 나온다. 체푸르노이에게) 그가 때리지 않았나요? 당신을 건드리지 않았나요?
체푸르노이	아! 간단하진 않았어요…

엘레나와 멜라니야가 온다.

프로타소프	도대체 어떤 영문인지… 그에게 더 이상 일을 주지 않겠어! 손까지 떨리는군… 보라고, 레나!
바긴	그자는 사람을 죽일 수도 있겠더군…
체푸르노이	(조용히 웃으면서) 그런데 이봐요. 저들, 저런 인간쓰레기들… 그들 또한 태양의 아이들인가요?
리자	(갑자기) 오빠, 거짓말이지. 파벨! 아무 일도 없는 거지… 삶은 야수들로 가득 차 있어! 어째서 당신들은 미래의 기쁨에 대해 말한 거죠? 왜요? 왜 당신들은 자신과 남들을 속이는 겁니까? 당신들은 자신들의 훨씬 뒤에 사람들을 남겨 두었잖아요… 당신

214

들은 고독하고 불행하며 작은 인간들이에요… 정말로 이런 삶의 공포가 이해되지 않습니까? 당신들은 적에게 둘러싸여 있고, 도처에 야수들인데!… 잔인함을 뿌리 뽑고… 증오를 이겨야 해요… 내 말을 이해하세요! 이해하라고요! (히스테리를 일으킨다.)

막
Занавес

제3막

Действие третье

제1막의 상황. 흐린 날. 벽의 안락의자에 옐레나가 앉아 있다. 리자는 흥분하여 방을 왔다 갔다 한다.

옐레나	리자, 흥분하지 마…
리자	난 병자야. 하지만 생각은 건강해!
옐레나	누가 그렇다고 말했나? 아니잖아?
리자	내 말이 잿빛에 무미건조하다는 거 알아. 당신들은 듣기 지루할 테고… 삶의 비극적인 진실을 느끼고 싶지 않은 거잖아…
옐레나	아가씨는 많이 과장하고 있어…
리자	아니야! 언니와 하녀를 나누고 있는 심연을 들여다봐…
옐레나	내가 그 여자 편에 서서 공포로 몸을 떨면서 운다고 심연이 사라질까?
리자	사람들이 언니 영혼을 이해하지 못한다면 평온하게 살 수 있을까? 난 그렇게 살 수 없어… 나를 이해하지 못하는 사람들이 두려워! 바로 그것 때문에 아픈 거야… 옐레나, 희생이 필요해! 자기 자신을 희생해야 한다는 걸 언니도 이해하잖아…
옐레나	그래… 자유롭고 기쁘게, 미친 듯한 기쁨의 광기 속에서 말이

216

	지! 하지만 자기 생각을 강요하는 건 안 돼, 리자! 그건 인간답 지 못해!
안토노브나	(식당에서) 옐레나 니콜라예브나…
리자	(짜증내면서) 무슨 일이야, 유모?
안토노브나	이런, 이런, 이런! 너 말고… 저기 집주인이 왔는데…
리자	아아, 그냥 기다리게 놔둬… 가 보세요, 유모! (안토노브나가 나간다.) 그러니까, 내가 부당하다 그거지?
옐레나	그렇게는 말하지 않았어…
리자	우리가 얼마나 고독한지, 알고 있어?
옐레나	아니… 느껴지지 않아…
리자	그렇다면 언닌 정말 나와 말하고 싶지 않겠네… 나는 모두를 질 리게 하잖아. 당신들은 거칠고 무서운 것은 아무것도 보지 않고, 누리며 살고 싶어 하니까!
옐레나	어떻게 강제로 느낄 수 있는 거야?
리자	언니… 언니는 잘못 살고 있어! 하지만 언닌 자존심이 강해서 심지어 자기에게조차 그걸 고백하고 싶어 하지 않는 거야… 나 는 보고 있어. 파벨과 언니 관계를…
옐레나	그건 내버려두자고…
리자	(기뻐하면서) 아하! 거봐? 언니도 고통스럽지, 그렇지?
옐레나	아니… 하지만 불쾌해!
리자	언니는 아픈 거야! 그냥 둬! 그게 언니를 소생시킬 거니까… 언 니는 고독해, 옐레나! 불행하다니까…
옐레나	리자, 아가씨 기쁨은 좋지 않은 기쁨이야! 원하는 게 뭐야?
리자	뭘 원하느냐고? (사이. 두려워하면서) 모르겠어… 그걸 모르겠다니 까! 살고 싶어 했지만, 그러지 못해… 그럴 수 없더라고! 내가

원하는 대로 살 수 있는 권리가 없다는 생각이 들어… 사랑하는 사람을 가지고 싶었어… 사랑하는 사람을! 공포에서 벗어나 쉬어야 하는데, 같이 할 사람이 없어!

옐레나   (그녀의 손을 잡는다.) 용서해. 하지만 체푸르노이는 어때…

리자   내가 무슨 권리가 있어서? 난 아프잖아, 그렇지? 당신들은 늘 그걸 말하잖아… 오, 얼마나 자주 그걸 말하는지! 너무도 자주… 날 내버려둬… 그걸 견딜 수 없어… 가라고! 내버려두란 말이야!
(재빨리 자기 방으로 나간다. 깊이 한숨을 쉬고 나서 옐레나는 두 손을 머리 뒤에 얹고 방안을 왔다 갔다 한다. 남편 초상화 앞에 멈춰 선다. 입술을 깨물면서 그것을 들여다본다. 그녀의 두 손이 내려온다.)

옐레나   (낮은 목소리로) 안녕…

안토노브나가 온다.

안토노브나   이제 주인을 들여도 될까요?

옐레나   네… 좋아요…

안토노브나   (나가면서) 들어가세요, 나자르 아브데이치…

나자르   안녕하십니까!

옐레나   (고개를 끄덕이면서) 무슨 일이세요?

나자르   (당황하면서 미소 지으며) 아시겠지만, 파벨 표도로비치에게 용건이 있어서요…

옐레나   그이는 바빠요…

나자르   으음… 당신과 어떻게 해야 할지 모르겠군요…

옐레나   이야기하세요. 그이에게 전하겠어요…

나자르   이야기 주제가 품위가 없어서…

옐레나   좋도록 하세요…

나자르	어쨌거나 마찬가집니다만… 경찰이 왔습니다. 보시지요. 냄새 때문에… 구정물 구멍과 여타 장소 때문에…
옐레나	(눈썹을 찌푸리면서) 그 문제로 남편을 만나시게요?
나자르	물론입니다. 그분은 더 이상 남이 아니니까요… 모두가 죄인입니다… 하지만 콜레라 때문에 경찰은 냄새가 나지 않기를 바라고 있습니다… 경찰은 무엇 때문에 냄새가 나는지는 알아보지 않으면서 그것이 냄새를 풍길 거라고 주장합니다… 그래서 벌금으로 300루블까지 물리겠다고 위협하고 있습니다.
옐레나	(혐오스러워하면서) 뭘 원하시나요?
나자르	충고를 받고 싶어요. 냄새를 없애는 어떤 화학적인 것을 뿌릴 수 없을까요?
옐레나	(당황해서) 이보세요, 어떻게 당신이… (자제하고서) 그렇지만… 그이에게 전하겠어요… 안녕히 가세요!
나자르	지금 전달할 겁니까?
옐레나	(나가면서) 유모가 당신에게 대답할 겁니다…
나자르	(그녀 뒤에서) 몹시 감동적이구먼… 저런… 거만한 여자 같으니! 기다려라… 꼬리를 꽉 눌러주마! (나간다. 커튼 뒤에서 프로타소프와 옐레나가 나온다.)
프로타소프	하나 더, 레나. 가서 예고르 좀 불러와…
옐레나	또다시 예고르를?
프로타소프	하지만 레나, 그 사람 없이 대체 어떻게 하라는 거야? 그는 참으로 솜씨가 좋고, 모든 걸 빨리 알아차려… 당신도 보라고. 그가 풍로를 만들어줬는데, 예술품 수준이야! 기막힌 물건이지! 오늘은 정말 생기 없는 날이야! 그림은 안 그려?
옐레나	응… 그럼 언제 당신과 이야기할 수 있죠?

프로타소프	제발, 밤까지. 그래… 밤에 난 자유로우니까! 당신 지루하지? 드미트리는 어디 있어?
옐레나	집에 무슨 일이 있나보죠. 나를 즐겁게 해주는 임무 말고도…
프로타소프	(이해하지 못한다.) 그래… 흠! 그럴 수도 있지… 근데 말이야, 요즘 당신을 보자니까 당신 얼굴에 무엇인가 새로운 것이… 그런 의미심장한 것이 있는 것 같던데…
옐레나	그래요?
프로타소프	그래, 그렇다니까! 어쨌든 난 연기처럼 사라져야겠어… (자기 방으로 간다.)
피마	(들어온다.) 마님! 제발 절 놓아주십시오…
옐레나	낮에? 그럼 누가 일을 하죠?
피마	완전히 놓아주십시오… 청산해 주세요.
옐레나	아, 좋아요! 하지만 그전에 부탁하는데, 예고르를 불러오세요…
피마	(단호하게) 예고르에겐 가지 않겠습니다요…
옐레나	왜요?
피마	그냥… 안 갑니다요.
옐레나	유모를 불러주세요…
피마	유모는 묘지로 산보하러 나갔습니다…
옐레나	유모가 돌아오면 당신을 놓아주겠어요… 내게 수위를 보내세요. 할 수 있죠?
피마	할 수 있습니다요. 그렇다면 오늘 청산해주시는 겁니다. (나간다.)
옐레나	(그녀 뒤에서) 좋아요…
체푸르노이	(테라스 문으로) 어째서 문을 걸지 않았습니까? 안녕하세요!
옐레나	(악수하면서) 모르겠어요… 오늘은 하녀가 어쩐지 정신이 산만하네요…

체푸르노이	사람들은 콜레라를 두려워하고 있습니다…
옐레나	번지고 있다고들 하던가요?
체푸르노이	괜찮습니다만… 진행 중이죠. 엘리자베타 표도로브나는 집에 있나요?
옐레나	자기 방에 있어요…
체푸르노이	건강은요?
옐레나	괜찮아요… 특별한 건 없고, 평소와 다름없어요…
체푸르노이	(걱정스러운 듯) 으음… 비극적인 사람입니다…
옐레나	보리스 니콜라예비치… 미안합니다. 남의 일에 끼어들지 않습니다만, 이건 너무 중요해서 말인데요…
체푸르노이	아아! 무슨 일인데요?
옐레나	리자 말로는 아가씨에게 청혼하셨다면서요…
체푸르노이	(재빨리) 어떻게 말하던가요?
옐레나	무슨 말씀이세요? 어떻게라니?
체푸르노이	저, 얼굴이 어땠나요? 찌푸리고 말하던가요? 조롱하던가요, 예?
옐레나	(놀라면서) 무슨 말씀을?! 기쁘게요…
체푸르노이	아닐 걸요? 정말입니까?
옐레나	그래요, 그렇다니까요! 고요한 기쁨을 가지고… 무척 좋아서…

테라스 문에 로만이 나타난다.

체푸르노이	난 바봅니다! 아시겠어요, 당나귀라고요!
로만	이리로 부르셨나요?
체푸르노이	누구도 자넬 부르지 않았네… 내 스스로를 욕하다니, 괴짜 같으니!
옐레나	제가 불렀어요… 로만, 철물공을 불러주세요…
로만	그 예고르 말입니까?

옐레나	네…
로만	지금요?
옐레나	네, 그래요!
로만	알겠습니다… (나간다.)
체푸르노이	(기쁨에 넘쳐서) 당신 손을 주세요… 키스하겠어요! 당신은 나한테 선물을 주셨습니다… 바로 이겁니다… 이건 정말이지 예기치 않은 일입니다. 정말로 그렇습니다. 참으로 기쁩니다…
옐레나	미안합니다만… 당신을 이해할 수 없어요…
체푸르노이	아, 맙소사! 어떻게 그럴 수가! 그녀에게 청혼했다는 사실을 그녀가 당신에게 기쁘게 말했다고요?
옐레나	그래요… 확신해요!
체푸르노이	(의기양양하게) 그러나 그녀는 거절했습니다!
옐레나	(미소 지으며) 미안합니다만… 우습게 됐어요…
체푸르노이	그래요, 우습죠! 나도 그렇게 생각했습니다. 이를테면 그녀가 내게 시집오지 않는 것은 내가 싫어서가 아니라, 병을 두려워하기 때문이라고요…
옐레나	그래요. 당신 말이 맞아요…
체푸르노이	이제 무엇을 할지 알겠습니다. 산 아래로 내려가는 공처럼 그녀에게 가야겠어요… 아! 무슨 사건입니까?! 대단한 사건이에요, 정말로!
옐레나	하지만 넥타이는 푸세요… 아가씬 붉은색을 좋아하지 않으니까…
체푸르노이	(가볍게 웃으며) 일부러 맨 걸요. 그녀를 약 오르게 하려고 말입니다… 이젠 모든 게 마찬가지예요. 붉은색이든 초록색이든… 마찬가지예요! 넥타이 없이는 안 됩니다… (간다.) 감사합니다! (예고르가 식당 문에 나타난다. 당황한 표정에 텁수룩하다.) 아! 아는 사람이군…

222

자, 악수하지! 화해합시다! 그렇게! 어휴 이 사람… 일리야 무로 메쓰!

옐레나 (예고르에게) 이제, 내가 말하죠…

예고르 (우울하게) 마님, 기다려주세요…

옐레나 무슨 일입니까?

예고르 아내가 병이 났습니다…

옐레나 무슨 일인가요?

예고르 구역질합니다…

옐레나 (불안하게) 오래 됐나요?

예고르 아침부터요… 계속해서 당신을 부르고 있어요… '마님 불러와… 안 그러면 뒈져 버릴 거야…' 그렇게 말합니다.

옐레나 왜 부르러 오지 않았죠? 어휴 당신도…

예고르 부끄러워서요… 물의를 일으켜서…

옐레나 어리석은 일이에요… 부인에게 가겠어요…

예고르 잠깐만요… 두렵습니다…

옐레나 뭐가요?

예고르 콜레라 아닙니까?

옐레나 무슨 소리! 두려워할 거 없어요…

예고르 (부탁하면서도 요구하는 것 같다.) 옐레나 니콜라예브나, 아내를 낫게 해주세요!

옐레나 의사를 불러야 합니다… 당장 출발하세요…

예고르 의사는 필요 없어요… 믿지 않습니다! 당신이 직접…

프로타소프 (나온다.) 아하! 여기 있군요. 무사양반!

옐레나 (재빨리) 파벨, 기다려! 그 양반 부인이 병났대…

프로타소프 거 보세요, 당신이 때리니까 그렇죠…

옐레나	그 양반 생각으로는 콜레라래… 가볼 테니, 당신은…
프로타소프	(불안해하면서) 당신이 거길? 안 돼, 레나. 제발… 왜 당신이?
옐레나	(놀라서) 왜 안 되는데?
프로타소프	안 돼, 레나. 만일 콜레라라면…
예고르	(우울하게 흐느낀다.) 죽으라는 거죠? 뻔해! 우리가 어디 사람인가요?
옐레나	그만두세요, 예고르… 파벨, 왜 거북살스럽게…
프로타소프	레나, 당신이 뭘 아는데? 당신은 의사가 아니야… 이건 농담이 아니라니까… 위험하다고!
예고르	(악의에 차서) 뒈지고 있는 자들은 위험하지 않나요?
프로타소프	(예고르에게) 나한테 으르렁거리지 말아요!
옐레나	(책망하듯) 파벨! 갑시다, 예고르…
프로타소프	나도 가겠어… 이건 비이성적인 거야, 레나…

세 사람 모두 식당으로 간다. 예고르가 앞장선다. 그들의 목소리가 들린다.

옐레나	돌아가서 전화로 마차를 불러…
프로타소프	의사가 필요해, 당신이 아니라! 도대체 당신이 뭐야? (흥분해서 돌아온다.) 이 경우에 그녀가 뭐냐고? 유모! 빌어먹을! 나를 들여놓지도 않다니… 피마! 아니, 유모! 당신들 죽었소? 피마! (피마가 달려 들어온다.) 도살되는 짐승처럼 소리치는데… 당신은 외모에 정신이 팔려 있으시군요…
피마	(모욕 받은 듯) 절대 아니에요. 식탁 다리를 청소했습니다…
프로타소프	다리는 던져버려요! 예고르에게 가시오…
피마	(단호하게) 거긴 안 가요!
프로타소프	왜요? 거기 마님이 있는데…
피마	마찬가집니다요!

프로타소프	하지만 왜 그런 거요?
피마	콜레라 때문입니다요!
프로타소프	(흉내 내면서) 아하! 콜레라 때문입니다요! 그런데 마님은 가셨습니다요!

종소리

피마	종소립니다요!
프로타소프	그렇습니다요! 열어주세요, 요! (피마가 달려 나간다. 그녀 뒤를 따라 프로타소프) 쉬―쉬―쉬―쉬! 마치 뱀처럼 소리를 내는군… 그래, 전화야… 빌어먹을! (멜라니야가 들어온다.) 당신이군요! 소식을 아십니까. 우리 집 마당에 콜레라가 발생했어요. 재미있죠? 그래서 옐레나가 치료하러 갔다고요. 네? 이게 마음에 드십니까?
멜라니야	아니, 아니. 이럴 수가! 당신 집까지. 제 이웃인 대령 집에서 어제 요리사가 실려 나갔어요… 옐레나 니콜라예브나가 거기로 갔다고요! 왜 하필 그녀가요?
프로타소프	모르겠어요! 이 비밀은 위대하도다…
멜라니야	어떻게 당신은 그녀를 가게 했나요?
프로타소프	어떻게요? 모르겠어요… 그래, 전화… (자기 방으로 달려간다.)
피마	(식당에서) 안녕하세요, 멜라니야 니콜라예브나!
멜라니야	(마지못해서) 아… 안녕, 미인…
피마	큰 부탁이 있어서요…
멜라니야	뭔데?
피마	시집갑니다…
멜라니야	그래서…
피마	존경할만한 분에게… 정말로 존경할만한!

멜라니야	그게 누군데?
피마	당신 이웃 사람이에요…
멜라니야	(펄쩍 뛴다. 놀라서) 정말, 대령?
피마	(겸손하게) 아뇨, 어떻게 제가! 코체린 말이에요. 바실리 바실리예비치…
멜라니야	아아 그 사람. 늙은 귀신… 쳇! 곧 예순 살이 될 텐데… 온몸은 류머티즘이고… 그런데 예피미야, 어떻게 결심하게 됐니? 무엇보다도, 돈이겠지… 에이, 처녀애가… 네가 불쌍하구나! 그만 둬라… 그에게 돈은 있겠다만!
피마	이미 결심했어요… 모든 게 잘 되고 있어요…
멜라니야	그래? 안 됐구나. 내가 뭘 하면 되겠니?
피마	저는 고아원 출신 고아니까 당신이 양어머니 노릇해 주시면 안 될까요?
멜라니야	(그녀에게 욕하는 표시를 하면서) 헛소리 마세요! 옐레나 니콜라예브나에게 얼마를 받고 날 팔아 넘기셨나요?
피마	(당황하면서) 제가요?
멜라니야	그렇습죠, 당신입죠! 뭐라고?
피마	(원상태로 돌아간다.) 정말 유감이군요… 당신이야말로 늙은이에게 당신을 팔아넘겼다고 생각했는데…
멜라니야	(침울하게) 뭐라고? 어떻게 네가?
피마	그러니까… 이번에 당신이 절 도와주시면…
멜라니야	(음울하게) 감히 어떻게!
피마	(평온하고 딱딱하게) 당신도 알아야 한다고요. 거리에 나다니는 것보다 결혼하는 게 훨씬 낫다는 걸… 100루블이 아니라, 1루블만이라도…

멜라니야	(공포에 질려서 조용히) 가… 저리 가… 네게 주마… 돈을 줄 테니… 가! 꺼져… 주겠다니까!
피마	감사합니다! 언제 주실 건데요?
멜라니야	가라고… 너와 함께 있지 않겠어!
피마	오늘 밤에 당신에게 가겠어요… 속이지 마세요…
멜라니야	알았어! 가, 제발!

서둘지 않는 걸음걸이로 피마가 자리를 뜬다. 멜라니야가 힘들게 안락의자에 쓰러진다. 흐느껴
울다가 고통 때문에 으르렁거린다.

프로타소프	(자기 방에서) 그녀는 돌아오지 않았나, 안 왔어? 당신이군요? 무슨 일입니까?
멜라니야	(무릎을 꿇는다.) 성인이여, 노예를 구하소서!
프로타소프	(당황하여) 무슨 말씀을? 일어나세요… 왜 이러는 겁니까?
멜라니야	(그의 다리를 끌어안는다.) 나는 진창에 빠졌어… 속물근성에 빠지고 말았다고. 손을 줘! 누가 이 세상에서 너보다 뛰어나겠니?
프로타소프	(놀란다.) 잠깐만요… 그러다가 쓰러지겠어요! 그리고 바지에 키스하지 말아요… 무슨 일입니까?
멜라니야	잘못했어. 영혼을 더럽히고 말았다고. 깨끗하게 닦아줘! 너 말고 누가 그걸 할 수 있겠니?
프로타소프	(이해하려고 애쓰면서) 앉으세… 그러니까 일어나세요! 이제 앉으세요, 그래요! 뭘 바라시는 겁니까?
멜라니야	날 받아줘! 네 주위에서 살게 해줘. 단지 매일 너를 보고… 네 말을 듣도록 허락해줘… 나는 부자니까, 다 가져! 과학을 위해 서재를 지어… 탑을 지으라고! 높은 곳에 올라가서 살아… 나는 낮은 곳에 있을 테니. 문 옆에 밤이고 낮이고 서 있겠어. 누구도

너한테 가지 못하게 하겠어… 내 모든 집과 땅을 다 팔아… 그리고 네가 다 가져!

프로타소프   (미소 지으며) 미안합니다… 하지만 그건 이상입니다! 빌어먹을! 어떤 실험실을 지을 수 있을까!

멜라니야   (기뻐한다.) 그래, 그래! 언제나 널 볼 수 있도록 나를 데려가줘… 나와 말하지 마. 필요 없어! 다만 때때로 나를 봐… 그냥 미소 지으면 돼! 너한테 개가 있어서… 개한테 웃어주듯이 하면 돼… 때로 개를 귀여워하지? 내가 그렇게 할게… 개 대신에!

프로타소프   (걱정스러운 얼굴로) 잠깐만요… 왜 이러는 겁니까? 이건 이상해요… 필요 없다고요! 몹시 놀랍습니다… 무엇이 당신을 그토록 사로잡았는지 정말로 내가 생각이나 할 수 있을까요…

멜라니야   (듣지 않으면서) 알겠지만 난 어리석어. 마치 통나무처럼 둔한 인간이라고! 네 책을 이해 못해… 내가 그것을 읽었을 거라고 생각하니?

프로타소프   (당혹해한다.) 읽지 않았나요? 하지만 그때 그건 뭐죠?

멜라니야   사랑하는 사람! 책에 키스했어… 책을 들여다보니, 그런 글귀가 있더군. 너를 빼면 누구도 그걸 이해할 수 없다고… 그래서 키스한 거야…

프로타소프   (당황해한다.) 그래서 표지에 얼룩이 생긴 거군요… 하지만, 왜 책에 키스를? 그건 물신숭배잖아요…

멜라니야   이해해라, 널 사랑한다니까!… 네 옆에 있으면 그렇게 좋고, 순수하고 분명해! 신의 인간, 널 사랑해…

프로타소프   (크지 않은 목소리로, 놀라서) 잠깐만요… 도대체 어떻게 된 겁니까?

멜라니야   마치 개 같아! 나는 말할 수 없고, 침묵할 수 있어… 그래서 오랫동안 침묵했지. 그러자 사람들이 영혼의 껍질을 벗긴 거야…

프로타소프	(자기가 잘못 생각했다는 희망이 그에게서 생겨난다.) 용서하세요! 당신의 기본적인 생각을 알지 못하겠어요… 아마 당신은… 레나와 함께 이 문제를 말하는 편이 낫지 않겠어요?
멜라니야	그녀와 이야기했어… 아름다운 여자야… 네가 그녀를 사랑하지 않는다는 걸 그녀는 알고 있어…
프로타소프	(펄쩍 뛴다.) 어떻게, 내가 사랑하지 않는다고요? 아니 당신이…
멜라니야	그녀는 모든 걸 알고 있고, 모든 걸 느끼고 있어… 정말 아름다운 여자야! 하지만 어째서 두 개의 등불이 한꺼번에? 그녀는 자존심이 강해…
프로타소프	(다시 당황해한다.) 이 모든 것은… 정말이지 혼란입니다! 그러니까 나는 한 번도 이렇게까지 어리석게 느낀 적이 없어요…
멜라니야	어떻게 하면 너와 함께 있을까… 어떻게 하면 너는 내 것이 될 수 있을까…
프로타소프	(다소간 짜증내면서) 뭐요—오? 어떻게 그런 일이, 내 것이라니? (그녀를 들여다본다. 그리고 크지 않은 목소리로, 거의 공포에 사로잡혀서) 멜라니야 니콜라예브나… 말해야겠습니다! 미안합니다… 단도직입적으로 묻겠습니다… 혹시 나를 사랑하십니까?
멜라니야	(그녀 역시 몇 초 동안 그를 들여다본다. 그리고 쇠잔한 목소리로) 내가 말하고 있는 게 뭐예요… 내 사랑! 바로 그걸 말하고 있잖아요.
프로타소프	그래요? 미안합니다… 나는… 당신이 그런 분이 아니라고 생각했는데…
멜라니야	(나직하게) 그토록 내가 정신 나갔었나요…
프로타소프	(신경질적으로 방안을 뛰어다니면서) 나는, 물론… 매우 감사합니다… 정말로 감동 받았어요… 하지만, 유감스럽지만… 난 결혼한 몸입니다… 아닙니다. 이건 아니에요! 아시겠어요… 이건 절대로

허용되지 않아요… 그래요! 하지만 알아두세요. 레나가 이걸 알아야 할 필요는 없습니다… 어떻게든 우리끼리만 함께 의논해봅시다…

멜라니야   그녀는 알고 있어요…

프로타소프   (거의 절망적으로) 뭐라고요? 알고 있다고요?

체푸르노이와 리자가 계단을 따라 위에서 내려온다. 그들은 말없이 방을 가로질러 테라스로 간다. 체푸르노이는 음울하게 말이 없다. 리자는 흥분하고 있다.

멜라니야   (나직하게) 어휴, 가는군요! 쉿… 오빠예요!

프로타소프   (누이에게) 아… 으음! 당신들… 가는 거요?

체푸르노이   (음울하게) 그렇소…

사이

프로타소프   (매우 진실하고 소박하게) 멜라니야 니콜라예브나! 동의하세요. 여기에는 그토록 예외적인 상황이 있습니다… 불가능한 상황이죠… 아마도 당신 보시기에 내가 우스꽝스러울 겁니다… 그리고 이것이 당신을 화나게 할 것입니다… 하지만, 착하고 선량한 분이여… 이건 너무도 이상하고, 더욱이 내겐 너무나 불필요한 것입니다!

멜라니야   필요 없다고요?

프로타소프   필요 없어요! 용서하세요… 그리고 난 이 모든 것을 레나에게 말해야 합니다… 그리고 난 다음 나는 가겠어요… 그녀는 여전히 그곳에 있습니다… 이것이 날 불안하게 합니다… 그녀에게 말하지 않을 수 없어요… 화내지 마세요… (자기 방으로 간다. 멜라니야가 조용히 뒤따른다… 그 다음에 망연하고 처량한 모습으로 돌아온다.)

멜라니야	(혼잣말로) 그에게 가지 못했어… 얼마나 부끄러운지! (옐레나가 테라스 문으로 들어온다.) 사랑스러운 분! 바보를 동정해 주세요…
옐레나	무슨 일이죠? 당신… 파벨에게 말했군요?
멜라니야	다 말했어요…
옐레나	그래, 그이는? 뭐라고 해요?
멜라니야	나의 모든 말… 나의 모든 사랑. 그 모든 게 마치 먼지가 물속에 떨어지듯 사라졌어요…
옐레나	(소박하고 진실하게) 당신으로 인해 괴로워요… 그가 뭐라고 말했나요?
멜라니야	모르겠어요… 아무것도 그에게 닿지 못했어요… 그의 마음까지 이르지 못했어요! 불길이 진창으로 더러워지지 않는 것처럼… 난 무릎 꿇었어요… 그는 이해하지 못해요.
옐레나	당신한테 말했죠, 기다리라고! 먼저 나한테 그이에 대해 물어봤어야 했어요…
멜라니야	당신은 날 속이고 있구나, 하고 생각했어요… 모든 것을 그에게 주었어요… 모든 돈과 모욕 받고 팔려나간 내 영혼의 가치 있는 모든 것을… 그는 받지 않았어요! 누가 또 받지 않을까요? 오직 그이만이…
프로타소프	(손에 모자를 들고 나온다.) 옐레나, 욕실로! 즉시! 그리고 모든 걸 벗어서 페치카에 넣어버려! 피마! 욕실로! 피마는 하녀가 아니라, 무슨 신화라니까. 악마나 데려가라…
옐레나	그렇게 부산떨지 말아요… 욕실은 준비돼 있고, 내가 다 할 테니까요.
프로타소프	가! 제발… 콜레라, 이건 농담이 아냐…
옐레나	(나가면서) 가요, 간다니까…

아내를 배웅한 다음 프로타소프는 두려운 듯 멜라니야를 힐끗 쳐다본다. 그녀는 죄를 지은
것처럼 고개를 떨어뜨리고 앉아 있다.

프로타소프   (왔다 갔다 한다.) 그—그래요… 오늘은 참 음울한 날입니다… 불쾌
            한 날이죠!

멜라니야   (나지막하게) 그래요…

프로타소프   그렇습니다. 그리고 그놈의 콜레라가… 그렇게 엉뚱한 때에…

멜라니야   정말로… 갑자기…

프로타소프   여기 우리 집 냉장고가 망가졌어요…

멜라니야   파벨 표도로비치, 용서하세요!

프로타소프   (미심쩍은 눈길로) 어떻게 된 겁니까? 도대체 무슨 말을 하려고요?

멜라니야   모든 걸 잊어주세요… 당신께 말한 모든 걸… 잊어주세요!

프로타소프   (기뻐하면서) 아니, 진심입니까?

멜라니야   진심이에요… 제가 어리석었어요… 뻔뻔스럽고…

프로타소프   멜라니야 니콜라예브나! 당신을 무척 사랑합니다… 그러니까 존
            경합니다! 당신은 놀랄 정도로 솔직하고 순수한 분입니다! 당신
            은 그토록 뜨겁게 모든 것에 관심을 가지고 있습니다… 하지만
            친애하는 분이여! 그건 잉엽니다… 말하자면 당신이 내게 말한
            모든 것, 그건 불필요한 겁니다! 우리 좋은 친구가 됩시다… 이
            게 전붑니다! 모든 사람들은 친구가 되어야 합니다… 그렇죠?

멜라니야   당신 보기가 부끄럽네요…

프로타소프   그것은 그만둡시다… 당신 손을 주세요! 기막힌 일입니다! 사람
            들이 얼마나 좋은지 아시잖아요! 그들 내부에는 참으로 많은 소
            박함과 지혜 그리고 서로를 이해할 수 있는 놀라운 능력이 들어
            있어요… 사람들을 사랑합니다. 놀랄 만큼 흥미로운 존재입니다!

232

멜라니야	(미소 지으면서) 나는 사람들을 보지 못했답니다… 장사꾼들 사이에서 살았거든요… 남편은 고기를 팔았어요… 당신에게서 저는 사람들이 있다는 걸 보았어요… 그래서 이제 사들이기 시작한 겁니다…
프로타소프	무슨 말입니까?
멜라니야	내 말을 듣지 마세요… 그러니까 저는…
프로타소프	(생기 있게) 아십니까? 차를 같이 마실까요?!
멜라니야	좋아요… 저는 옐레나 니콜라예브나에게 가서 옷매수매를 고치겠어요…
프로타소프	그러면 나는 차를 준비하겠습니다! 냉장고가 망가졌거든요, 빌어먹을. 예고르의 아내는 병들었고. 고칠 사람이 없네요. 그래서 오늘 일을 못하게 됐습니다… (웃으면서 자기 방으로 간다.)
멜라니야	(그의 뒤에서 깊은 감정을 가지고서) 너는 나의 사랑스러운 아이야… 나의 아름다운 아이라고… (옐레나에게 간다. 화난 안토노브나가 식당에서 나와서 투덜댄다.)
안토노브나	온 집안이 엉망진창이로군… 자, 한번 보라니깐! 모든 게 뒤죽박죽이야… 나갈 수가 있나… 오직 죽은 자들에게만 질서가 있어… 묘지에… 오직 거기에만 안식이 있다니까… (테라스 문으로 리자와 체푸르노이가 들어온다.) 리잔카, 약과 우유는…
리자	(화를 내면서) 닥쳐! 가라니까…
안토노브나	어머니! (나간다.)
체푸르노이	그러니까, 끝인가요?
리자	그래요, 보리스 니콜라예비치! 이것에 대해서는 더 이상 말하지 마세요. 절대로!
체푸르노이	그렇군요… 당신이 잘못 생각하고 있는 것 같아서 내가 오늘 말

한 겁니다…

리자   아니에요! 병 때문에 그런 게 아니에요… 병이 두렵진 않아요… 하지만 할 수 없습니다… 아이를 갖고 싶지 않아요… 누구도 자신에게 묻지 않습니다. 사람이 왜 태어나는지? 나는 물었어요… 지상의 모든 삶을 자신의 사적인 삶으로 만들 힘을 가지고 있지 못한 사람에게 지상에는 사적인 삶을 위한 자리는 없어요… 그래서 당신은 떠나시려고요, 네?

체푸르노이   (평온하게) 알았습니다…

바긴이 테라스에서 온다.

리자   당신은 좋아질 겁니다… 그리고 붉은 넥타이는 매고 다니지 마세요… 저속해요! 바로 오늘 붉은 넥타이를 매고 있어서 참 유감이에요…

바긴   원, 날하고는. 꼭 시월 같구먼…

체푸르노이   언짢은 날이 방향을 잘못 잡은 겁니다.

리자   당신은 어디로 가실 생각인가요?

체푸르노이   (평온하게) 나요? 모길레프 현으로 가려고 합니다…

리자   (불안하게) 어째서… 하필 그 곳으로…

바긴   그는 모길레프 현으로 갔다. 그런 식으로 칼람부르 작가들은 때로 고인들에 대하여 말하곤 하지요…

리자   (몸을 떨고 나서) 무슨 말씀이세요? 쳇…

바긴   당신은 칼람부르에도 놀라십니까? 보리스 니콜라예비치가 죽을 거라고 생각하고 있는 건 아닌가요? 권총자살로 말입니다…

리자   (비난하듯이 그리고 불안하게) 어째서 그렇게 말씀하시나요?

바긴   서둘러 당신을 진정시켜야겠군요. 지금껏 수의사가 자살했다는 애기는 못 들었어요…

안토노브나　(식당에서) 리잔카, 와서 차를 따라…

리자. 말없이 간다.

바긴　난 죄 많은 인간입니다. 그녀를 화나게 하는 걸 좋아하죠… 세상에 대한 자기의 슬픔으로 그녀는 남자의 주의를 끌려고 하는 겁니다… 세상의 고통 때문에 이런 수난자들은 참으로 지겨운 사람들이죠… 그래서 나는 모든 불건강한 것을 정말 적대적으로…

체푸르노이　당신은 그 그림을 그릴 건가요? <태양을 향해 걷다>라든가 아니 그게 뭐더라?

바긴　당연하죠! 위대한 주젭니다. 그렇죠? 어쨌거나 그것을 위해 당신이 필요합니다…

체푸르노이　(놀라서) 내가요? 거기에 대체 어디 내 자리가 있나요? 배 밑창 말입니까?

바긴　(들여다보면서) 당신 눈 아래 곧게 난 주름이 하나 있어요… 몹시 두드러져 보입니다! 만일 내가 지금 그걸 그리겠다면, 반대하지 않을 건가요?

체푸르노이　그렇게 하세요!…

바긴　(스케치북을 꺼낸다.) 멋지단 말이야… 잠깐만요! (그린다.)

체푸르노이　당신은 재미난 얘기를 좋아합니까?

바긴　매우! 만일 그것이 어리석지 않다면요…

체푸르노이　그렇다면 여기서 이야기를 하나 하겠소…

바긴　그러시죠… 하지만 그리는 동안에 나는 말하지 않습니다…

체푸르노이　당신이 침묵하는 걸 듣겠소… 자, 이런 일이 있었습니다. 언젠가 도버에서 칼레로 도버해협을 넘어가는 영국 사절단이 있었어요.

그리고 배에는 프랑스인 하나가 있었소 그들은 누가 더 잘났느냐, 즉 프랑스인이냐, 아니면 영국인이냐, 하는 걸 두고 자랑하기 시작했소. 영국인들은 말하길, "당연히 우리지!" 프랑스인 말하길, "천만에! 이 해협에서 우리 외교관들이 많이 죽었소 하지만 영국인은 단 한 사람도 죽지 않았소!" 그러자 사절단 가운데 젊은 영국인이 뱃전 너머로 뛰어올라 외쳤소 "뛰어!" 그리고는 익사해버렸소…

바긴   (사이를 두고) 그래요? 그래서 어쨌단 거요?

체푸르노이   이게 다요…

바긴   그게 얘기 전부요?

체푸르노이   그렇소… 뭐가 더 필요하오? 민족의 명예를 지키려고 했던 사람이 물에 빠져 죽은 겁니다!

바긴   하지만 당신 얘기는 바다에서 생긴 것이기는 하지만, 짜지는 않군요…

체푸르노이   그런데 당신은 넥타이를 잘 맸습니다…

바긴   마음에 드세요? 어떤 여자가 알려준 거라오…

체푸르노이   꽃도 예쁘고…

프로타소프   (들어온다.) 여기서 그림을 그린다지? 그런데 레나는 여태 나오지 않았나? 알고 있나, 드미트리. 오늘 그녀는 콜레라와 씨름했거든…

바긴   뭐라고 - 오?

프로타소프   그래, 그렇다니까! 철물공 아내와 함께! 어떤가?

바긴   적어도 우둔한 짓이로군! 그런데 자넨 어떻게 허락했나?

옐레나   (나온다.) 허락하면 안 되나요?

바긴   하지만 그건… 당신 일이 아니잖소!

236

옐레나	왜요? 만일 내가 그걸 하고 싶다면, 그건 내 일이죠…
바긴	당신도… 그게 뭔지 누가 알겠어요!
프로타소프	아니, 그녀가 옳아! 그녀 때문에 걱정했지만… 당신 물약 먹었지, 응?
바긴	(다 그린다.) 자, 다 됐소… 감사합니다! 이게 당신의 멋진 특징입니다…
체푸르노이	정말 기쁩니다…
리자	(식당에서) 차 마시러들 오세요!
바긴	갑시다! (체푸르노이의 팔을 잡고 걸어간다.)
프로타소프	(낮은 목소리로) 레나, 당신한테 뭐 좀 할 얘기가 있는데…
옐레나	지금?
프로타소프	(서둘면서) 응! 방금 전에 엄청나게 어리석은 일이 일어났거든! 멜라니야 니콜라예브나, 그 여자 갔나?
옐레나	(미소 지으며) 갔어요…
프로타소프	웃지 말고, 잠깐 기다려! 그녀가 나한테 빠졌나봐! 너무도 평범한 외몬데… 어떻게 그게 당신 마음에 들었지? 어쨌든 나는 어떤 빌미도 그 여자한테 주지 않았어, 레나… 왜 웃어? 이것은 심각하게 대처해야 한다고… 얼마나 불쾌했는지. 당신이 알아야 하는데! 그녀는 울기도 하고, 내 바지에 키스도 하고… 그리고 손에도, 바로 여기에…
옐레나	(웃으며) 그만해, 파벨…
프로타소프	(조금 화를 낸다.) 당신은 날 놀라게 하고 있어! 그 여잔 심각했다고 나는 말했어. 자신의 모든 돈을 제안했어… '너와 함께 살고 싶어'라고 말하더라고! 나한테 <너>라고 말했다니까! 제발 그렇게 생각하지는 마… 그녀에게 그럴 권리를 주지는 않았으니

까… 그리고 어쩐 일인지 그녀에게서 질산칼륨 냄새가 나는 거야… 왜 그래, 여보?

옐레나 (웃으면서) 참을 수 없어… 웃겨서… 당신도 웃기고!

프로타소프 (다소간 모욕 받은 듯) 어째서? 이건 웃기는 게 아니라, 고통스러운 거야… 어리석기도 하고! 정말 놀랐어… 그녀에게 무엇인가를 말했는데, 머릿속에서 모든 게 거꾸로 빙글빙글 돌더라니까… 그녀는 몹시 심각했거든. 알겠어! 그래. 그녀가 다시 말하길, 당신이 다 알고 있다고 하더군. 하지만 바로 그걸 나는 이해할 수 없었어… 처음에는 이걸 당신한테 말하고 싶지 않았어…

옐레나 (상냥하게) 다 알아요… 멋진 당신!

프로타소프 알고 있다고? 어떻게… 당신은 나한테 미리 말하지 않았잖아…

옐레나 (무엇인가 떠오른 것 같다가 건조하게) 밤까지 이 문제를 놔두죠…

프로타소프 그래, 좋아… 차를 마시고 싶군… 하지만 만일 당신이 알고 있다면, 난 기뻐! 그러니까, 당신 스스로 이 모든 걸 밝혀낼 수 있을 테니까. 그렇지?

리자 (식당에서) 레나! 이리 와 봐요…

옐레나 그래…

프로타소프 이 모든 걸 당신 방으로 가져가…

옐레나 알았어요… 불안해하지 말아요! 갑시다…

그들은 간다.

프로타소프 그녀를 마룻바닥에서 들어 올렸을 때 말이야, 양쪽 겨드랑이 아래서… (귓속말로 끝까지 말한다.)

옐레나 쳇, 파벨! 얼마나 무례한지…

몇 초 동안 무대가 빈다. 식당에서 이야기하는 소리와 식기소리가 들린다. 체푸르노이가 식당에서 나와 말한다. "흠, 여기서 담뱃 피워야겠구먼…" 두 손을 등 뒤에 대고 창문으로 다가간다. 입에서 궐련을 빼고 창문을 들여다본다. 그리고 낮은 목소리로 노래한다.

체푸르노이 〈황금빛 비구름이 밤을 새웠다네…〉 (그의 목소리가 떨리고 갈라진다.) 흐음… 〈황금빛 비구름이 바ー암을 새웠다네…〉

바긴 (나온다.) 〈거인의 절벽 같은 가슴에…〉 나도 쫓겨났어요. 흡연 금지라나요…

체푸르노이 당신은 그토록 이야기를 좋아합니까?

바긴 당신에겐 아직 지루한 이야기가 남아 있나요?

체푸르노이 다른 걸 하나 지어 드리겠소… 하지만 지금은 집에 가렵니다…

바긴 그렇다면 언제 그 이야기를?

체푸르노이 내일! 비가 오는군요… 치 불 (사느냐), 나에게 우산이 있는지, 치 네 불 (죽느냐)? 그렇게 말하곤 했지요, 덴마크 왕자 햄릿은… 안녕히 계세요!

바긴 (그의 손을 잡고 제지하면서) 어디론가 가시려는 거, 맞죠?

체푸르노이 (미소 지으면서) 그래요, 떠나려고요… 가야만 합니다…

바긴 (역시 웃으면서) 그럼, 행복한 여정이 되기를! 웬일인지 오늘 당신이 무척 좋습니다…

체푸르노이 고맙습니다…

바긴 오늘 당신은 연인처럼 보입니다… 언젠가 사랑에 빠진 적이 있지요?

체푸르노이 대학생 때였나, 집주인에게 빠져서 사랑을 고백한 적이 있었습니다…

바긴 미인이었나요?

체푸르노이 그건 이해하기 어렵습니다… 그 여잔 이미 쉰 살 언저리였으니까요… 사랑을 고백하자, 그녀는 집세를 한 달에 3루블 더 올리더군요.

바긴   (웃으면서) 심각했나요?

체푸르노이   그럼요, 그렇죠… 어쨌든… 안녕히 계십시오!

웃으면서 식당으로 간다. 바긴은 생각에 잠겨 그의 뒤를 바라본다. 그 다음 방안을 거닐면서 담배를 피우고, 무엇인가를 흥얼거리면서 머리를 흔든다. 옐레나의 방에서 안토노브나가 나온다.

안토노브나   (투덜거리며) 그 사람이 나와 있을 거라고 생각했는데…

바긴   누구 말이오?

안토노브나   우크라이나 사람이요. 어디 있죠?

바긴   집에 갔는데요…

안토노브나   그가 아는 것이라곤 오는 것, 차 마시는 것, 그리고 가는 것이에요… 근데 여자는 완전히 녹초가 되어… 밤에 잠도 못자고… 그 사람에게 당신이 말하면 어떨까요…

바긴   어떤 여자요? 왜 잠을 못자는 거요? 그리고 여자에게 뭘 말해야 한다는 거요?

안토노브나   당신도… 우리 집에 있는 여자 말이에요… 나이가 들었죠… 왜 쓸데없이 그녀를 불안하게 하는 걸까요? 그래서 완전히 병이 난 겁니다… 그런데 당신들은 계속해서 여기서 돌아다니고 이야기하고 있어요. 사람이 저토록 힘들어하는데 어느 한 사람 관심이 없어요… 설령 자살을 한다 해도 말이에요… (식당으로 걸어간다.)

바긴   (이마를 세게 문지르고 생각에 잠긴다. 그 다음 머리를 흔든다. 마치 어떤 결정을 내린 것처럼 보인다.) 파벨!

프로타소프   (손에 책을 들고서) 여기 있네…

바긴   (적대적으로) 자네 얼굴이 얼마나 독선적인지!

240

프로타소프 (놀라서) 어떻게 그런 식으로 나를 부르나?

바긴 자네와 이야기해야겠네…

프로타소프 (하품한다.) 아아… 오늘은 모두가 나와 이야기하고 싶어 하는구먼… 이미 이상한 걸 많이 들었다네. 그런데 쓸모 있는 말은 하나도 없더군…

바긴 내가 쓸모 있는 말을 함세…

프로타소프 (책을 들여다본다.) 과신하진 말게…

바긴 책을 내려놔…

프로타소프 어디에? 아니, 왜 그래?

바긴 아무데나… 문제는… 내가 옐레나 니콜라예브나를 사랑한다는 사실이야…

프로타소프 (평온하게) 놀라운 일이군! 어떻게 그녀를 사랑하지 않을 수 있겠나?

바긴 그녀를 사랑한다니까! 여자로서 말이야…

프로타소프 (평온하게) 그래서 어쨌다는 거야? (말을 멈추고 벌떡 일어난다.) 으응… 근데 그녀는? 그녀도 알고 있나? 그녀에게 말했냐고? 뭐라고 대답하던가?

바긴 그래… 알고 있어…

프로타소프 (불안해하면서) 그래? 뭐라고… 대답하던가?

바긴 (당황해하면서) 아무 말도… 명확하게… 아직은…

프로타소프 (기뻐하며) 그럼, 물론이지! 이미 알고 있었네… 그렇고 말고…

바긴 (자제하면서) 잠깐만… 정말로 문제는 자네가 그녀를 추악하게 대하고 있다는 거야…

프로타소프 (놀라서) 내가? 어떻게? 언제?

바긴 자넨 그녈 무시하고 있어… 그녀 내부에 있는 자네를 향한 사랑을 죽여 버린 거야…

프로타소프   (놀라서) 그걸… 그녀가 말하던가?

바긴   내가 말하고 있네…

프로타소프   (모욕 받은 듯) 잠깐만, 여러분! 도대체 당신들, 오늘 모두 미쳤습니까? 어떤 사람은 내가 레나를 사랑하지 않는다고 말하고, 다른 사람은 그녀가 날 사랑하지 않는다고 하고… 이게 어떻게 된 일입니까? 당신들은 전혀 자각하지 못하고 있어요… 그래서 당신들과 함께 있으면 이성을 잃게 됩니다! 그녀는 침묵하고 있어요… 말하지 않는다고요! 왜 당신들이 참견하는 거요? 도대체 알 수가 없단 말이야!

바긴   파벨, 자네와 난 어릴 적부터 친구야… 자넬 사랑하네…

프로타소프   만일 가능하다면, 자네 사랑에 다소간 우아함을 덧붙이게… 응! 여러분, 인간에게는 자신을 위하여 스스로에게 말할 권리가 있다는 것을 생각해 주세요… 자신의 자유와 자신의 덕성을 자기에게 주장할 수 있다는 것을… 그가 이걸 할 수 있다면, 그는 당신들보다 잘 할 수 있다니까…

바긴   만일 그가 할 수 없다면?

프로타소프   그땐 귀신에게나 가버려야지! 어디 그게 사람인가?

바긴   만일 그가 원하지 않는다면?

프로타소프   원하지 않는다는 것은 불가능해… 이보게, 드미트리. 용서하게! 모든 화가들처럼 자네도 신중하지 못해… 어제만 해도 자네는 아무 말 안하더니, 오늘 느닷없이! '그녀를 사랑해…'

바긴   자네하고는 말 못하겠네… 더욱이 필요한 건 모두 말했어… 가야겠네…

프로타소프   안 돼, 기다려… 레나를 부르겠어… 레나!

바긴   (불안해하면서) 아니 자네? 왜 이러나?

프로타소프 왜냐고? 레나! 자네가 있는 곳에서 그녀더러 말하게 하려고. 뭐
         가 문제인지. 레나! (옐레나가 나온다.) 옐레나, 왔군! 그 멜라니야처
         럼 이 사람도 사랑에 빠졌다는군… 그래! 하지만 그는 이미 당
         신한테…

              옐레나가 묻듯이 그리고 엄격하게 바긴을 바라본다.

바긴   (흥분하면서) 그래, 맞아요… 뭐, 어때서? 당신을 사랑한다고 말했
         어요… 그와 함께 있으면 당신이 고통스럽다고…

옐레나   감사합니다… 마치 기사 같군요… 그것도 새파랗게 젊은… 정
         말로 젊은!

바긴   (모욕 받은 듯) 난 아이러니의 대상이 아닙니다. 파벨에게 적대적
         인 감정을 원치 않았어요… 그런데 그게 생겨났습니다… 내가
         어리석고, 재치 없고, 거칠게 행동하도록 놔둬요… 그러나 친구
         의 감정이 나를 인도했어요… 그리고 사랑도… 유모의 말이 내
         영혼 속에서 폭발을 일으켰고, 나는 그것에 무릎 꿇은 겁니다…
         나는 당신을 위해 무엇인가… 좋은 것을 바랐습니다, 옐레나 니
         콜라예브나… 그리고 우리 같은 사람들 사이에서는 모든 것이
         단순하고 명쾌해야 합니다…

옐레나   고맙습니다…

프로타소프 난 결코 자넬 모욕하는 말을 하지 않았어. 드미트리?

바긴   맞아! 가겠네… 잘 있게…

옐레나   내일 오실 거죠… 네?

바긴   (나간다.) 네… 아마도…

프로타소프 (묻는 눈길로 아내를 바라본다.) 자, 레나? 무슨 일이야? 어떻게 당신은

이것과 관련되어 있는 거지?

옐레나　근데 당신은?

프로타소프　당신이 그토록 평온한 것은 좋은 일이야… 거참! 이상한 날이야! 그 친구가 당신에게 설명하던가?

옐레나　네, 그랬어요…

프로타소프　그가 사랑한다, 기타 등등을 말했냐고?

옐레나　바로 그 말과 기타 등등을…

프로타소프　이런, 도대체… 화가란! 그래, 당신은 뭐라고 말했어?

옐레나　많은 걸… 여러 가지…

프로타소프　하지만 당신은 날 사랑한다고 그에게 말했어?

옐레나　아니, 말하지 않았어요…

프로타소프　그건 부당해. 말했어야 했는데… 즉시 말했어야 했다고. '나는 파벨, 즉 남편을 사랑해요'라고. 그랬다면 그는, 아마도 분명히… 음… 그래! 하지만 그가 이 경우에 어떻게 행동했을지, 결론 내리기는 어렵군… 본질적으로 그건 중요하지 않아!

옐레나　당신 생각엔 뭐가 중요하죠?

프로타소프　그런 일이 반복되지 않는 것이지…

옐레나　파벨! 당신은 사실에 대해서 말했고, 조금은 그걸 해결하려고 노력하기도 했어요… 이런 모든 것이 앞으로는 당신을 놀라게 하지 않았으면 하는 바람을 당신은 말했고요… 그런데 나는 도대체 어디 있나요?

프로타소프　(불안하게) 무슨 말이야? 뭘 말하고 싶은 거지?

옐레나　조금만. 당신에게 나는 필요 없다는 걸 느끼고 있어요. 당신 삶에서 나는 어떤 구실도 하지 못했어요. 당신은 내게 멀고도 낯선 사람이에요. 당신에게 난 누구죠? 당신은 결코 묻지 않았어

244

	요. 내가 무엇으로 살고, 무엇을 생각하는지…
프로타소프	묻지 않았다고? 하지만… 난 말할 시간이 없어, 레나! 그리고, 왜 당신 스스로는 말하지 않은 거지…
옐레나	(도도하게) 권리에 따라 내가 가져야 마땅한 것, 즉 인간이자 당신 아내로서 가져야 할 것을 거지처럼 부탁하고 싶지 않아요… 나는 부탁할 수 없고, 요구하고 싶지도 않았어요… 왜 강제로 그래야죠?
프로타소프	(절망적으로) 아아, 빌어먹을. 참으로 고통스럽군! 이런 오해가 얼마나 불필요한지… 해명도… 그것은 얼마나 모욕적인지!
옐레나	흥분하지 말아요, 당신. 알겠지만, 당신을 떠나기로 결심했어요… 굳게 결심했고, 마음속에서는 이미 당신과 작별했어요…
프로타소프	(놀라서) 레나, 안 돼! 어디로 간다는 거야? 왜? 당신… 드미트리를 사랑하는 거야? 그래? 그런 거냐고?
옐레나	아니. 그의 아내가 되려고 그러는 건 아니에요…
프로타소프	(기쁜 얼굴로) 그건 참 좋아! 하지만 어찌됐든 당신은 이미 나를 사랑하지 않는군? 말해! 빨리, 레나!
옐레나	왜 당신이 그걸 알아야 하죠?
프로타소프	(진심으로) 아아, 정말 당신을 사랑해…
옐레나	됐어요, 파벨…
프로타소프	(확신을 가지고) 정말이야, 레나! 하지만 시간이 없어… 들어봐. 이건 당신에게 심각한 문제가 아니잖아! 당신이 모욕 받은 걸 알아… 미안해, 용서해. 잊어버려! 만일 당신이 떠난다면, 나는 생각할 거야. 어디 있을까? 무슨 일이 있을까? 근데 일은? 당신은 날 불구로 만드는 거야, 레나… 도대체 일은 어떻게 되는 거지? 그러니까, 일을 하거나 아니면 당신에 대해 생각하거나…

옐레나	(비애를 안고서) 당신 말을 돌이켜봐. 나에 대한 말은 한 마디도 없어… 단 한 마디도 없다고, 이 양반아!
프로타소프	(무릎을 꿇으면서) 어떻게 한 마디도 없어? 나는 당신 없이 살 수 없다고 말하잖아! 레나, 내가 잘못했다고 치자. 용서해! 내가 사는 걸 방해하지 마… 삶은 짧아. 그런데 그 안에는 너무도 많은 흥미로운 일이 있다니까!
옐레나	그런데 날 위해서는? 거기에 나를 위해 뭐가 있어? (귀를 기울이면서) 잠깐만…

계단에 서두르는 큰 소리의 발걸음들. 프로타소프가 놀라서 벌떡 일어선다. 리자가 달려 내려온다. 그녀의 두 눈은 크게 열려 있고, 그 안에는 공포가 담겨 있다. 입술이 경련을 일으키고, 그녀는 두 손으로 신호한다. 말을 하지 못한다.

프로타소프	리자! 왜 그러니?
옐레나	물! 물 가져와!
리자	아니야! 들어봐요… 방금 불행한 일이 일어났어… 내 말 믿어. 난 알아… 엄청난 고통이, 갑자기… 심장이 죽어버리는 것 같아! 어디선가 불행이 일어났어… 누군가 가까운 사람한테서…
옐레나	괜찮아, 진정해… 아가씨 놀란 거야…
리자	(고함친다.) 내 말 믿으라니까… 믿으라고! (오빠의 품안으로 쓰러진다.)

막

Занавес

제4막

Действие четвёртое

제2막의 상황. 한낮. 식사를 마치고 커피가 제공되었다. 붉은 겉옷을 입은 로만이 정원의 격자
를 수리한다. 테라스 옆에 서서 루샤가 그를 바라본다. 방안에서 프로타소프가 웃고 있다.

루샤	어느 지방 출신이에요?
로만	랴잔.
루샤	난 칼루가 출신인데…
로만	그래… 뭐가 어때서?
루샤	당신은 정말 무시무시해요…
로만	(싱글거린다.) 뭐, 무섭다고? 수염 말이야? 아닌데! 난 홀아비고… 결혼해야 해…
루샤	(가까이 다가오면서) 가게 사람들 말로는 주인나리가 마치 마법사 같다던데?
로만	글쎄, 마법사라… 주인나리들, 그분들은 능력 있지…
루샤	무서워요… 그분들은 하나 같이 지나치게 상냥하거든요… 그런 상냥한 사람들은 주인나리들 같지가 않아요!
로만	위조지폐를 만드는 자들과 마찬가지야…

루샤	뭐라고요?
로만	아무것도 아냐… 그 대가로 징역살잖아…

프로타소프와 리자가 방에서 나온다.

프로타소프	정말로 대단해! 우유를 마시렴…
리자	(얼굴을 찡그린다. 지쳐 보인다.) 어째서 이 남정네는 붉은 옷을 입었을까?
프로타소프	그게 맘에 들었나보지… 레나는 참 고상하고 현명한 여자야…
리자	(숟가락으로 우유를 젓는다.) 그래?
프로타소프	(테라스를 왔다 갔다 한다.) 그래, 리자. 그렇다니까! 내 말 믿어라… 바로 여기 새로운 하녀가 있구나… 거참! 이름이 뭡니까?
루샤	(무서워하면서) 저요? 루케리야입니다…
프로타소프	아하… 루케리야… 흠! 읽고 쓰나요?
루샤	아뇨… 기도문은 압니다…
프로타소프	그런데… 결혼은 했습니까?
루샤	아직 못했습니다… 처녑니다…
프로타소프	보아하니, 시골에서 갓 올라왔나 보군요?
루샤	그렇습니다… 방금…
프로타소프	잘 됐습니다… 우리 집에 사세요… 우리는 평범한 사람들입니다… 아시겠지만, 우리 집은… 재미납니다!
리자	(미소 지으며) 오빠는 언제나 우습다니까, 파벨…
프로타소프	우습다고? 그러냐! 리자야, 레나도 같은 말을 한다니까… 대체로 너는 옳아… 우리 모두는 실제로 보통 사람들에게서 멀리 떨어져 있어… 그래서 무엇인가 해야 돼. 그들이 좀더 가까이 우리에게 다가올 수 있도록… 옐레나는 이것에 대해 기막히게 말

248

했는데… 그렇게 간단하고 논증적으로… 난 놀랐다. 그렇게 풍요로운 지혜와 심성을 가진 사람이 내 주위에 있었다니. 그런데 난 몰랐거든! 그리고 이용할 줄도 몰랐지. 내 안에는 분명히 어떤 우둔하고 막힌 게 있어…

리자   그만해! 오빠 단지 사람들을 알아보지 못하는 거야…

프로타소프   그래, 그래! 무엇인가 있어. 어제 널 눕히고 난 다음 세 시간 정도 레나와 이야기했다… 그 다음에… 드미트리를 부르러 사람을 보냈지… 너도 알지… 그는… 아아, 그래 이것에 대해서는 말할 필요 없겠다…

리자   뭘 말이야?

프로타소프   그래… 거기서… 드미트리는 옐레나에게 빠져 있었던 것 같아… 그러니까 그 자신 그걸 말하더라… 하지만 난 그 친구 말을 믿지 않아… 그녀도 마찬가지고… 옐레나는 그와 기막히게 말했어… 현명하고 사랑스러운 어머니처럼 말이야… 감동적이었어… 그래서 우리 모두 울고 말았지… 리자야, 알겠니… 만일 사람들이 서로 이해하고 존중한다면 얼마나 편하고 유쾌하게 살 수 있을까! 우리 세 사람 모두는 친구가 되기로 했단다…

리자   (고통스럽게) 세 사람? 그럼 나는?

프로타소프   물론 너도 그렇고! 아마 너도… 리자야, 우리 모두 친구가 되어 일하자. 사람들을 위해 수많은 감정과 생각의 보물창고를 쌓아올리자. 우리가 사람들을 위해 중요하고 필요한 많은 일을 했다는 생각에 자부심을 가지고 삶을 떠나자. 유쾌하게 지치고, 필연과 평온하게 화해하면서 떠나는 거야… 얼마나 멋진 일이냐, 리자! 얼마나 분명하고 소박하냐!

리자   오빠가 그렇게 말하는 게 좋아… 오빨 사랑해. 그리고 삶은 오

	빠가 그리고 있는 것처럼 소박하고 아름다운 것 같아… 하지만 혼자일 때… 언제나 나는 혼자야…
프로타소프	슬퍼하지 마, 리자. 응? 어제 너한테 나타난 것은… 그 모든 것은 단지 병적인 신경이…
리자	(놀라서) 병에 대해 말하지 마! 말하지 마… 그걸 잊게 해줘… 그게 필요해, 반드시… 그만해… 나도 살고 싶어… 내게도 살 권리가 있다니까!
프로타소프	흥분하지 마… (옐레나가 온다.) 옐레나가 오는구나… 레나. 선량하고 조금은… 준엄하고 엄격한 내 친구…
옐레나	자, 됐어요… 그러지 말아요. (눈으로 리자를 가리킨다.)
리자	(신경질적으로) 옐레나! 언니는 오빠 사랑하지, 그렇지?
옐레나	(당황하면서) 응, 그래. 물론이야…
리자	기뻐! 내가 보자니까…
옐레나	때론 힘들기도 했어… 정신없이 고통스러웠지! 바로 이 신사가 자기도 모르게, 전혀 원하지도 않으면서 그렇게 모욕할 수 있다니…
리자	(흥분하면서) 잠깐만! 나도 그래… 보리스 니콜라예비치를 사랑해… 어제 그의 청혼을 거절했어… 영원히, 완전하게! 그런데 밤에 갑자기 그런 생각이 들었어… 그 사람에게 어떤 불행한 일이 일어났다는… 어떤 무서운 일이… 그 사람에게 말이야! 그는 누구보다도 내게 가까워… 당신들 누구보다도 가까워! 그리고 내가 그를 사랑한다는 걸 어제 알았어… 그 사람이 내게 필요하다는 걸… 그가 없으면 살 수 없다는 걸!
나자르	(마당 어딘가에서 소리친다.) 로만!
로만	(크지 않은 소리로) 왜요?
리자	그는 그토록… 솔직하고! 참으로 멋지고… 그렇지?

옐레나	(그녀에게 키스하면서) 사랑하는 리자… 아가씨가 행복하길 바라… 약간의 행복, 그것은 우리 모두에게 너무도 필요한 거야…
리자	언니 입술이 얼마나 뜨거운지…
프로타소프	으음, 축하해! 알게 되겠지만, 행복이 네게 기적과도 같이 작용할 거야! 정상적인 생활, 그건 정말 중요해! 그리고 체푸르노이… 나도 그가 좋아! 자기 누이하고는 비교할 수 없을 정도로 똑똑하니까…
나자르	(외친다.) 로만, 빌어먹을!
로만	왜 그러세요?
리자	지금 난 평온해… 그이와 함께 스텝 어딘가로 떠날 거야… 그인 스텝을 좋아하거든… 우린 단 둘이서 초록빛 황야를 거닐 거라고… 완전히 우리 둘만! 주위의 모든 게 분명해질 거야… 모든 게 괜찮아!
나자르	(집 모퉁이에서 나온다.) 로만! 불렀냐? 안 불렀냐?
로만	들었습니다… 무슨 일인데요?
나자르	버르장머리 없는 놈 같으니! 걸어 잠가라. 나가서 대문과 쪽문을 걸라니까… 안녕하십니까, 파벨 표도로비치! 어떻게 지내십니까?
프로타소프	좋습니다! 대체 뭘 걸어 잠그라는 겁니까?
나자르	듣지 못하셨나 보군요? 민중이 들썩이고 있습니다… 이렇게 질병이 돌라치면… 병은 전혀 없다,라고 민중은 생각한다는 겁니다… 그런데 그들 말로는, 의사 나리들이 영업을 하려고 애쓰고 있다는 것이에요…
프로타소프	무슨 말도 안 되는 소리요!
나자르	물론입니다요… 민중이란 게 그렇죠! 그래서 민중을 속된 인간

들이라고 그러잖습니까! 야만스럽기 때문에 모든 걸 꾸며내는 겁니다… 그들 말로는, 의사는 많은데 일거리가 없다는 거예요. 그래서 그 사람들이 그걸… 어떤 경우라도 재산과 평안을 지키려고 대문을 걸어 잠그라고 명령한 겁니다…

프로타소프 아니, 정말로 우리에겐 그런 어리석은 생각만 가능한가 보군요!

나자르 한 가지 더 있습니다… 어제 어떤 의사가 마구 짓밟힌 모양입니다…

리자 어떤 의사요? 이름… 그 사람 이름 모르시나요?

나자르 모르겠습니다요…

옐레나 리자! 무슨 일이야? 보리스 니콜라예비치는 의사가 아니잖아…

리자 그래… 그 사람은 의사가 아니야…

옐레나 여기서 나갑시다… (그녀를 방으로 데리고 간다.)

나자르 주인 아가씨를 놀라게 해드렸군요… 파벨 표도로비치! 그런데 체푸르노이 씨가 당신과 이야기하지 않았습니까?

미샤 (구석에서 나타난다.) 아버지! 저쪽에 청부업자가 왔어요… 안녕하세요!

프로타소프 안녕하시오…

나자르 작별인사 드립니다. 안녕히 계십시오! (나간다.)

미샤 좋은 날입니다… 덥지도 않고…

프로타소프 그래요… 좋군요!

미샤 여쭤 봐도 되겠습니까? 댁에서 하녀로 일했던 여자 떠났습니까?

프로타소프 예, 떠났어요…

미샤 사람들 말로는 결혼한다더군요. 그것도 부자하고 말입니다?

프로타소프 모르겠어요… 내가 어떻게 알겠소?

미샤 그 여잔 어땠습니까? 정숙한 여잔가요?

프로타소프 그렇다마다! 다만 솜씨가 없었죠… 그릇을 많이 깨뜨렸으니까요…

미샤   그렇군요… 말씀해주세요! 흐음… 그런데 파벨 표도로비치. 아
          버지가 화학공장에 대해 당신과 이야기하지 않았습니까?

프로타소프   (놀라면서) 공장에 대해서요? 아뇨! 정말이지 어떤 공장 말이오?

미샤   아시겠지만, 저희에게 생각이 있습니다. 화학공장을 세우고 당
          신을 공장장으로 영입하는 겁니다…

프로타소프   뭐라고요… 어떻게 영입한다고요? 나처럼 서툰 사람을 어떻게?
          참 이상한 이야기를 하는군요…

미샤   미안합니다! 하지만 문제는 말이 아닙니다… 더 깊은 데 있습니
          다… 우리는, 그러니까 저와 아버지는 당신을 매우 주의 깊게
          대하고 있습니다…

프로타소프   (건조하게) 정말 감동적이군요…

미샤   당신의 재산 상태를 알고 있습니다. 그래서 당신이 곧 일자리를
          찾아야 한다는 사실도 알고 있지요… 그런데 근무한다는 것, 그
          것은 참 힘이 듭니다. 더욱이 당신은…

프로타소프   흐음… 그래요! 필시 당신 말이 맞겠죠…

미샤   그래서 저와 아버지는 당신의 능력과 지식을 평가한 다음, 당신
          이 회사에 적절한 분이라는 걸 알게 됐습니다. 공장 설비를 위
          한 견적을 내달라는 그런 제안을 당신에게 하기로 결정한 겁니
          다…

프로타소프   하지만 잠깐만요! 절대로 나는 견적을 낼 수 없습니다… 한 번
          도 해본 적이 없거든요! 그리고 공업화학에는 관심이 없습니
          다… 정말로 당신 호의에 감사합니다…

미샤   공학에 관심이 없으십니까?

프로타소프   없습니다… 지루한 거라서… 그건 날 위한 게 아니거든요!

미샤	(유감스러운 듯 그를 바라본다.) 진지하게 하신 말씀이죠?
프로타소프	물론 그렇다마다요…
미샤	정말 유감입니다… 그러나 제 생각에 당신은 다시 생각하셔야 할 겁니다… 하지만 지금은 안녕히 계십시오! (나간다. 옐레나가 방에서 온다.)
옐레나	(불안하게) 파벨…
프로타소프	왜?
옐레나	리자가 심각하게 병이 든 것 같아요…
프로타소프	발작하고 난 다음에는 언제나 그랬잖아… 괜찮아! 방금 난 그… 집주인 아들과 이야기했어… 얼마나 불쾌한 인간인지, 생각해봐! 감동적인 배려를 노골적으로 드러내더군… 사실 어느 정도 조잡한 형식이지만, 그럼에도 어떤 견적을 내달라고 제안하더군…
옐레나	부자가 되기 위한 수단으로 당신을 이용하려는 거야… 그들의 의도를 알아요. 노인네가 나와 이야기했거든… 이게 뭐야, 추워요?
프로타소프	왜? 전혀!
옐레나	왜 덧신을 신고 있죠?
프로타소프	(발을 들여다본다.) 정말이네… 덧신을! 언제 내가 이걸 신었지? 이상하군… 정말 모르겠는걸, 어떻게 이걸 …
옐레나	아마도 이건 새 하녀가 당신에게 선물한 신발일 거야… 당신은 몰랐고…
프로타소프	그래. 그런데 여보, 제발 그 여잘 내게 보내지마… 그 여자가 두려워. 너무 야만적이거든! 게다가 내가 가진 것은 몽땅 부러뜨리고 있어… 그것도 아니면 뭔가를 흘려… 아침에 보자니까, 과산화수소를 머리에 적시고 있더라고. 분명히 그 여자는 그게 오데콜론이라고 생각한 거야… (그녀의 두 손을 잡는다.) 여보 렌카, 어

제 당신이 나를 얼마나… 고통스럽게 했는지!

옐레나   몇 분 동안이나요? 나는 몇 달 동안 괴로웠는데… 몇 년 동안이 나…

프로타소프   저런, 그만…

옐레나   당신의 사랑을 느끼지 못하고 사랑한다는 것이 얼마나 굴욕적 인지 알아야 하는데! 당신은 날 거지로 만들었어… 나로 하여금 당신의 눈길과 애무를 기다리게 만들면서 말이지… 애무를 기 다리는 것이 얼마나 모욕적인지! 당신 영혼은 너무도 밝아서… 당신의 사랑스러운 눈은 위대한 것에 대해서는 많이 생각하지 만, 위대한 것 중에서 뛰어난 것, 즉 사람들에 관해서는 조금 밖 에 생각하지 않아…

프로타소프   모든 것은 지나갔어, 레나! 모든 게 이미 지나갔다고… 다만… 드미트리… 사실 그 친구가 안 됐어… 누가 종을 울리네… 아 하! 문이 잠겨 있지! 아마도 드미트리인지 모르지… 저 사람이 체푸르노이였으면 해… 물론, 리자를 위해서!

옐레나   (조금 교활하게) 리자를 위해서? 그래요?

프로타소프   그럼, 레나… 정말이지 당신은 나한테 질투를 불러일으키려는 속셈이로군… 그리고 또…

옐레나   (의기양양해서) 오, 물론 아니에요! 당신 말이죠? 과학 말고, 누굴 위해서 당신은…

프로타소프   갑자기 내가 당신을 때린다면, 렌카. 응? (그녀에게 키스하려 한다. 테 라스로 멜라니야가 오는 것을 본다. 당황해한다. 걱정스레 말한다.) 여보, 레 나… 그녀가 왔어… 당신 어깨 위에 뭔가 깃털이…

멜라니야   (미안한 듯 미소 지으며) 안녕하세요…

프로타소프   (과장되게 기뻐한다.) 멜라니야 니콜라예브나! 당신이군요… 참 오래도록 당신을 보지 못했어요!

멜라니야   뭐가 오래예요? 어제 왔었는데… 벌써 완전히 잊으셨군요?

프로타소프   아아… 그래요! 아닙니다… 어떻게… 기억합니다…

멜라니야   저는 생각했어요. 당신이 어제 일 때문에 저를 조롱하실 거라고
          요…

프로타소프   (서둘러서) 무슨 말씀을! 그건 하찮은 일입니다! (갑자기 생각난 듯)
          그러니까, 누구에게나 일어날 수 있는 일이다,라고 말하고 싶었
          습니다. (결정적으로 당황해한다.)

옐레나   당신은 말하지 않는 편이 낫겠어요, 파벨…

멜라니야   (사랑스럽고 우울하게) 어휴 당신은…

프로타소프   그-그래! 난 이미… 하지 않겠어! 가야겠어… 덧신을 벗어야겠
          어… 누가 알겠어, 왜 덧신이?

멜라니야   (구슬프게 웃으면서) 그 사람은 하찮은 일이라고 말하는군요… 나는
          모든 영혼을 그이 앞에 열었는데… 그런데 그게 누구에게나 일
          어날 수 있는 일이라네요… 마치 내가 그의 굳은살을 찌르기라
          도 한 것처럼 말이죠!

옐레나   그이한테 화내지 마세요, 멜라니야 니콜라예브나!

멜라니야   (진솔하게) 사랑하는 분! 내가 그분에게 화를 내다니요? 밤새 잠을
          자지 못했어요. 계속해서 이방 저 방을 돌아다녔어요. 생각했죠.
          어떻게 내가 감히 그와 이야기했던가? 그걸 아세요? 여하튼 한
          가지 생각이 있었거든요. '돈으로 유혹하자!' 누가 큰돈을 거부
          할 수 있을까? 생각한 거죠… 하지만 그는 유혹되지 않았어요…

옐레나   잊어버리세요… (리자가 천천히 걸어온다.) 왜, 리자?

리자   (고통스럽게) 보리스 니콜라예비치 안 왔어요?

옐레나   아니 아직… 오지 않았어…

리자	아니라고… (방으로 나간다.)
멜라니야	내게는 인사도 하지 않는군요… 얼마나 창백한지!
옐레나	어제 발작을 일으켰어요…
멜라니야	다시요? 불쌍한 사람… 당신은 잊으라고 말씀하지만, 아니, 잊지 않을 거예요! 잊어서는 안 돼요. 잊어버리면, 그런 짓을 다시 할지 모르니까요… 당신은 내 가족이에요! 아아, 난 속된 여편네예요! 뻔뻔스럽고 부패한… 나한테는 생각도 많지 않아요. 그리고 그런 생각 모두가 올바른 것도 아니고. 사방팔방으로 기어다니는 구더기 같아요… 그런 생각을 원치 않아요. 싫다고요! 순수하고 싶어요… 순수해져야 합니다… 그렇지 않으면, 나는 얼마나 많은 악한 짓을 저지르게 될까요…
옐레나	원한다면, 그렇게 되세요! 당신은 얼마나 고통스럽고 기괴한 삶을 살아왔나요… 당신은 쉬어야 해요. 과거는 잊어야 합니다…
멜라니야	고통스러웠어요… 누가 그걸 알겠어요! 사람들이 얼마나 나를 때리던지… 하지만 옆구리도 뺨도 가엾지 않았어요. 영혼이 불쌍했어요! 그들은 영혼을 부수고, 가슴을 더럽힌 겁니다. 좋은 걸 믿는다는 게 어려워요. 그런 믿음이 없다면, 어떤 삶이 될까요? 저기 보리스는 모든 사람을 조롱하지요. 어느 것도 믿지 않고… 대체 어떻게 된 걸까요? 마치 집 없는 개 같아요… 그런데 당신은 이내 나를 믿어주었어요. 놀랐어요… 나를 속이는구나, 하고 생각했죠… 그런데 당신은 날 귀여워해주고, 나에게 나를 해명해주었죠…
옐레나	됐어요, 착한 분…
멜라니야	당신은 얼마나 훌륭하고 간단하게… 그를 사랑한 것은 여자인 내가 아니라, 인간인 나라는 걸… 내 안에서 나는 인간을 느끼

지 못했으니까요… 인간을 믿지도 않았고…

옐레나 당신이 그걸 이해해서 참 기뻐요!

멜라니야 금방 알겠더라고요. 하지만 한번 시험해보는 거야. 돈을 가지고 재미있는 나라를 남편으로 살 수 있을지도 몰라? 참 속된 여자죠!

옐레나 자신에 대해 그렇게 말하지 마세요… 스스로를 존중해야 합니다. 그게 없으면 못사니까요… 당신을 귀여워해주고 싶군요…

멜라니야 네, 그러세요! 돈 많은 장사꾼 여편네를 위해 그리스도의 자비를 베푸세요…

옐레나 그렇게 말하지 말아요. 그럴 필요 없어요! 그리고 울지 말아요…

멜라니야 괜찮아요. 영혼을 씻도록 놔두세요… 옐레나 니콜라예브나, 저를 거두어주세요… 무엇인가 선하고 좋은 것을 가르쳐 주세요… 당신은 현명하니까 할 수 있어요… (리자가 온다.) 리자베타 표도로브나, 안녕하세요!

리자 (말없이 손을 준다.) 옐레나, 그 사람 아직 안 왔어?

옐레나 응. 무슨 일이야?

리자 안 왔냐고?

옐레나 몸이 안 좋지?

리자 응… 그래. 우울해… 아니야! (정원으로 간다.)

멜레니야 누굴 기다리는 거죠?

옐레나 보리스 니콜라예비치요… 아시겠지만, 그들은 약혼했거든요…

멜라니야 아니, 저런! 그럼 내가 파벨 표도로비치와 친척이 되겠군요? 그리고 당신에게도? 아아, 보리스… 리자… 사랑스러운! 그녀에게 가도 될까요?

옐레나 그러세요…

멜라니야 (생기 있고 기쁨에 넘쳐) 아니, 모든 게 이렇게 정리되다니! 정말로

258

	좋은 일 같아요… 주세요. 당신에게 키스할래요… (안토노브나가 나온다.) 그녀에게 정원으로 가야지… 안녕하세요, 유모. 안녕, 사랑하는 이여… (간다.)
안토노브나	안녕하세요… 어째서 저 말 같은 새로운 하녀는 식탁을 치우지 않을까요? 사무실을 통해 하녀를 데려오셨는데… 직접 데려다 써야 합니다. 사무실 통하지 말고.
옐레나	(그녀의 어깨를 잡는다.) 투덜대지 말아요, 유모. 오늘은 이렇게 밝은 날인데…
안토노브나	여름에는 따뜻한 날들이 있기 마련이에요… 하지만 언제나 질서라는 게 있어야죠… 저기 있는 여자, 새 하녀는 요즘에 앉았다 하면 차를 마시는데, 혼자서 사모바르를 통째로 훌쩍거리며 다 마셔댄다니까요… 완전히 말 같아요!

바긴이 온다.

옐레나	당신한테는 물도 아깝나 보군요…
안토노브나	물은 아깝지 않아요… 하지만 그 여자가 순무처럼 갉아먹는 설탕이… 그래요… (식탁에서 무엇인가를 잡아채서 방으로 간다.)
옐레나	아, 안녕하세요, 기사님…
바긴	(당혹해한다.) 손에 키스해도 될까요?
옐레나	왜 안 되겠어요?
바긴	(한숨 쉬면서) 그래요, 그렇게…
옐레나	한숨을 쉬는 것이… 수난자 같네요…
바긴	(초조해한다.) 당신을 바라보면… 아시나요. 내 머리에 무슨 생각이 떠오르는지?
옐레나	그거 재미있네요. 뭐죠?

바긴	당신은 파벨이 자비로운 주의를 당신에게 돌리도록 하려고 나를 이용했습니다… 기막히게 실행했죠!
옐레나	기사양반! 무슨 어투예요… '당신은 나를 이용했습니다…'라니. 그게 무슨 말이죠? '기막히게 실행했다!'라니.
바긴	(고통스럽게) 마치 어린애한테 하듯이 당신은 내게 교훈을 주었어요…
옐레나	(심각하게) 드미트리 세르게예비치… 어리석은 얘기 듣고 싶지 않습니다…
바긴	(생각에 잠겨 소박하게) 어떤… 그다지 현명하지 못한 역할을 했다는 느낌이 듭니다… 그게 모욕감을 줍니다… 전체적으로 기분이 나빠요… 어제 이야기한 다음에… 어쩐지 머릿속이 정리가 되지 않습니다… 옐레나 니콜라예브나, 진실을 말해주세요…
옐레나	그걸 부탁할 필요가 있나요?
바긴	당신에게 묻고 싶습니다. 당신은 제게 매혹되지 않았나요?
옐레나	남자로서는 결코 아니죠! 인간으로서 당신을 진지하고도 깊이 사랑합니다…
바긴	(조용히 웃으며) 그건 아부 아닙니까? 사람들을 이해할 수 없어요… 이해할 수 없습니다! 하지만 당신 전부를 사랑합니다… 전부를 금방! 어제 느끼고 알았어요. 여자와 남자가 너무나 밀접하게 결합되어 있어서, 뗄 수 없이 하나의 아름다운 둥근 전체로 결합되어 있다는 것을… 그래서 나는 부끄러워졌고, 내 자신이 불쌍해진 겁니다… 어제도 나는 당신을 사랑했습니다…
옐레나	(짜증내면서) 다시 똑같은 말을… 왜죠?
바긴	(소박하고도 집요하게) 그래요, 사랑했어요! 평생… 나는 당신을 용서하지 않을 겁니다… 아마 나도 결혼이나 뭐 그런 걸 하겠지

260

	요… 상황에 따라. 하지만 당신을 사랑할 겁니다, 영원히! 그리고 그걸로 충분합니다… 당신을 물리게 했나보군요, 그렇죠?
옐레나	(그에게 손을 내민다.) 당신 말을 믿어요… 진실을 말씀하시는 것 같아요…
바긴	전에는 내 말 속에서 이런 진실을 느끼지 못했단 말입니까?
옐레나	(부드럽게 미소 지으며) 네, 느끼지 못했어요. 어떻게 된 일일까요? 언젠가 한번 나는 자제하지 못하고 당신에게 나의 고독을 한탄했습니다… 당신은 그토록 아름답고 소박하게 나를 대했으니까요… 참으로 순수하게! 당신에 대한 크고 뜨거운 감사의 감정이 생겨났어요. 그런데, 주목하세요! 당신은 그때 오직 한 가지! 사랑에 대해서만 말하기 시작한 겁니다…
바긴	(숙고하면서) 그때 오직? 그게 당신을… 괴롭혔나요?
옐레나	(미소 지으며) 모르겠어요… 아마도 많이는 아니겠죠…
바긴	(짜증과 슬픔을 담고서) 아닙니다, 난… 부드럽게 말해도, 천재적이지 않아요! 어리석어요… 사람들을 이해하지 못합니다!
옐레나	그만 둡시다… 네? 그리고 좋은 친구가 되도록 해요!
바긴	(조용히 웃으며) 약속합니다! 어때요?
옐레나	머리를 주세요… (그의 이마에 키스한다.) 자유로워지세요. 예술가에게는 재능이나 지혜만큼 자유가 필수적이니까요… 진실하세요… 여자를 그렇게 나쁘게만 보지 마세요…
바긴	(감동하여, 그러나 자제한다.) 보세요, 마지막 말은 할 필요 없는데… 감사합니다! 당신 말이 맞아요. 예술가는 고독해야 합니다… 자유, 그것은 고독이죠. 그렇지 않은가요?
옐레나	그래요… 그런 것 같아요, 친구 양반…
바긴	파벨이 오는군요… 그의 어설픈 발걸음 소리가 들리네요… (프로

타소프가 들어선다.) 안녕, 여보게… 경쟁자…

프로타소프 그런데 멜라니야 니콜라예브나는 갔나?

옐레나 정원에 리자와 함께 있어요… 그녀를 불러요?

프로타소프 알랑거리지 마, 렌카! 당신은 가서 감시해. 새 하녀가 비누를 먹지나 않는지… 비누 한 조각 풀어달라고 했더니, 비누 싼 종이를 찢어내서 주머니에 숨기더라니까. 그 다음엔 혀로 비누를 핥더라고…

옐레나 그런 일이? (방으로 간다.)

바긴 하녀를 놔둬… 각자가 할 수 있는 대로 향락하도록 말이야… 여기서 다시 나는 옐레나 니콜라예브나에게 사랑을 고백했다네…

프로타소프 (불안하게) 흠… 내가 보기에 자넨 떠나야겠어… 드미트리… 떠나게! 그러면 모든 게 지나갈 거야…

바긴 그래 가겠네… 지나가지 않을 거라는 걸 알지만 말이야! 그러나 불안해하지 말게…

프로타소프 괜찮아… 다만, 어쩐지 거북해서…

바긴 행복한 게 거북한가? 그게 자네한테는 명예가 되나보군… 비록 그것이 어리석어도…

프로타소프 화내지 말게, 드미트리… 이건… 레나! 난 죄 없네… 어쩌겠나. 그녀가 자네가 아니라, 날 사랑한다면 말이야…

바긴 (가볍게 웃으며) 오… 이런 친구하곤!

프로타소프 아니야, 드미트리. 자넨 어제 날 엄청나게 내리눌렀어… 자네가 나보다 나아… 그럼, 그렇고말고! 나는 일정하지 않은 궤도를 가진 행성이야… 자기 주위를 회전하면서 어디론가 날아가는… 그리고 그걸로 끝이지! 그런데 자넨 태양의 주위를 돌아… 자네는 시스템의 조화 속에 있지

리자가 정원에서 나온다. 그녀 뒤에 멜라니야. 옐레나가 방에서 나온다.

바긴 어떻게 내가 거기서 돌고 있는지, 난 그걸 모르고 있었군… 자네한테 하고 싶은 충고는 아내 주위를 돌라는 걸세… 그녀를 눈에서 떼지 말고…

프로타소프 어쨌든 사람들은 참 좋아!

리자 (고통스럽게) 아직 안 왔어요?

옐레나 아직, 리자… 사람을 보낼까?

리자 그럴 필요 없어… 아니에요… (방으로 간다.)

멜라니야 (조용하고도 불안하게) 여러분! 그녀가 횡설수설해요… 계속 초원과 사막에 대해 말하고 있어요…

리자 (방에서) 멜라니야 니콜라예브나… 어디 계세요?

멜라니야 (달려가면서) 가요, 갑니다…

옐레나 파벨, 아가씨 때문에 정말 불안해요… 의사를 불러야겠어요…

프로타소프 저런, 어쩌나… 내가 가겠어…

안토노브나 (나온다.) 드미트리 세르게예비치, 당신에게 편지 왔어요.

바긴 어디서?

안토노브나 집에서요… 방금… (나간다.)

바긴 아니, 도대체 뭐지? (봉투를 뜯고 읽는다. 몹시 놀란다.) 빌어먹을! 여러분… 체푸르노이가… 들어보세요!

옐레나 조용히, 조용히 해요. 리자가… 무슨 일이죠?

바긴 (억눌린 목소리로) 어제 여기를 떠나면서 그는 웃었죠… 농담했습니다… 정말로! 그런데 지금, 들어보세요… (읽는다. 부지불식간에 소러시아인의 억양으로 체푸르노이의 목소리를 흉내 내면서) 〈여기 당신에게 하나의 이야기를 드립니다. 수의사가 목매 죽었습니다… 바로 그 영국인처럼 그도 역시 단체의 명예를 지키고자 하였습니다. 주름살에 대해 감사드립니다. 어떤 주름살이 어디에 남아 있는지 모두 알게 돼서 유쾌합니다. 넥타이의 아름다움에 더 많이 주의를 기울이십시오. 중요하니까요… 체푸르노이.>

프로타소프   그다지 심각한 건 아니야!

옐레나   조용히! 어떤 이야기죠? 그게 뭐예요? 혹시 농담인가요?

바긴   아닙니다… 그는 거의… 웃지 않았어요. 빌어먹을…

리자   (재빨리 나온다. 모두를 살펴본다.) 그 사람 왔지? 어디 있어?

옐레나   안 왔어…

리자   그럼 그 목소리는? 그의 목소리가? 그가 말하는 게 방금 들리던데… 왜 말하지 않는 거야? 그 사람 어디 있냐니까?

바긴   그건 나… 내가 말한 거였습니다…

리자   아니. 아니에요! 그의 목소리…

바긴   내가 그를 흉내 냈어요… 모방했다니까요…

리자   왜요?

바긴   그러니까…

프로타소프   그러니까… 우리가 여기서 쓸데없는 말을 지껄이고 있는데… 갑자기…

리자   뭐? 갑자기 뭐?

옐레나   진정해, 리자…

바긴   그의 말투가 생각난 겁니다. 그래서 그의 목소리로 몇 구절 말했어요…

리자   그래요? 당신 정말이죠? 어째서 그들은 침묵하는 걸까? 파벨, 왜 그러는 거야? 뭔가 있었던 거지? 그렇지? 사랑하는 오빠, 오빠 거짓말 못하잖아… 그렇지? 무슨 일이야?

바긴은 눈치 채지 못하게 방으로 간다.

프로타소프	아니야, 리자… 문제는 너도 알겠지만… 그건 사실이야… 그러니까 드미트리가 말한 거라고…
옐레나	들어봐, 리자. 아가씨…
리자	옐레나, 나한테 손대지 마… 파벨, 오빠가 말해…
프로타소프	난 아는 게 없어…
리자	뭘 알아야 하지? 옐레나, 그일 불러와… 보리스를… 지금 당장!
옐레나	그래, 그럴 게. 당장! 진정해…
리자	아니야, 당신들은 뭔가 거짓말하고 있어… 바긴은 어디 있지? 그이 누이동생과 말하고 있잖아… 근데 그녀 얼굴이… 얼굴이…
프로타소프	(나직하게 아내에게) 어떻게 하지?
옐레나	(나직하게) 의사를… 빨리…
리자	쓰러질 것 같아… 날 붙들어, 옐레나… 쓰러진다니까… 뭘 속삭인 거야?
옐레나	어떻게 아가씰 진정시킬지… 파벨…
리자	오빠는 어디로 달려간 거야? 옐레나, 제발! 내 눈을 봐… 거짓말하지 마, 옐레나. 부탁이야… (멜라니야가 방에서 나온다. 그녀 뒤로 바긴) 당신 어디 가세요? 어디 있나요, 당신 오빠는? 보리스 말이에요?
멜라니야	모르겠어요…
리자	자, 당장… 말해요, 어서, 빨리. 죽었나요?
멜라니야	몰라요… 모르겠어요, 난… (대문으로 간다.)
리자	안 돼! 안 돼! 안 된다고! 나한테 뭐든 말해줘… 가슴이 찢어지고 있어! 만일 그가 죽었다면, 그건 나. 내가 그를 죽인 거라고… 오오, 안 돼!

바긴	잠깐, 무슨 그런 생각을…
미샤	(테라스로 달려온다. 활기차고 기쁨에 가까운 목소리로 외친다.) 여러분! 알고 계십니까? 수의사 체푸르노이가…
바긴	(주먹으로 위협하면서) 닥쳐!…
미샤	…목매 죽었습니다!
리자	(옐레나의 품에서 벗어난다. 평온하고 또렷하게) 어젯밤 아홉시 무렵에?
미샤	그래, 그래요… 강가 버드나무에… 당신들이 모르시는 줄 알고… (나간다.)
리자	(두 눈을 크게 뜨고 모든 사람들을 바라본다. 크지는 않지만 이상하게 거드름피우는 목소리로) 알고 있었어… 기억나, 옐레나? 그걸 느꼈어… (조용히, 두려워하면서) 아니야! 안 돼! 그건 내가 아니야… 내가 죽인 게 아니라고 말해주세요… 아니라고! (소리친다.) 난 원하지 않았어… 아니라니까!

바긴과 옐레나가 그녀 손을 잡고서 방으로 데려간다. 그녀는 벌벌 떤다. 그리고 점점 빠른 속도로 오직 〈아니야〉 한 단어만을 반복한다. 테라스 한구석에서 서둘지 않고 로만이 나와서 방들을 엿본다. 방에서 루샤가 놀라서 달려 나온다.

루샤	들어봐… 어떻게 너를? 랴잔 사람… 그분들이 뭘 하고 있는 거야?
로만	뭐라니?
루샤	아가씨를 끌고 가더라고… 그녀는 '아니야!'라고 말하는데.
로만	아가씨가 소리친 거야?
루샤	맞아… 그분들이 아가씨를 끌고 갔어… 무서워!
로만	(생각에 잠겨서) 뭐라고 소리치는 거지?
루샤	몰라… 바로 그 나리들이!
로만	소리치면 안 될 텐데… 금지되어 있으니까…

미샤	(서둘러 구석에서 나타난다.) 누가 소리쳤어?
로만	(루샤에게 고개를 끄덕이면서) 주인들 쪽에서…
루샤	(피하면서) 왜 그러는 거야? 그건 나리들께서…
미샤	(엄하게) 누가 소리 질렀냐고?
루샤	아가씨요.
미샤	(그녀를 뜯어보면서) 왜?
루샤	아가씨를 끌고 갔거든요…
미샤	누가?
루샤	그분들이… 저기 있는 분들…
미샤	(그녀의 어깨를 치면서) 어휴 너… 우둔한 통나무 같으니라고! (테라스로 간다. 안토노브나가 마중 나온다.) 무슨 일이 있었소, 유모?
안토노브나	아가씨가 발작했어…
미샤	(로만과 루샤에게) 거봐, 제기랄! (로만은 정원의 울타리 쪽으로 천천히 물러간다. 거기서 그는 다시 꾸물거리기 시작한다.) 어떻게 된 거요, 유모. 응?
안토노브나	나리 때문이지… 모두 그 사람 때문이야!
미샤	(교활하게 미소 지으며) 아마 수의사 때문이겠지? (만족한 얼굴로 모습을 감춘다. 안토노브나는 비난하는 듯한 눈길로 그를 바라본다. 한숨을 쉬더니 그녀는 울분을 담은 목소리로 말한다.)
안토노브나	바보 같으니… 루케리야, 여기서 뭐하고 있는 거야? 방으로 가…
루샤	유모, 무슨 발작이에요? 간질인가요?
안토노브나	그래, 그래! 가라니까…
루샤	(간다.) 뭐, 간질은 별거 아니에요! 나도 봤어요… 그분들이 아가씨를 끌고 가서 놀랐어요…

로만이 무엇인가 중얼거린다. 바긴이 얼굴을 찌푸린 채 방에서 나온다. 로만을 바라보면서
그는 테라스를 왔다 갔다 한다. 스케치북과 연필을 꺼낸다.

바긴   이보게, 친구!

로만   나요?

바긴   그래 자네. 그렇게 서 있게…

로만   왜요?

바긴   (그린다.) 그렇게… 자넬 그리고 있네…

로만   이런… 내가 손해 보는 거 아니오?

바긴   20코페이카 줌세.

로만   뭐, 그런 걸…

바긴   머리를 좀더 높이 들어…

로만   (머리를 들면서) 됐소…

바긴   좀더 낮게… 어딜 보는 거야?

로만   정말 마음에 드시오?

바긴   (웃으며) 나쁘지 않군…

사이.

방에서 가끔 신음소리가 들려온다. 어딘가 멀리 거리에서 혼란스러운 소음. 멜라니야가 온다.

바긴   그래? 뭐요?

멜라니야 (황량하게) 보았어요… 무섭고… 시퍼런… 혀를 빼물었는데… 꼭
         조롱하는 것 같아요… 무서워요! 리자는 좀 어때요?

바긴   (음울하게) 자, 들립니까?

멜라니야 무슨 일이 일어난 겁니까? 그렇게 좋았는데…

바긴   도대체 왜 일어난 걸까요?

멜라니야 모르겠어요… 아무것도 모르겠어요… 다만 무서워요… 그런데

당신은 그림을 그리세요? 어떻게 그럴 수 있나요?

바긴   (거칠지 않게) 당신은 숨 쉬세요? 숨 쉬지 않는 건, 불가능하죠? 그래, 좋아. 이 친구야… 20코페이카 받아! (로만의 발치로 돈을 던진다.)

멜라니야   옐레나 니콜라예브나는 저기 혼자 있나요? 그녀에게 가야겠어요. 아마 잠시 볼 수 있겠죠… 오, 맙소사… 보리스와 모든 걸 묻어야 해요… 하지만 아무것도 처리할 수 없어요… 그를 흘깃 보고 이리로 달려왔어요… 거리거리에서는 민중이 무엇인가 소음을 내고, 질주하며 동요하고 있어요… 아무것도 이해할 수 없어요… 눈앞에서 그의 푸르스름한 얼굴이 흔들거리고, 혀가 내게 가리켜 보이더라고요… 계속 웃고 있더라고요! (그녀는 운다. 그리고 방으로 간다.)

로만   (만족스러워하면서) 보라고. 여주인이… 우는구먼. 왜 저러죠?

바긴   오빠가 죽었어…

로만   아하! 이봐요… 그건 아무것도 아냐… 원인이 있다니까! 여자들은 괜히 우는 거야… 여자 뒤통수를 많이 때리면 여자는 울부짖어… (거리의 소음이 한층 선명해진다. 불분명한 고함소리들. 마당 어딘가에서 미샤의 겁먹은 고함소리가 들려온다. 〈로만!〉) 기다려… (귀를 기울인다.) 불났어, 분명해… 아마 누군가를 때리고 있구먼… 분명히 도둑일 거요… 도둑도 때로는 힘들거든… 보러 가야겠어…

       옐레나가 나온다. 묻는 듯한 눈으로 바긴이 그녀를 바라본다.

옐레나   (몹시 흥분되어) 회복되지 않는군요…

바긴   저런… 정말요! 처음 있는 일인가요?

옐레나   이런 건 처음이에요. 그녀에게 미친 사람들의 교활함이 나타났어요… 처음에 그녀는 독약을 달라고 부탁했어요… 그 다음에는 어쩐 일인지 이상할 정도로 갑자기 평온해졌어요… 그녀 두 눈에 야수의 교활한 불길이 타올랐어요…

바긴   물을 먹여야 하나요?

옐레나   아뇨… 그녀는 누워 있었어요… 내게 말하더군요. 내가 그녀를 자극한다고… 나는 옆방으로 갔어요… 갑자기 소리가 들리는 거예요. 그녀는 조용히, 조용히 일어나… 가더군요… 파벨의 책상으로 다가갔어요… 거기, 서랍 안에 권총이 있었어요… 바로 그것이! 나는 그녀와 싸웠어요… 그녀는 내 손을 할퀴었죠… 야수처럼… 마치 야수 같았다니까요…

바긴   빌어먹을… 그래도 당신은 날 부르지 않았군요… 소리치지도 않았으니 말이오!

옐레나   모르겠어요… 어떻게 우리가 서로 총질을 하지 않았는지… 지금, 그녀는 누워 있어요… 묶어 놓았거든요… 하녀가 날 도왔어요… 그런데 유모는 그걸 보더니 울더군요… 그리곤 리자에게 손대지 말라고 애걸복걸하더군요… 왜냐하면 그녀는 장군의 딸이니까요… 웬 소음이죠… 왜 이렇게 소란스러운 거죠? 어디 가까운 곳에서…

바긴   무슨 일인지 수위가 알아보러 갔습니다…

옐레나   그런데 파벨은 아직 안 왔군요? 이게 뭐죠?

대문 근처가 소란하다. 고함소리들이 들려온다. 〈저놈 잡아라!〉 〈아아―아!〉 〈담 넘어간다…〉
〈잡아라, 얘들아…〉 〈지팡이로?〉 〈그자를 때려!〉

옐레나   (불안해하면서) 맙소사… 저리로 갑시다!

바긴   나 혼자 가겠소…

집 모퉁이에서 테라스 쪽으로 모자도 없이 너덜거리는 옷을 입고 의사가 달려온다.

의사   나를 숨겨주세요… 문을 잠그세요…

옐레나   의사 선생님… 무슨 일이세요?

의사   사람들이 때립니다… 격리병동을 때려 부수고… 죽이고… 문
          뒤에서 잡아… 죽이고 있어요…

바긴이 대문으로 달려간다.

옐레나   권총 받으세요…

의사   그들이 밀고 들어와서 나를…

옐레나   (그를 방으로 인도한다.) 이리로 오세요… 어서! 유모… 유모!

대문에서 큰 소리의 대소동이 일어난다. 벽을 부수고, 쪽문을 후려갈기고, 유리 깨지는 소리가
울려 퍼진다. 프로타소프가 뛰어나온다. 그를 향해 거의 열 명쯤 되는 사람들이 달라붙는다. 그
들을 피해 그는 모자와 손수건을 흔든다. 이것이 그들을 재미나게 한다. 그들 가운데 몇몇이
소리 내서 웃는다.

프로타소프   너희들은 당나귀야! 바보들… 꺼져!

첫 번째 사내 (군중 가운데서) 내 면상을 손수건으로…

두 번째   나리! 저 사람에게 모자로 한 번 더…

세 번째   (사악하게) 어떻게 욕하는지, 보여주지…

두 번째   의산 어디 있나? 그 자식을… 이보게들…

세 번째   그래 그 의사 놈… 저기 무슨 일이지?

바긴   (구석 뒤쪽 어디선가) 대문 걸어… 수위, 놈들을 몰아내!

프로타소프   밀지 마, 바보 같으니!

바긴   파벨… 파벨! 멈춰! 때릴 테다… 다 꺼져!

예고르와 야코프 트로쉰이 나타난다. 예고르는 다소 취해 있고, 트로쉰은 완전히 취했다.
예고르가 프로타소프에게 달려가서 그의 멱살을 잡는다.

예고르　　　　아하… 화학자! 걸렸지?

프로타소프　　(떼밀면서) 감히…

예고르　　　　이보게들! 이자가 대장이야… 약을 만든다고!

프로타소프　　거짓말, 바보! 난 아무것도 안 만들어… 내 쪽으로! 도와줘!

군중 가운데 목소리　　더 크게 외쳐라… 안 들려!

　　　　테라스로 옐레나가 달려 나온다. 난장판을 보고서는 권총을 꺼내들고 남편에게 달려온다.

옐레나　　　　예고르, 놔줘요! 꺼져, 예고르…

프로타소프　　레나… 레나!

예고르　　　　기억나? 콜레라, 그러니까, 죽으라고? 생각나, 네가 어떻게…

옐레나　　　　당신을 죽이겠어…

　　　　옐레나가 등장하자 군중 속에서 다소간 커다란 환성이 울린다. 〈봐, 어떻게 뛰어오는지!〉
〈어휴 너, 권총 들었나!〉 〈한방 먹여!〉 〈주제넘게 나서다니…〉 〈저런, 계집하고는!〉

예고르　　　　마님… 난 홀아비요…

옐레나　　　　총을 쏘겠다!

예고르　　　　그러면 너도 과부가 돼… 이놈을 목 졸라 죽일 테다!

　　　　옐레나가 총을 쏜다… 그보다 조금 일찍 예고르를 둘러싸고 있던 군중 뒤로 로만이 나타난다.
그의 두 손에는 커다란 널빤지 조각이 들려 있다. 서둘지 않으면서 그는 그것을 휘둘러 사람들
머리통을 후려친다. 말없이, 집중해서, 흥분하지 않고 그것을 행한다. 옐레나가 예고르를 향해
총을 쏘는 바로 그 순간 로만이 그를 후려갈긴다. 예고르는 어휴 소리를 내고 프로타소프를 자
기 쪽으로 당기면서 쓰러진다. 옐레나는 권총으로 위협하면서 군중 쪽으로 걸어간다. 그녀가
발사하고 난 다음 군중 내부의 분위기가 급격히 변한다. 누군가 놀라고 크지 않은 소리로 소리

272

친다. 〈여자가 쐈어!〉〈봐, 쓰러졌잖아…〉〈아휴, 개 같은…〉 마당에서 누군가가 달려 나와 고함친다. 〈이보게들, 사람 죽이네!〉 다른 사람이 그의 뒤를 따라 서둘러 외친다. 〈겁먹지 마! 뭐가 두렵냐고?〉〈그래 봐야 여자야…〉 거의 모두가 물러선다.

옐레나 (몰아지경에서) 꺼져! 쏘겠다… 드미트리, 어디 있어요? 로만… 남
        편을 도와주세요! 꺼져! 짐승들!

로만이 트로쉰 쪽으로 다가간다. 그는 예고르 부근 땅 바닥에 앉아서 무엇인가 중얼거리며, 예고르를 잡아당긴다. 로만이 널빤지로 트로쉰을 때린다. 그는 으윽 소리를 내면서 쓰러진다. 구석 어디선가 바긴이 달려 나온다. 몹시 지친 그는 로만의 위업을 본다.

바긴   (그의 손에 벽돌이 들려 있다.) 도대체 뭐 하는 거야?
로만   뭐라니?
바긴   (군중 쪽으로) 옐레나… 파벨은 어디 있소?

로만은 널빤지를 던져버리고 프로타소프 근처에 쭈그려 앉는다.

옐레나 (정신을 차리면서) 그를… 그가… 쓰러졌나요… (소리친다.) 죽었어!
바긴   그럴 리가…
멜라니야 (달려 나와 옐레나의 고함소리를 듣는다.) 누가 죽었다고? 거짓말…
옐레나 (권총을 예고르에게 겨누면서) 바로 이놈이… 내가 이놈을…
바긴   (권총을 빼앗는다.) 무슨 짓을? 정신 차려요!
멜라니야 (프로타소프 근처에서) 살아 있어요. 파벨 표도로비치!
옐레나 물… 물을 주세요!
바긴   (멜라니야에게) 가요… 물을 주세요! 옐레나, 진정해요…

멜라니야가 방으로 달려간다.

로만   괜찮아요… 모두 살아 있어요… 보세요, 움직이잖아요… 사람을

그렇게 때리면… 살아남는 법이에요!

바긴과 옐레나가 파벨을 일으킨다. 그는 실신해 있다. 로만은 트로쉰을 잡아당긴다.

옐레나   (공포에 질려) 파벨… 파벨!

바긴   기절했어요…

로만   자, 일어나… 버르장머리 없이 굴지 마! 안 그러면 한 대 더 갈
                긴다…

안토노브나   (달려 나온다.) 파센카! 파센카 어디 있죠?

바긴   소리치지 말아요, 유모…

프로타소프   (반쯤 의식이 돌아와) 레나… 여보? 그들은 달아났나? 아아…

안토노브나   (옐레나에게) 놈들이 상처를 입혔군요… 끝까지 보지도 않고… 그
                렇죠?

옐레나   (남편에게) 당신 아파요? 어디가 아픈 거죠?

                예고르가 정신을 차리고 머리를 든다. '아아' 소리를 낸다.

안토노브나   저자를 잡아요… 데리고 가라고요…

멜라니야   (물을 가져온다.) 정신이 들었군요… 맙소사! 마셔요… 마셔!

옐레나   어디가 아픈지 말해! 당신을 심하게 때린 거야?

프로타소프   난… 아픈 데 없어… 그자가 목을 졸랐어… 바로 이놈이… (정신
                이 든다.) 레나, 당신… 괜찮아? 당신 머리를 때리는 것 같던데…
                어떤 널빤지로, 위에서 이렇게…

옐레나   아니, 아니에요… 진정해요…

바긴   자넬… 때렸나?

프로타소프   아니… 아니 심하지 않았어… 무슨 까닭인지, 사람들이 자꾸만
                내 배를… 빌어먹을. 그런데 의사는? 그는… 살아 있나?

274

멜라니야	살았어요, 살아 있어요… 거실 소파에서… 울고 있어요…
옐레나	(안토노브나를 보고 두려움에 빠져) 유모… 리자는?
안토노브나	풀어줬어요… 차마 볼 수가 없어서…
옐레나	어디 있죠? 어디?
안토노브나	(눈물을 글썽이며) 저기… 옷이 온통 찢겨 있어서… 옷을 갈아 입혔어요…
바긴	뭐 하고 있죠?
안토노브나	사진을 보고 있어요. 그 사람…
옐레나	아가씨한테 가세요, 유모… 부탁이에요, 가세요!
안토노브나	파센카를 보살펴야 하는데… (돌아보면서 간다.)
프로타소프	괜찮아, 할멈… 그냥 놀랐을 뿐이야…
멜라니야	사랑스러운 당신… 당신을 마구 때리다니!

예고르와 트로쉰 그리고 로만은 다른 집단을 이루고 있다. 로만은 여느 때보다 더 활기차고 원기 왕성하다.

프로타소프	나를요? 천만에요! 그녀 때문에 놀랐어요… 누군가 총 쏘는 게 보였어요… 그 다음엔 머리를 지팡이로… 아니면 널빤지로…
옐레나	(자부심을 가지고) 누구도 나를 건드리지 못했어요… 방으로 갑시다…
프로타소프	나는 정말 성공적으로 스스로를 지켰어. 당신이 그걸 보지 못해 유감이군! 그리고, 레나. 얼마 전에 괜히 덧신을 벗었어… 그 덧신을 가지고 놈들을!
바긴	(미소 지으며 옐레나에게) 보다시피 그는 완전히 건강해요…
프로타소프	(열을 내면서) 덧신으로 어리석은 상판대기들을… (예고르에게) 여보시오, 친절한 나리양반…

멜라니야	대체 그 사람과 무슨 말을 하시게요? 가세요, 당신은 누워야 합
	니다…
프로타소프	잠깐만요…
옐레나	기다려… 예고르, 내가 당신을 맞췄나요?
예고르	(불분명하게) 아닙니다… 맞지 않았어요… 내 머리를 누군가가…
로만	(자부심을 가지고) 내가 그랬어!

옐레나가 긴장한 표정으로 예고르와 나머지 사람들을 바라본다.

바긴	음울한 이 기계가 어떻게 작동했는지, 자네가 보았더라면… 무
	시무시해!
트로쉰	나리님들! 저 역시… 머리에 타박상이…
로만	(행복한 얼굴로) 자네도 내가 때렸지…
트로쉰	여러분… 이걸 기억해 주십사고 부탁합니다…

로만이 미소 지으며 그에게 다가간다. 주머니에서 병을 꺼낸다.

옐레나	(예고르의 얼굴을 뚫어지게 바라본다.) 물을 드릴까요, 예고르?
예고르	보드카라면…
프로타소프	(예고르에게) 당신… 정말로 어리석어요, 나리양반…
옐레나	그만둬, 파벨…
프로타소프	나는 어떤 약도 만들지 않아. 빌어먹을!
바긴	자, 그만 두라니까…
프로타소프	(눈물 섞인 목소리로) 아니야, 기다려! 알고 싶어. 왜 그가 나한테 달
	려들었는지? 당신에게 내가 뭘 했소? 예고르? 뭘 했냐고?
예고르	(불분명하게) 아무것도… 모르겠어요…
멜라니야	법정에서 알게 되겠지… 친구여… 거기서 말해줄 거예요!

프로타소프	(짜증내면서) 아아, 필요 없어요! 무슨 법정! 나는 당신을 매우 높게 평가했소, 예고르… 당신이 일을 잘 한다고… 그래요! 급료도 잘 주지 않았소? 무엇 때문에 당신은…
예고르	(일어난다. 불분명하게 그리고 악의를 가지고) 날 건드리지 마쇼, 나리…
옐레나	(단호하고도 고집스럽게) 그를 그냥 놔둬, 파벨… 부탁이에요!
바긴	(예고르에게) 가시오…
예고르	(거칠게) 알았소… 가리다… (비틀거리는 걸음걸이로 나간다. 로만과 트로쉰은 이미 정원 담장 쪽으로 자리를 옮겼다. 그들은 땅바닥에 앉아 로만이 가져온 보드카를 마신다. 예고르는 말없이 그들에게 다가가서 앉고는 로만에게 팔을 내민다.)
멜라니야	보세요, 저런… 짐승 같으니!
옐레나	그를 건드리지 마세요… 갑시다, 파벨…
프로타소프	(흥분하면서) 아니야, 그는 날 괴롭혔어… 그에게는 뭔가가 있어… 혐오스러운… 사람들은 반드시 밝고 선명해야 해… 태양처럼…

리자가 테라스로 나온다. 그녀에게는 하얀 옷이 입혀져 있다. 그녀의 머리는 아름답고 이상하게 빗질되어 있다. 어떤 승리한 걸음걸이로 그녀는 천천히 걷는다. 그녀의 얼굴에는 불분명하고 불가사의한 미소가 박혀 있다. 그녀 뒤에 안토노브나.

리자	안녕히 계세요! 아니에요, 아무 말 하지 마세요… 나는 결심했어요… 나는 떠납니다! 아니, 아니에요. 반대하시면 안 돼요… 멀리 오래도록 떠날 겁니다… 영원히. 알고 계세요? 자, 여기.

그녀가 멈춰 선다. 미소를 띠고 크지 않은 목소리로 체푸르노이 사진 뒤에 써진 것을 읽는다.

내 사랑은 사막 한가운데
붉은 모래의 불같은 바다에서 걷고 있네…
나는 안다네. 머나먼 푸른 안개 속에서

사막과 근심이 그를 기다리고 있음을…

어떤 사악한 눈처럼 태양은
찌르는 눈길로 하늘에서 말없이 지켜보네…
나는 가서 사랑하는 이와 함께 나란히 일어선다네.
그가 거기 혼자 있기 어려우니!

　　　어떤 이상하고 우울한 모티프를 노래한다. 나직하게.

내 사랑은 키가 크고, 몸매 좋으며,
나는 아름답고 가볍다네.
우리 둘은 마치 두 송이 꽃처럼
붉은 모래 위로 던져졌다네…

　　　　침묵한다. 한숨을 쉬고서 다시 읽는다.

그리하여 둘이서 타는 듯한 무더위를 포옹하고
우리는 멀리 모래 위를 걸어가리라.
그리하여 죽은 사막에서 우리는 묻을 거예요.
그는 자신의 꿈을… 나는 근심을…

　　　　생각에 잠겨서 모든 사람들을 바라본다. 미소 짓는다.

이게 다예요. 이건 보리스를 위한 겁니다… 당신들은 그를 아시
나요, 보리스를? 모른다고요? (정원으로 간다.) 당신들이 정말 안 됐
어요… 정말로 불쌍해요…

안토노브나는 적의를 가진 눈길로 옐레나를 바라본 다음 리자 뒤를 따른다.

옐레나　　　　(고통스럽고 나직하게) 파벨… 파벨… 알겠어요?
프로타소프　　(놀라서) 얼마나 좋은 일이야, 레나! 드미트리, 자네는 이해했나?
　　　　　　　얼마나 좋으냐고!

바긴   (엄혹하게) 자넨 이해했나. 그녀가 미쳐버린 것을?

프로타소프   (믿지 않는다.) 설마, 레나?

옐레나   (작은 소리로) 갑시다… 그녀를 따라 갑시다…

세 사람 모두 정원으로 간다. 담장 근처에 앉아서 예고르는 음울한 증오를 담은 눈길로 그들 뒤를 바라본다. 트로쉰은 떨리는 손으로 머리와 어깨를 만지면서 무엇인가를 불분명하게 중얼거린다.

로만   괜찮아… 나를 그렇게 때리지 않았으니까… 그런데 나는, 바로 그가! 그러니까, 닥쳐… 살아 있잖아, 그래 좋아…

바긴   (생각에 잠겨서)

혼자서… 사막 한가운데…
붉은 모래의 불같은 바다에서…

··· 막

Занавес

1905년 2월

1905년 러시아 혁명을 바라보는 세 가지 시선

-안드레예프, 블로크, 고리키의 희곡을 중심으로

김 규 종

1. 서론

정속으로 운항하는 시간의 흐름에 인간의 의지를 부여하여 전향적인 방향으로 가속도를 부여함으로써 사회·역사에 근본적인 변화를 야기하는 것으로 혁명을 정의하자. 이와는 대조적으로 그런 흐름에 반대되는 방향을 지향함으로써 시간의 정속성과 정숙성을 파괴하는 양상의 사회·정치적인 행위를 반란이나 쿠데타로 이해하자. 여기에서 대상을 평가하는 주체와 평가되는 대상 사이의 어쩔 수 없는 거리가 발생한다. 그러므로 이러한 인과성이 초래하는 평가과정과 그 결과가 야기하는 영향은 불가피한 양상으로 수용되어야 마땅할 것이다. 역사서술과 평가의 본질적인 어려움이 여기에 있다.

만일 우리가 한나 아렌트(H. Arendt)의 근본주의적인 시각에 입각한다면, 1905년 러시아 혁명에는 혁명으로 명명될 수 없는 그 무엇이 있다. "새로운 시작에 대한 열정이 강렬할 뿐만 아니라, 자유에 대한 전망과 결합된 경우만을 혁명이라 할 수 있다. 단순한 교체나 변혁의 범주와 마찬가지로 폭력의 범주는 혁명현상을 기술하는 데 충분하지 못하다. 교체를 통하여 새로운 시작이 가시화되는 경우, 새로운 국가형태를 구성하고 새로운 정치주체에 근거를 제공하기 위하여 폭력이 사용되는 경우, 억압세력에 대한 해방투쟁이 자유의 확립이라는 의도를 지니는 경우만이 본질적인 의미에서 혁명이라 할 수 있다.”[1]

제1차 러시아 혁명에서 우리가 새로운 시작을 향한 열정과 자유와 결합된 전망, 새로운 국가형태를 위한 해방투쟁의 양상을 찾을 수 있겠는가, 하는 문제가 야기된다. 1905년 1월 9일 이른바 ‘피의 일요일 사건’으로 촉발되어, 동년 6월 ‘전함 포템킨’ 호의 반란과 10월 모스크바 철도 노동자들의 ‘동맹파업’으로 절정에 이르렀던 혁명적 고양과 투쟁의지가 니콜라이 2세의 ‘10월 선언’과 그것의 구체적인 결과물로 그 이듬해 ‘국가두마 Государственная дума’의 성립으로 시나브로 종결되었음이 그 소이다.

그럼에도 우리는 그것을 ‘혁명’이라 부른다. 기존 제정 러시아의 지배체제에 대한 회의로부터, 러일전쟁의 예기치 못한 패배로부터, 극단적으로 악화된 생존양식의 변화 추구로부터, 세기 전환기의 캄캄절벽 같은 암울함의 끄트머리로부터, 알렉산드르 블로크의 방식에 따르면, ‘민중의 구원을 담보할 배’를 기다리는 강렬한 열망이 적어도 두 해 이상의 시간대 속에서 죽지 않고 연면부절하게 살아남아 숨 쉬었기 때문이다. 페테르부르크 노동자 14만 8천여 명이 염원한 탄원서에는 “정치적 자유와 대사면, 법 앞에서 만민평등, 자본가에 대한 노동자들의 투쟁의 자유, 하루 8시간 노동제, 신앙의 자유” 등이 명시되어 있었던 것으로 전해진다.[2]

---

1) 페터 벤데 엮음, 권세훈 옮김, 『혁명의 역사』, 시아출판사, 2004, 11쪽.

이 글에서 필자는 후자의 관점, 즉 1905년의 혁명을 온전한 혁명으로 받아들이는 관점에 의지하면서, 당대를 모순적으로 인식하고 또 그렇게 살아갔던 세 사람의 극작가들을 만나보고자 한다. 그들은 <태양의 아이들 Дети солнца >의 막심 고리키, <별들에게 К звездам>의 레오니드 안드레예프, 그리고 <광장의 왕 Король на площади>을 쓴 블로크다. 그들은 각자의 프리즘으로 1905년 러시아 혁명을 바라보고 수용하면서, 그것을 이해하려는 지극히 고통스러운 모색을 시도하였고, 그것의 결과물이 상기한 희곡들이다. 우리는 거기서 더러는 상이하고, 더러는 매우 유사한 양태의 미학적 인식과 세계관을 목도하게 된다. 필자가 추적하고자 하는 문제의 중핵은 공고한 합금의 형식을 취하고 있으며, 따라서 모순과 혼돈의 양상 전체를 추적하는 작업은 그 나름의 의미를 가지고 있을 것이다.

필자가 이들을 추적하는 단서는 크레타의 괴물 미노타우로스를 도륙하기 위한 도정에서 비운의 공주 아리아드네를 만나 다이달로스의 미로를 탈출하기 위한 실타래를 건네받은 아테네 왕자 테세우스의 그것처럼 그렇게 믿음직하거나 명쾌하지가 않다. 다만 "작가의 범상하지 않은 이력 때문이 아니라, 당대의 러시아를 바라보는 작가 자신의 시선, 범상치 않은 주제와 주인공들로 인하여"[3] 초기작품 출간 직후부터 세간의 화제가 되었다고 평가되는 고리키의 방조가 유용했음을 밝혀두고자 한다.

1905년 1월 9일 페테르부르크 거리 곳곳을 온종일 누비면서 피로 얼룩진 살육의 목격자가 된 고리키는 "러시아 혁명의 첫 번째 날은 러시아 인텔리겐차가 도덕적으로 붕괴한 날"[4]이라고 썼다. 세상의 가장 낮은 곳에

---

2) 황인평 엮음, 『볼셰비키와 러시아 혁명』, 기획출판 거름, 1885, 102쪽.
3) Русский драматический театр конца XIX−начала XX вв, Москва ГИ ТИС, 2000, с. 49. (이하 <러시아 드라마 연극>으로 표기)

서식하면서, 그로 하여금 그런 서식양상을 강요하였던 저주받을 세상으로부터 대학교육을 받은 새로운 유형의 인텔리겐차는 혁명에서 동일계급의 붕괴를 뼈저리게 경험한다. 그런데 고리키의 이런 경험의 공유가 당대의 세 극작가들 사이에 암묵적으로 동의되어 있다는 점을 우리는 인정해야 한다. 왜냐하며, 그가 누구보다도 다채로운 창작세계를 보여준다 해도 (블로크), 혹은 그가 끝없이 혁명을 외면하고 그것으로부터 도피하고자 노력함으로써 종국에는 이방의 핀란드에서 생을 마감했다 하여도 (안드레예프), 1905년 혁명을 대하는 그들의 공동체험은 오늘까지도 부정될 수 없기 때문이다.

필자는 고리키의 명료한 표현 '도덕적으로'에 대하여 유보적인 단서조항을 삽입하고자 한다. <태양의 아이들> 피날레에서 만나게 되는 수의사 체푸르노이의 죽음과 리자의 정신이상, 인텔리겐차와 민중의 상호대립과 갈등에서 '도덕'이 개입할 소지는 현저히 축소되어 있다. <광장의 왕>에서 시인의 몰락은 아름다움과 이상에 대한 시인 자신의 내적인 불신으로 야기되며, 그것은 치명적인 파멸로 귀착되는데, 여기서는 '도덕'이 '진선미'의 단일 복합체로 현현한다. <별들에게>에서 장남 니콜라이의 이성상실과 당면한 혁명운동의 실패는 '점성술사'로 불리는 테르노프스키와 그의 일상적인 작업과 대척적인 위치에 있으되, 거기서 '도덕'의 문제는 우리의 시선 저 너머 아득한 곳에 자리한다. 따라서 고리키의 '도덕적으로'는 우리의 조심스럽고도 섬세한 독서행위를 간단없이 요구한다고 하겠다.

이들 극작가들이 바라보는 1905년 혁명을 숙고하면서 필자는 우선 희곡 작품들의 창작사와 공연에 대한 기초적인 자료를 제공할 것이다. 그리고

---

4) M. Горикий, Полное собрание сочинений, Художественные произведения в двадцати пяти томах, том седьмой, Пьесы, драматические наброски 1897~1906, Москва, 1970, с. 648. (이하 『고리키 전집』으로 표기)

세 희곡에서 현저하게 감촉되는 안톤 체호프의 드라마 시학의 흔적을 반성적으로 살펴보고자 한다. 일반적으로 소시민적인 산문작가이자 극작가로 불리는 체호프의 드라마 시학이 왜 혁명을 주제로 삼고 있는 희곡 작품들에 깊은 자리를 남겼는지, 살피는 일은 그때나 지금이나 유의미한 일이 아닐 수 없다. 이미 어긋나 있는 저울로 전혀 다른 내용을 가늠하려는 시도는 명징한 한계에 부딪히지만, 그럼에도 포착되는 어떤 가능성의 모색이 여전히 어느 정도 유효하기 때문이다. 여기에 더하여 시간과 역사는 반드시 흐를 만큼만 흐르기 때문이라는 반성적 인식이 저변에 자리하고 있음이다. 그런 작업의 바탕 위에서 각각의 무대적인 공간을 추적하면서 극작가들이 혁명을 어떻게 바라보았는지 생각하고자 한다. 이런 글쓰기의 배후에 자리하고 있는 동인은 역사의 현재화이며, 오늘날 일상화되어 있는 혁명의 반성적 고찰이다. 결국 이 글의 궁극적인 목표는 어제와 내일의 사이참에 위치하고 있는 현재의 시공간을 온전하게 이해하고 수용하려는 과제해결의 단초로써 영원히 사라져버린 과거를 향하여 반성적인 시선을 던지는 것이라고 말할 수 있겠다.

2. 창작사와 공연

1900년 '즈나니예 Знание' 출판사는 도이칠란트의 천문학자 헤르만 클라인(Hermann Klein)의 저서 『천문학자들의 밤』을 출판하였는데, 이 서책은 당대 러시아 지식인들에게 커다란 반향을 불러일으켰다. 19세기에 인류가 도달하였던 자연과학의 진보와 거기서 발원하는 시학적인 사유에 열광하였던 일군의 러시아 작가들은 인간을 '태양의 아이들'로 규정한 클라인에게 크게 매료되었다. "라파엘로가 <성모 마리아>를 그렸을 때, 뉴턴이 만유인력을 사유했을 때, 스피노자가 <윤리학>을 집필했을 때, 혹은 괴테가 <파우스트>를 썼을 때 그들 내부에는 태양이 작업하고 있었다. 천재든 범용한 인간이든, 강자든 약자든, 황제든 거지든, 우리 모두는 태양의 아이들이다."5)

그 시기에 '즈나니예'에서 함께 활동하였던 안드레예프와 고리키는 천문학자와 기층 인민대중 사이의 모순을 모티프로 한 희곡 <천문학자 Астроном>를 공동으로 구상한다. 그러나 그들은 급변하는 사회·정치적인 환경과 다른 창작계획으로 인하여 독자적인 작품을 완성하기에 이른다. 그리하여 1905년 초에 고리키는 <태양의 아이들>을, 같은 해 가을에 안드레예프는 <별들에게>를 탈고하였다.

2.1. <태양의 아이들> 창작사와 공연

고리키는 1905년 1월 11일 체포되어 페트로파블로프 요새감옥에 수감되었다가 2월 14일에 석방되었는데, 이 시기에 그는 <태양의 아이들>을 집필하였다. 고리키는 감옥에서 석방된 다음 암피테아트로프에게 희곡창작과 관련된 편지를 보냈다. "시간을 잘 보냈습니다. 그동안 비희극 <태양의 아이들>을 썼는데, 성공적인 것으로 생각됩니다. 감옥에서 사건들의 인상을 떨쳐내고 그것을 연구하였습니다."6) 그런데 작품의 실제 창작기간은 1905

---

5) Л.Н. Андреев, Драматические произведения в 2-х томах, том1, 1989, с. 476(이하『안드레예프』로 표기) 브류소프(В. Брюсов)와 더불어 이런 생각에 크게 고무되었던 발몬트(К. Бальмонт)는 1903년에 시집『태양처럼 되자 Будем как солнце』를 출간하기도 하였다.
6)『고리키 전집』, 649~650쪽.

년 2월 5일부터 12일까지 일주일이었다고 알려져 있다.

<태양의 아이들>은 1905년 5월에 고리키가 모스크바에 체류하는 기간 동안 스타니슬라프스키와 '모스크바 예술극장' 배우들과 만남으로써 공연이 결정되었다. 이 시기부터 작품을 개작하기 위한 집중적인 작업이 시작되었고, '예술극장'은 같은 해 8월 공연연습에 착수하였다. 그 결과 10월 17일에 시연이 개최되었고, 10월 24일부터 12월 7일까지 21회에 걸쳐 '예술극장' 무대에서 상연되었다.

한편 같은 해 9월 말에 <태양의 아이들> 공연연습을 시작하였던 페테르부르크의 '코미싸르줴프스카야 극장'은 10월 12일 시연에 착수하였다. 1906년 1월 12일에는 베를린의 '클라이네스 극장'에서 막스 라인하르트의 연출로 공연되었고, 신문 인터뷰에서 고리키는 인텔리겐차와 민중 사이의 갈등과 거리의 극복에 대하여 말했다. "인텔리겐차와 프롤레타리아 사이의 심연이 아무리 깊다고 해도, 이 심연을 넘는 다리를 놓는 것이 아무리 어렵다 해도, 나는 다리가 놓아지리라는 것을 확고히 믿습니다. 이 과제는 프롤레타리아 출신이면서 점차로 고양되어 지식의 정상에 도달한 자들에게 달려 있지요. 병든 사회는 빛과 아름다움과 지식의 원천이 모든 사람들에게 열리게 되는 그런 때에만 건강해질 수 있습니다."[7]

2.2. <별들에게>의 창작사와 공연

고리키의 <태양의 아이들>이 천문학자를 화학자로 바꾸되 인텔리겐차와 민중 사이의 갈등이 그대로 유지되었다면, 안드레예프의 <별들에

---

7) 위의 책, 660쪽.

게>는 천문학자의 형상을 그대로 간직하되, 주도적인 갈등은 인텔리겐차 내부로 방향을 전환한다. 1905년 가을에 반혁명세력과 흑색 백인조 세력 (черносотенные силы)의 협박 때문에 아파트를 계속해서 바꿔야했던 안드레예프는 10월 11일부터 20일까지 4막 드라마 <별들에게>를 탈고한 다.8) 그러나 그 작품에 만족하지 못했던 그는 전면적인 개작에 착수하여 같은 해 11월 3일 새로운 판본을 완성한다.

'모스크바 예술극장'의 네미로비치−단첸코가 이 작품에 많은 관심을 보인다. 그리하여 같은 해 11월 10일 '예술극장' 배우들이 자리한 가운데 희곡의 낭독회가 개최되었다. 스타니슬라프스키와 네미로비치−단첸코는 1906년 해외순회공연을 위하여 <별들에게> 공연을 기획하였으나, 검열당 국은 상연을 허가하지 않았다. 결국 <별들에게>는 오스트리아 빈의 '자유 극장'에서 1906년 10월 21일에 초연되었다. 그런데 이 상연은 1906년 9월 사회민주당 기관지 '노동자신문'에 부속되어 창립된 '자유 민중극장'의 첫 번째 작품이었다. 초연은 엄청난 성공을 거두었고, 이것은 러시아 프롤레 타리아와 함께 하는 오스트리아 노동자들의 연대를 보여주는 것으로 받아 들여졌다.

1917년 7월 '말라호프스키 극장'에서 자가로프 연출로 상연되기 전까지 <별들에게>는 러시아에서 줄기차게 금지되었다. 1906년 1월 2일자로 상연 을 금지한 검열관의 평가가 우리의 주목을 끈다. "재능과 엄청난 고양의 분위기로 집필된 이 상징적인 드라마는 혁명과 활동가들을 이상화하는데 봉사할 것이며, 따라서 상연을 허가할 수 없다."9) 사회주의 시월혁명 이후

---

8) 『안드레예프』, 479쪽.
9) 위의 책, 481쪽.

소련에서 가장 유명한 <별들에게> 상연은 페트로그라드의 '프롤레트쿨트 극장'에서 므게브로프의 연출로 이루어진 것인데, 초연은 1921년 11월 27일이었다.

2.3. <광장의 왕> 창작사와 공연

문학과 예술에서 데카당에 반대하는 입장을 피력하였던 블로크는 1905년 혁명 이후 러시아의 사회, 문화, 예술의 위기상황을 명징하게 포착한다. 그는 러시아 극장이 전향적인 관점과 진보적인 전통을 상실하고 있다는 이유로 당대의 극장을 비판하면서 연극에 내재되어 있는 교훈의 측면을 강조한다. "연극을 오락으로 대하는 자세야말로 연극을 죽이는 짓이다." 데카당과 오락에 반대하는 입장을 발전시켜 블로크는 이렇게 말한다. "그 어떤 예술양식보다 연극은 '예술을 위한 예술'의 공식에 내재된 성물 모독적인 비육화성을 폭로한다. 왜냐하면 연극은 언어가 육화되는 고상한 영역이기 때문이다."[10]

이런 관점에 기초하여 집필된 희곡이 <광장의 왕>이다. 드라마 <광장의 왕>의 원천은 서정시 <정박지의 노동자들>(1904)과 <교회 합창대에서 처녀가 노래했다네>(1905)에서 찾아볼 수 있다. 서정시보다 한층 더 어둡고 비관적인 분위기로 가득 차 있는 <광장의 왕>은 실패한 1905년 혁명에 대한 극작가의 우울한 내면풍경을 있는 그대로 드러내 보이는 듯하다. <광장의 왕>과 관련하여 1906년 10월 17일 브류소프에게 보낸 편지에서 블로크는 불만족과 불안을 가감 없이 표출한다. "제 스스로 형식 면에서나 내

---

10) 『러시아 드라마 연극』, 96쪽.

적인 측면에서나 드라마에 완전히 만족하지 못하고 있습니다… 드라마의 여러 가지 스타일 때문에 두렵습니다. 더러는 상징이 알레고리와 자리를 바꾸고, 어떤 곳에서는 낡은 사실주의의 경계에 저는 서 있습니다… 아마도 저의 내부에서 혁명이 죽어버렸고, 그것은 영혼 안에서 무엇인가를 분쇄한 듯합니다."[11]

극작가는 〈광장의 왕〉이 '코미싸르줴프스카야 극장'에서 상연되기를 희망했지만, 그 바람은 실현되지 않았다. 극작가 사후인 1923년 티플리스에서 발행되는 신문 '동쪽의 여명'은 '모스크바 혁명극장'이 블로크의 〈람세스〉, 〈광장의 왕〉 및 〈열둘〉을 메이예르홀드의 연출로 하룻밤에 상연할 것이라고 보도했지만 실제로 상연은 이루어지지 않았다.[12]

이렇게 본다면 고리키의 〈태양의 아이들〉을 제외하고는 1905년 러시아 혁명을 형상화한 두 희곡은 당면성을 상실한 채 지나치게 늦게 상연되었거나(〈별들에게〉), 아예 연극무대에서 상연되지 않았던 것이다(〈광장의 왕〉). 여기서 우리는 일정한 시사점, 즉 당대의 엄혹한 검열이나 극장 내부의 문제를 극복하지 못한 두 작품이 오히려 〈태양의 아이들〉보다 1905년 혁명을 훨씬 정면으로, 보다 본질적으로 천착하고 있다는 판단과 대면하게 된다.

---

11) А. Блок, Собрание сочинений в восьми томах, том четвёртый, Театр, Москва–Ленинград, 1961, с. 573~574. (이하 『블로크 전집』으로 표기)
12) 1922/1923 시즌과 1923/24 시즌에 '혁명극장'에서 상연된 공연목록을 보면, M. 마르티네의 〈밤 Ночь〉, Э. 톨러의 〈기계 파괴자들 Разрушители машин〉과 〈인간·대중 Человек-масса〉, П. 수호틴과 H. 쉐코토프의 〈돈 주안의 귀환 Возвращение Дон Жуана〉, A. 오스트로프스키의 〈벌이 좋은 자리 Доходное место〉, B. 볼켄쉬테인의 〈스파르타쿠스 Спартак〉, A. 파이코의 〈률리 호수 Озеро Люль〉, B. 카멘스키의 〈스텐카 라진 Стенька Разин〉 등이다. 이것에 관한 보다 자세한 내용은 Русский советский театр 1921~1926, Отв ред А Трабский, Ленинград, 1975, с. 231을 참조할 것.

3. 체호프 드라마 시학의 흔적

고작 네 편의 장막극으로 세계 연극사에 불멸의 이름을 등재한 체호프가 비단 사실주의 극작가들에게만 영향력을 행사한 것은 아니다. 주지하는 것처럼 그의 극작에는 20세기 중반의 '부조리극'에서 조우할 수 있는 특징이 존재하며, 상징을 풍부하게 활용함으로써 상징주의 드라마에도 일정한 자취를 남기고 있다. <별들에게>와 <광장의 왕>, 그리고 <태양의 아이들>에 남겨진 극작가 체호프의 드라마 시학을 살펴보고, 어째서 세 사람의 극작가가 체호프의 극작술에 의지하여 1905년 혁명을 그려내고자 했는지를 고찰하고자 한다.

3.1. <태양의 아이들>의 인물 형상화와 체호프 드라마 시학

소설가 체호프는 삼부작 산문인 <상자 속에 든 사나이>에서 자신의 견고한 성채에서 한 걸음도 나오지 않으려는 벨리꼬프와 <구즈베리>에서 기만적인 지주·귀족의 세계로 편입되어 아집과 편견의 울타리에 갇혀 사는 니콜라이 이바느이치를 형상화한 바 있다. 극작가 체호프 희곡의 몇몇 등장인물들도 자신의 세계에 유폐된 채 외부세계와 고립되어 살아간다.

<바냐 외삼촌>에서 교수직에서 은퇴한 세레브랴코프는 주위사람들과 자발적으로 거리를 둠으로써 고립과 단절을 초래한다. 그는 지난 25년 동안 익숙해 있던 문학의 상아탑을 러시아의 황량한 오지에 재건하려는 의도를 가진 인물처럼 보인다. 이미 황혼녘의 시간대를 살아가는 그에게 위로가 되는 인물은 노년을 공유하고 있는 유모 마리나와 장모 마리야 바실리예브나뿐이다. 생의 환희와 약동이 끝나버린 병들고 늙어버린 인간의 아집

과 질투가 빚어내는 고립무원의 상황이 세레브랴코프를 더욱 고독한 세계로 인도한다.

<세 자매>에서 안드레이의 형상은 더욱 비극적이며 희화적이다. 집안의 기대를 한 몸에 받았던 그는 아버지의 사후 몸이 불고, 누이동생들이 경멸하는 소시민 취향의 나타샤와 혼인한다. 모스크바 대학교수가 되고자 했던 그는 나타샤의 정부인 프로토포포프의 비서로 일하게 되며, 아내의 부정을 눈감아버린다. 자신의 내면을 귀머거리인 페라폰트나 이제는 술주정뱅이로 전락한 군의관 체부트이킨에게 토로하는 안드레이는 사랑하는 누이들과 절연된 채 고독한 내면의 성채에 스스로를 유폐시킨다. 그리하여 <현대 드라마의 이론>의 저자 페터 숀디에 따르면 <세 자매>에는 '난청의 주제'가 발생하는 것이다.

고리키의 <태양의 아이들>에서 관객은 이런 형상들을 어렵지 않게 목도할 수 있다. 우선 화학자 프로타소프는 주위의 모든 사람들을 친절하게 대하지만, 그의 관심은 과학에 집중되어 있다. 그는 이성의 프리즘을 통해서만 인간과 세상을 재단한다.

> 오로지 이성의 영역에서만 인간은 자유롭고, 오직 이성적일 때에만 그는 인간인 겁니다. 그래서 만일 그가 이성적이라면, 그는 순수하고 선량합니다! 선은 이성을 통하여 탄생되며, 의식이 없다면 선도 없습니다!
> —『고리키 전집』, 317쪽

그러기에 프로타소프는 친구이자 화가인 바긴이 자신의 아내 옐레나에게 사랑을 고백했을 때조차 거의 동요하지 않으며, 자신에게 헌신하고자 하는 멜라니야의 순수한 열망을 이해하지도 수용하지도 못한다. "프로타소프의 냉담은 모든 것에서 추적된다. 과학, 아내에 대한 태도, 멜라니야와 바긴에 대한 자세에서도 추적된다. 그의 부드러움과 선량함은 엄혹하고 파괴적인 현실과 맞닥뜨릴 준비가 되어 있지 않은 자신의 개인적인 정신세계를 덮고 있는 갑주다."[13] 그러기에 화학자가 아무리 들떠서 인류의 미래를 낙관한다 해도 그것은 오직 자기세계에 갇힌 자가 지니고 있는 관념의 세계 안에서만 가능한 것이다.

> 우리, 우리, 인간은 생명의 해맑은 원천인 태양의 아이들이야. 태양으로 탄생한 우리는 죽음의 어두운 공포를 이겨낼 거야! 우리는 태양의 아이들이야! 그것은 우리 핏속에서 불타고, 그것은 의혹의 망령을 비추면서 자신만만하고 불타오르는 생각을 잉태하는 거지.
>
> ─『고리키 전집』, 338쪽

바긴에게서 '카산드라'라는 별칭을 부여받은 리자는 세상의 잔인함을 끝장내고 선행을 하자고 호소하지만, 그녀 스스로는 수의사 체푸르노이가 2년 째 자신에게 바친 진정한 사랑을 거부해 버린다. 외부세계와 단절을 경험하고 있는 그녀는 자기 옆을 떠돌고 있는 실제로 살아 있는 인물이 내미는 손을 매정하게 뿌리침으로써 스스로 유폐의 길을 선택한다. 결국 그녀 역시 프로타소프처럼 냉담한 인간이다.

그런데 <태양의 아이들>에서 주목할 점은 인텔리겐차와 민중 사이에 어떻게 해도 건널 수 없는 심연이 가로놓여 있다는 사실에 있다. 미래에 대한 전망과 확신을 가진 원기왕성한 인간들의 아름다움을 화폭에 담고자 하는 옐레나의 열망을 둘러싸고 등장인물들은 그림 속에서 민중의 위치를 두고 대화한다.

---

13) 『러시아 드라마 연극』, 69쪽.

리자	이런 사람들은 (민중―필자) 언니 그림에서 어떤 자리를 차지하게 되는 거야, 레나?
옐레나	그들은 거기 없을 거야, 리자…
프로타소프	그들은 해조류나 조가비처럼 배 밑바닥에 달라붙을 거야…
바긴	그래서 배가 움직이는 걸 어렵게 할 겁니다…
리자	그들 운명은 파멸인가요, 옐레나? 아무런 도움도 받지 못하고 그 사람들은 혼자 파멸해야 하나요?
옐레나	그들은 이미 죽었어, 리자…
바긴	우리 또한 삶의 시커먼 카오스 속에 홀로 있는 거요…
프로타소프	이보게, 이 사람들은 유기체 속에서 죽어버린 세포들이야…
리자	여러분 모두 참 잔인해요! 당신들 말을 들을 수가 없군요… 얼마나 당신들은 눈멀고 잔인한가요…

－『고리키 전집』, 333쪽

<태양의 아이들>에서 인텔리겐차들은 죽어버린 민중, 인류의 진보에 해로운 존재로서의 민중, 나아가 유기체도 되지 못한 채 사멸한 세포로 수용되는 민중을 언급한다. 리자가 예외로 보일 테지만, 실제로 그녀는 민중 출신 유모에 대한 부정적인 태도를 조금도 숨기지 않으며,[14] 철물공 예고르에 대한 반감을 적나라하게 표출한다. 그러므로 고리키의 장막희곡에서 등장인물들은 각자의 세계에 갇혀 있으며, 특히 민중과 인텔리겐차 사이에는 화해할 수 없는 대립관계가 형성되어 있다. 결론적으로 극작가 고리키는 체호프의 인물 형상화를 사사받았지만, 그에게서 한 걸음 더 나아가 민중과 지식인 사이의 대립관계를 날카롭게 드러냄으로써 1905년 혁명에 대한 자신의 기본적인 입장을 드러냈다고 말할 수 있다.

---

14) 자신을 어린애 다루듯 대하는 유모에 대하여 리자는 체푸르노이에게 비방하듯 말한다. "유모는 30년 넘게 우리 집에서 살고 있어요. 무섭도록 둔하고 고집이 세죠… 이상해요… 내가 기억하는 그때부터 우리 집에는 언제나 음악소리가 울려 퍼졌고, 세계의 뛰어난 생각들이 반짝거렸어요… 그런데 유모는 그런 걸로 더 선량해지거나 현명해지지 않았거든요…"(『고리키 전집』, 336쪽) 리자는 유모를 아무것도 배우지 못하고, 어떤 진척도 없이 고정된 인간형으로 평가하고 있는 것이다.

3.2. <별들에게>에서 포착되는 체호프 드라마 시학

고전 그리스 비극의 시학에서 두드러지는 특징 가운데 하나는 '공포와 연민'을 자아내는 결정적인 장면을 객석에서 볼 수 없다는 점이다. 예컨대 아에스퀼로스(Aeschylus)의 <오레스테스 삼부작> 가운데 첫 번째 작품 <아가멤논 Agamemnon>에서 '트로이 전쟁'으로부터 10년 만에 귀환한 아가멤논이 클뤼타임네스트라(Klytaimnestra)와 아이기스토스(Aegisthus)에게 살해당하는 장면은 무대 전면에서 재현되지 않는다. 그리고 두 번째 작품인 <제주를 바치는 여인들>에서 누이 엘렉트라(Electra)와 공모한 오레스테스가 친구 필라데스(Pylades)와 힘을 합하여 어머니 클뤼타임네스트라를 살해하는 장면 역시 관객들은 볼 수가 없다. 이런 면모는 소포클레스(Sophocles)의 <오이디푸스 왕 King Oedipus>에서도 그대로 온존된다.

고전 그리스 비극의 이런 특징을 정면으로 반박하고 나선 극작가는 세익스피어였다. 영국 연극의 황금기라 불리는 '엘리자베스 왕조'를 대표하는 극작가는 잔인하기 짝이 없는 장면들을 관객들의 눈앞에서 생생하게 보여준다. 이를테면 이야고의 꾐에 빠진 오셀로가 질투에 눈 먼 나머지 데스데모나를 목 졸라 살해하는 장면이나, 아버지의 원수를 갚기 위하여 숙부를 찔러 죽이고 제 스스로도 죽음의 길로 나아가는 햄릿, 수치심으로 자살을 선택하는 거트루드가 독배를 마시는 장면이 무대의 전면에서 고스란히 재현된다. 셰익스피어는 아리스토텔레스가 <시학>에서 지적한 공포와 연민에 기초한 '카타르시스 catharsis'와는 다른 표상을 가지고 비극에 접근했던 것이다. 이것은 구경거리 혹은 오락으로써의 연극에 충실했던 극작가가 고전비극의 시학적 전통에 담대하게 문제를 제기한 것으로 판단된다.

그로부터 대략 300년 후, 드라마의 불모지나 다름없던 러시아의 극작가 체호프는 세익스피어가 제기한 새로운 전통에 대하여 반기를 들었다. 그는 애초부터 사건을 찾지 않는 극작가로 널리 알려져 있었지만, 그나마 현저하게 부족한 극적인 사건을 무대의 배면에서 발생하게 함으로써 '오락'이나 '구경거리'로써의 연극과 정반대의 길을 걷는다.[15] 몇 가지 예를 들어보자. <갈매기>에서 관객은 트레플료프의 죽음을 무대 위에서 확인하지 못하며, 더욱이 그의 어머니 아르카지나는 도른의 거짓된 정보를 들음으로써 아들의 자살소식을 알지 못한 채 무대는 막을 내린다. <세 자매>에서 투젠바흐와 솔료느이의 결투장면과 남작의 죽음 역시 객석에서는 그저 소리와 전달자의 정보제공에만 의지해야 한다. <벗나무 동산>에서 핵심적인 사건이라 할 수 있는 벗나무 동산의 경매장면은 무대 뒤 어느 곳에선가 진행되며, 객석은 무대에서 전개되는 무도회에 정신을 쏟게 되는 것이다. 결국 극작가 체호프는 우리의 삶에 애당초 결석해 있는 '연극성'이나 '극적인 사건'을 굳이 무대의 전면이 아니라, 배면에 위치시킴으로써 드라마의 일상성과 핍진함을 고양하였던 셈이다.

여기서 우리의 관심을 끄는 대목은 관객의 면전에서 비록 혁명운동이 전개되지 않는다 해도, 그리고 거기에 참가한 인물들의 구체적인 면면들이 객석에 직접적인 양상으로 전달되지 않는다 해도 <별들에게>는 강력한 연극성과 긴장성을 상실하지 않는다는 점이다. 오히려 혁명운동의 발원지

---

15) 그런데 그로부터 불과 30년 뒤 소련의 혁명적인 극작가 블라디미르 마야코프스키는 소시민적인 체호프의 드라마투르기와 거기서 연원하는 이른바 무대적 환상과 '제4의 벽' 개념에 반대하면서 '구경거리'로서의 연극개념을 다시 주장한다. "극장을 정치적인 슬로건들을 반영하는 투기장으로 생각하는 나는 혁명적인 문제의 해결을 위한 완성을 찾아보려고 애쓰고 있습니다. 극장, 그것은 투기장이며, 둘째로 그것은 구경거리를 제공하는 기업, 즉 어떤 경우에도 유쾌한 사회평론적인 투기장이라는 점을 나는 무엇보다도 밝히고자 합니다." В. Маяковский, Полное собрание сочинений, Москва, 1955~1959, том 12, с. 439.

와 멀리 떨어진 천문대에서 무대의 사건이 진척됨으로써 '저기 там'와 '여기 здесь' 사이의 대비효과가 발생한다. 그리하여 관객은 가시적인 무대 위의 사건들뿐만 아니라, 그것들과 병렬적으로 전개되는 비가시적인 사건을 각자의 상상력으로 재구성하면서 연극에 적극적으로 참여하게 되는 것이다.

혁명운동에서 중요한 역할을 수행하는 니콜라이의 모습을 관객은 단 한 번도 보지 못한다. 그는 단지 등장인물들의 대사를 통하여 객석에 전달될 뿐이다. 이것 또한 극작가 체호프의 드라마 시학의 특징들 가운데 하나에서 발원한다. <갈매기>에서 아르카지나의 남편이자 콘스탄틴의 아버지이며 이미 고인이 된 인물인 트레플료프, <바냐 외삼촌>에서 바냐의 누이동생이자 세레브랴코프의 전처이며 소냐의 친모인 베라 페트로브나, <세 자매>에서 나타샤의 정부인 프로토포포프, 베르쉬닌의 아내, 세 자매와 안드레이의 부모, <벚나무 동산>에서 류보피 안드레예브나의 죽은 아들과 남편 및 파리에 거주하는 그녀의 정부 등을 본보기로 제시할 수 있다. 이런 눈에 보이지 않는 인물들은 '지금'과 '여기'에 존재하는 등장인물들의 사유와 행위에 부단히 개입하면서 마치 살아 있는 등장인물처럼 영향력을 행사한다. <별들에게>에서 혁명운동에 참가하고 있는 니콜라이는 이와 동일한 방식으로 거의 모든 등장인물들의 언어와 사유 및 행위에 지속적으로 영향을 미치며, 그 결과 극적인 사건의 진척과 종결에 결정적으로 작용하는 것이다.

3.3. <광장의 왕>에서 만나는 체호프 드라마 시학

불안과 동요의 분위기로 가득 차 있는 희곡 <광장의 왕>에서 등장인물들은 구원을 가져다줄 배를 기다리고 있다. 지금 그들을 다스리고 있는 왕은 조드치가 창조한, 대리석으로 깎아 만든 고대의 아름다운 고수머리를 가지고 있다. 그러나 왕의 손은 너무나도 노쇠하여 더 이상 세계를 지배할 수 없을 것처럼 보이며, 군중은 구원과 희망을 약속하는 배를 열렬히 희구한다. 그들은 배가 정박할 부두와 배를 환영할 불꽃놀이를 위한 탑을 건설한다. 그 결과 아침부터 멀리서 도끼질 소리가 들려온다. 도끼질 소리는 최후의 파국이 발생하기 직전까지 줄기차게 들려온다. 희망과 구원을 향한 끝 모를 열망이 얼마나 강고하게 군중의 내면에 울려 퍼지고 있는지를 명시적으로 제시하는 장면이다.

지금 이 도시는 고대의 고상한 이성과 아름다움의 지배로부터 현세적인 소문과 선동 및 상식의 지배로 전이되려는 변곡점에 위치하고 있다. 조드치와 광장의 왕, 그리고 조드치의 딸이 전자를 대표하며, 광대와 소문들은 후자를 대표한다. 조드치의 딸을 사랑하며, 조드치에게서 삶의 지침을 얻는 시인은 양자 사이에서 부단히 동요한다. 시인의 동요는 그 자신의 내적인 결함으로부터 기인하지만, 그것은 시대적인 양상으로도 설명된다.[16] <광장의 왕> 제1막에서 진행되는 대화를 보자.

---

16) 이 점에 대해서는 B. 부그로프의 견해를 참조할 수 있다. "삶이 가까운 미래에 혁신되리라는 기대가 불확실한 미래로 연기되고, 공통의 파토스가 고통스러운 고독으로 대체된 1905~1906년의 사회·역사적인 현실의 조건에서"(B. Вугров, Русская драматургия конца XIX – начаца XX века, Москва, 1979, с. 39.) 시인은 어떤 확고한 신념과 희망을 견지하지 못하고 부단히 동요하는 인물로 그려져 있기 때문이다.

첫 번째 사람 　웃지들 말라고. 나는 상식도, 의지도, 노동도, 거친 남성의 힘도 두
려워하지 않아. 정신 나간 환상, 어리석음, 언젠가 고상한 열망이
라 불린 그것이 나는 두려워.
두 번째 사람 　자네는 종교와 시를 두려워하나? 세상은 오래 전에 그것들을 딛고
넘어갔지. 세상은 예언자와 시인들을 잊어버렸어.
　　　　　　　　　　　　　　　　　　　　　　　　　　　－『블로크 전집』, 5쪽

　실제로 제3막에서 조드치의 딸은 인간이 망각한 아름다움과 무구한 청
춘으로 왕의 부활, 즉 고전적 이상의 갱생을 시도하지만, 군중의 불신으로
야기된 정신적인 공황은 그녀의 시도를 무화한다. 결국 두 번째 사람의 입
장, 즉 종교와 시를 경배하지 않고 조드치와 같은 예언자와 인간영혼의 대
변자인 시인을 망각한 조야한 현실의 지배가 가시화되어 있다. 그리하여
'지금'과 '여기'에 함몰된 인간들은 당대적인 구원과 희망을 약속하는 배가
도착하기를 바라면서 지치지 않고 도끼질을 해대고 있는 것이다.

　체호프의 <벗나무 동산>에서 우리는 열등한 상혼을 대표하는 로파힌의
조급한 열망과 대면하였다. 백과사전에도 등재된 아름다운 벗나무 동산의
기억과 어린 시절의 추억에 사로잡혀 있는 류보피 안드레예브나와 가예프
는 실제현실에 대하여 아무것도 알지 못한다. 그들은 1861년의 '농노해방'
을 아직도 불행으로 생각하는 늙은 하인 피르스처럼 19세기를 살아가고 있
다. 새로운 세기의 상업자본가 형상을 보여주는 로파힌은 '시간은 금이다'
라는 격언을 구체적으로 실현하는 인물이다. 그에게 지난날은 되부를 수도
없고, 그럴 필요도 없이 영원히 사라져버린 사멸한 시공간에 다름 아니다.
그러므로 그를 움직이는 동인은 어디까지나 '지금'과 '여기'이며, 따라서
그는 벗나무 동산의 예전 주인들이 영지를 떠나기도 전에 일꾼들을 시켜
거대하고도 아름다운 벗나무들을 벌목하게 하는 것이다. 과거의 기억과 추

억에 함몰된 몽상가들을 강력하게 두들겨대는 도끼질 소리는 그들을 이런 공간으로부터 확실하게 축출한다. 다른 한편으로 도끼질 소리는 다차를 건설하여 일확천금을 꿈꾸는 로파힌의 현세적 욕망을 부추기면서 새로운 희망의 건설을 상징한다.

시인의 불안과 동요를 망상으로 규정하면서 날카롭게 추궁하는 조드치의 말에서 시인은 도끼가 자신을 두드리고 있다고 고백한다. 멀리서 들려오는 도끼질 소리를 들으며 조드치는 시인에게 왕이 다스리는 도시의 항구성을 말한다.

> 불안은 헛된 것임을 알라. 불가능한 것은 생각지 말라. 바다가 해변을 둘러싸고, 왕이 도시를 다스리는 동안에는 배회하는 네 생각 말고는 아무것도 변하지 않을 터이니.
> ―『블로크 전집』, 8쪽

그러나 시인은 조드치의 충고를 받아들이지 않고 현실에 굴복한다. 조드치의 낡은 도끼가 구체적인 현실의 새로운 도끼에게 패배하는 것이다. 그리하여 시인은 고전적 이상과 미의 세계로부터 현세적인 구원과 희망의 영역으로 이동한다. 다차 건설을 위한 도끼질 소리에 화들짝 놀라 떠나가는 길을 재촉하는 체호프의 군상들처럼 시인은 구원의 배를 맞이하기 위한 도끼질 소리에 시나브로 무릎을 꿇는 것이다. 이 장면은 아름다움과 이상을 뒤로 하고 '지금'과 '여기'에 시인이 함몰되는 지점이다.

우리는 시대의 조류에 민감하게 반응하면서 세속적인 성공을 거듭하는 로파힌에게 전적으로 동의할 수 없다. 길고 아름다운 손가락을 가지고 있지만, 영혼의 진공상태를 경험하는 그에게 선뜻 동조하기는 어려운 노릇이기 때문이다. 시인은 '군중을 위한 폭동의 노래가 아니라, 사랑을 노래하는 고독한 자가 되라'는 조드치의 명령을 거부한다. 그리하여 그는 군중과 합세하여 '성대한 만남을 준비하고, 영원한 행복을 약속하리라는 희망'의 상징인 배의 도래와 해방을 선언한다. 그러나 영원한 행복은 부재하며, 기다림에 지친 군중은 폭동을 일으키고, 시인은 조드치의 딸과 함께 사멸한다. 진선미의 현신인 광장의 왕과 조드치의 딸에 대한 믿음을 상실한 시인의 영혼이 정박할 마지막 지점은 그곳이었다.

　<벗나무 동산>의 피날레 장면은 소리가 지배하는 세계다. 병든 피르스가 벤치 위에 꼼짝도 않고 누워 정물화 되고, 무대는 텅 빈다. 그때 어디선가 소리가 들려온다. 소란스럽게 무대를 가득 채웠던 인간들의 욕망과 언어와 춤사위와 한숨과 경탄이 모두 떠난 자리를 채우는 것은 소리와 공허뿐이다. 사물과 소리가 인간세상을 대신한다.[17]

　폐허의 잔해 위에 모습을 드러낸 조드치는 불변하는 내일의 세계를 말한다. 어떤 인간적인 욕망과 폭동도 결코 세계와 우주를 동요시킬 수는 없으며, 모든 것은 결국 본래의 자리로 회귀한다고 그는 말하는 것이다. 무대는 어두워지며, 사람들의 모습도 불도 자취를 감춘다.[18] 결국 어둠과 소리만이 지배하는 세계로 <광장의 왕>은 종언을 고하는 것이다.

───────────

17) <벗나무 동산>의 마지막 장면의 무대지시는 다음과 같다. '마치 하늘에서 나는 것 같은, 끊어진 현의 가물거리며 구슬픈 소리가 멀리서 들려온다. 정적이 다가온다. 멀리 동산에서 도끼로 나무를 두드리는 소리만 들린다.'
　А. Чехов, Собрание сочинений в двенадцати томах, том девятый, Пьесы 1880~1904, Москва, 1961, с. 662.
18) <광장의 왕> 마지막 장면의 무대지시는 이렇다. '그(조드치-필자)는 천천히 궁전의 잔해로부터 내려와 어둠 속으로 모습을 감춘다. 파괴의 장면 너머로 단 하나의 불도 남아 있지 않다. 창백한 어둠이 갑을 지배한다. 군중의 투덜거리는 소리가 커지고, 바다의 파도소리와 합류한다.' 『블로크 전집』, 60쪽.

3.4. 왜 그들은 체호프 드라마 시학에 의지했는가

극작가 체호프가 드라마에서 일부러 극적인 사건을 찾지 않았다는 것은 널리 알려진 사실이다. 이를테면 소련의 연극 연구자인 스카프트이모프는 이렇게 썼다. "체호프는 사건을 찾지 않는다. 반대로 그는 삶에서 가장 일상적인 것을 재창조하는 데 집중하고 있다. 삶의 일상적인 흐름 속에서, 본질적으로 아무것도 일어나지 않는 때에 체호프는 삶의 완성된 드라마를 보았다."[19] 그런데 "가장 방대한 경제적 토대로부터 최고도의 이데올로기 형식에 이르기까지 인간생활의 모든 외화(外化) 형식을 근본적으로 변혁하는 것을 뜻하는 혁명"[20]을 다루었던 세 사람의 극작가가 어째서 체호프의 드라마 시학에 의지했는가의 문제가 제기된다.

지식인과 소시민을 작품의 전면에 내세우고 그들의 일상을 담담하게 그려낸 체호프를 고려할 때, 혁명적 상황에서 야기되는 인간관계와 사회변혁과 연계되어 있는 희곡의 극작가들이 체호프의 극작술에 의지했다는 것은 언뜻 보면 아이러니가 아닐 수 없다. '내용과 형식은 등가물'이라는 공식이 폭넓게 수용되고 있지만, 더러는 내용이 형식을, 혹은 형식이 내용을 규정할 수도 있다는 것 역시 수용 가능하다. 그런 점에서 본다면 소시민적인 체호프의 극작술을 통하여 세 사람의 극작가가 도달하고 있는 지점이 어디인지를 가늠하는 일은 그렇게 어려운 일이 아닌 것 같다. 1905년 러시아 혁명을 부르주아 민주주의 혁명으로 규정하는 견해가 폭넓게 수용되고 있다. 따라서 부르주아 인텔리겐차 출신인 블로크나 안드레예프가 체호프의

---

19) З. Паперный, Вопреки всем правилам… Пьесы и водевили Чехова, Москва, 1982, с. 109.
20) 게오르크 루카치 지음, 조정환 옮김, 『변혁기 러시아의 리얼리즘 문학』, 동녘, 1986, 98쪽.

302

극작술에 의지한 것은 자연스러운 일로 보인다. 그리고 이 시기에 고리키가 '즈나니예' 출판사에서 중추적인 역할을 담당하면서 러시아의 사회·정치적인 진보에 진력했다 하더라도, 느닷없이 불거져 나온 혁명적 상황을 전혀 새로운 혁신적인 극작술로 수용할 수 없었던 것은 피할 수 없는 결과로 생각된다.[21]

혁명이 야기한 무고한 인명의 대량살상과 긍정적인 결과의 완전한 부재는 이들 극작가들을 출구 없는 상황으로 몰고 간다. 그들은 암울한 현재에서 어떤 탈출구도 찾지 못하며, 끝없는 고통과 번민으로 괴로워한다. 그들은 1905년 혁명이 그 어떤 새로운 구체적인 방향이나 전망도 제시하지 못하고 사멸해가는 것을 묵묵히 지켜볼 따름이었다. 그러므로 그들은 혁명의 새로운 내용을 담을 새로운 형식의 창조 가능성을 대면할 수 없었던 것이다. 극작가들은 1905년 제1차 러시아 혁명의 궤멸적인 실패와 인텔리겐차의 절망과 좌절의 면면을 체호프에 기대어 드러내고자 했던 것이다. 실패한 혁명을 반추하면서 그들은 매우 친숙하면서도 반성적인 기제로써의 체호프 형식에 의지하여 혁명에 대한 각자의 시선을 드러낸 것

---

21) 고리키는 러시아 문학에서 체호프가 담지하게 될 새로운 역할을 간파하였다고 A. 하우저는 쓴다. "고리키는 체호프가 러시아 문학에서 맡게 될 결정적인 영향을 처음부터 간파했다. 체호프와 더불어 한 시대가 완전히 끝났고, 체호프의 스타일은 새로운 세대가 이제 도저히 단념할 수 없는 매력을 가지고 있음을 고리키는 알아차렸던 것이다."
하우저 지음, 백낙청·염무웅 공역, 『문학과 예술의 사회사』, 창작과 비평사, 1976, 209쪽.
이런 관점에서 생각해본다면, 체호프의 드라마투르기는 어떤 새로움과 매력을 지니고 있었고, 바로 그것에 후배 극작가들이 깊이 매료되었다고 생각할 수 있을 것이다. 기실 하우저는 체호프의 드라마를 인상주의로 규정하면서 드가(Degas)의 회화와 비교한다. 달리 말하자면 체호프의 극작술에는 기존의 사실주의와는 현저하게 다른 점들이 포착된다고 할 수 있다. 수많은 상징과 소리 및 사이의 활용, 등장인물들 간의 대화 불가능성, 매우 더디게 진척되거나 혹은 진척되지 않고 멈춰 있는 무대 위의 사건들 등등. 이런 극작술 가운데서 몇몇 특징을 고리키나 블로크, 안드레예프는 희곡에 적극적으로 도입하였던 것이다.

으로 생각된다. 혁명에 대한 극작가들의 관점과 입장은 5장에서 다시 한 번 다룰 것이다.

4. 공간의 의미

4.1. <태양의 아이들>에 나타난 공간

<태양의 아이들>에서 공간은 오랜 지주귀족의 저택 안팎으로 설정되어 있다. 무대지시는 제1막과 3막의 공간, 제2막과 4막의 공간이 동일하다고 밝힌다. 제1막과 3막은 프로타소프의 저택 내부의 어떤 방을 보여주는데, 거기에는 '책장들, 육중하고 고풍스러운 가구, 식탁 위에는 값비싼 서적들이 있으며, 벽에는 자연과학자들의 초상화들이 걸려 있다.' 제2막의 무대지시는 다음과 같다.

> 오른쪽에 난간이 딸린 넓은 테라스와 벽. 몇 개의 기둥이 난간에서 드리워져 있다. 테라스에는 두 개의 식탁. 하나는 크고 일반 식탁이다. 모퉁이에 있는 다른 식탁은 작고, 그 위에 로토용 주사위가 던져져 있다. 테라스 뒷면은 범포(帆布)로 완전히 덮여 있다. 마당의 깊은 곳 담장까지 길게 낡은 초록색 격자가 서 있고, 그 뒤에 정원이 있다.
> ─『고리키 전집』, 324쪽

그러므로 <태양의 아이들>의 공간적 설정은, 특히 제4막에서 발생하는 혁명적인 상황과 격리된 공간에 거주하는 주인공들의 정황을 적절하게 보여준다고 생각된다.

<태양의 아이들>에서 주인공들은 인간의 세속적인 욕망과 분노와 좌절

이 한시도 쉬지 않고 꿈틀거리는 세상으로부터 차폐되어 있다. 고리키의 희곡에 그려져 있는 자발적이고 능동적인 차폐의 공간에서 우리는 라리오시크의 결코 잊히지 않는 대사, "담황색 커튼이 드리워져 있는 항구 гавань с кремовыми шторами"22)를 떠올리지 않을 수 없다. 사회주의와 자본주의, 혁명의 붉은 군대와 백위군, 미래와 과거, 흉포한 민족주의와 고상한 인도주의, 약탈과 살육을 동반하는 형제살해의 피비린내 진동하는 피안의 세계와는 전혀 이질적인 차안의 공간으로 표상되는 '항구'에 난파한 '배'를 타고 도달했던 라리오시크는 혁명의 소용돌이로부터 한 걸음 비켜나 있는 지주귀족의 저택에 거주하는 고리키의 '프로타소프들'과 전혀 동일하다.

담장과 대문으로 '소요와 불안과 약탈과 방화, 그리고 폭동'이 일어나는 '거리들'과 거리를 두고 있는 프로타소프의 집은 인텔리겐차들의 보루로서, 그림과 자연과학의 상아탑이다. 예고르가 프로타소프를 공격하는 지점은 담장 근처이되, 봉기한 민중과 예고르는 끝내 이 집을 범접하지 못한다. 그러므로 <태양의 아이들>은 여기와 저기, 차안과 피안, 안온한 항구와 노호하는 바다의 대립적인 공간을 기본적인 뼈대로 삼아 이루어져 있다.

더욱이 프로타소프의 저택 한 모퉁이에 거주하는 철물공 예고르 내외의 공간은 인텔리겐차들의 공간과 차별되어 있다. 스스로 '사람이 아니다'라고(349쪽) 말하는 예고르의 집에는 콜레라가 발생하지만, 그것은 결코 프로타소프의 거주지까지 활동영역을 확대하지 못한다. 이 장면에서 다시 콜레라가 도는 민중의 거주지인 '저기'와 그것으로부터 완전히 자유로운 인텔리겐차의 공간인 '여기'가 대립적인 공간으로 모습을 드러낸다.

---

22) Михаил Булгаков, Пьесы, Сос. Л. Белозерская – Булгакова, И. Ковалева, Москва, 1991, с. 75.

4.2. <별들에게>에서 그려져 있는 공간

안드레예프의 희곡 <별들에게>의 공간적 배경은 시종일관 산악지대에 위치한 천문대의 안팎으로 설정되어 있다. 거의 모든 드라마에서 그러하듯 극작가는 매우 상세하게 장면을 묘사하고 있다. 제1막 무대지시의 특징은 엄격하고도 소박한 분위기가 주조를 이루고 있다는 사실이다. '첫 번째 방은 식당 비슷한 큰 방으로 하얗고 두꺼운 벽을 가지고 있다. 몇 점의 판화가 있다. 천문학자들의 초상화와 예수를 가리키는 별에 인도되는 점성술사들. 도서관과 테르노프스키의 서재로 올라가는 계단.'(45쪽) 이런 공간에서 등장인물들은 산악지대의 눈보라가 울부짖는 한겨울 밤중에 '여기'와 거리를 두고 있는 '저기'를 생각하며 대화를 이어나간다. 특히 혁명운동에 가담하고 있는 맏아들 니콜라이와 약혼자 마루샤, 그리고 딸 안나 내외의 안부를 걱정하는 이리나 알렉산드로브나는 '저기'에 대한 상념 때문에 지속적으로 마음을 졸이고 있다.

인나 알렉산드로브나   뭐, 그냥… 화내지 말아요. 저기에는 무슨 일이 일어나고 있을까, 생각하면 영혼이 피범벅 되어서 말이에요! 맙소사!

쥐토프   싸우고 있어요.

인나 알렉산드로브나   싸운다고요! 당신은 참 편하게 이야기하는군요. 당신에게는 저기에 가족이 없잖아요. 하지만 나한테는 아이들이 있어요! 그런데도 숲에서 그런 것처럼 아무것도 모르잖아요. 숲에서 무슨 일이 일어나는지! 그래도 숲에는 새도 날아다니고, 토끼가 내달리고 있는데, 여기서는…

룬쓰   (움직이면서) 아마도 저기에는 이미 완전한 승리가 있을지 모릅니다. 아마도 저기에는 이미 새로운 세계가 낡은 것의 폐허 위에 있을지도 몰라요.

—『안드레예프』, 46쪽

<별들에게>에서 자주 반복되는 '저기'의 모티프는 객석에서는 보이지 않는 곳에서 발생한 거대한 사회·정치적인 변혁운동의 진행과 그것에 끝없이 관심을 보이는 무대의 등장인물들 사이의 연관을 강조한다. 인나뿐 아니라, 이제 겨우 열여덟 살이 된 페차 역시 '저기'에 지대한 관심을 보인다. "저기서는 그토록 위대한 투쟁이 벌어지고 있는데, 저는⋯"(52쪽) 또한 혁명이나 사회변혁과 같은 지상의 일들에 대하여 전혀 무관심해 보이는 천문학자 테르노프스키까지도 '여기'와 대립적인 개념의 '저기'를 말한다. "정말로 저쪽에서는 여전히 죽이고 있는 것일까? 정말로 저기에는 여전히 감옥이 있는 것일까?"(58쪽). 그가 바라보고 생각하는 여기의 개념은 저기와는 확연히 차이가 있다. "여기에는 고통이나 질병이 있을 수 없다는 확신이 있단다. 여기에는 별들이 있잖아."(88쪽). 죽음과 고통 및 투쟁의 '저기'와 별들이 지배하는 평화와 안락의 세계인 '여기' 사이의 심연은 참으로 깊다는 인상이 생겨난다. 결국 <태양의 아이들>과 마찬가지로 <별들에게> 역시 천문대와 혁명운동이 발발한 도시, 여기와 저기, 차안과 피안의 대립적인 공간으로 나뉘어 있다.

　　<별들에게>에서 니콜라이는 관객에게 한 번도 모습을 드러내지 않는다. 그러므로 그가 참여하고 있는 혁명운동의 실상과 진행과정 및 그 후의 이야기들은 다른 등장인물들, 예컨대 그의 약혼자 마루샤나 누이동생 안나 내외 혹은 다가올 새로운 혁명세력의 주체인 노동자 트레이치 등의 언어를 통해서 객석에 전달된다. 더욱이 이곳은 혁명운동이 발발한 도시의 공간과는 너무도 멀리 떨어져있는 천문대가 위치한 산악지방이며, 따라서 지상의 존재나 이야기들보다 천상의 주인인 별들과 천체, 혹은 그들의 대화가 더 잘 들리는 곳이기도 하다. 그럼에도 안드레예프는 소용돌이치는 혁명운동의 양상 전체와 참여자들의 면모를 약여하게 그려냄으로써 드라마의 긴장

과 이완을 적절하게 배치한다.

테르노프스키는 언제나 별이 빛나는 천상의 공간을 응시하고 있지만, 그의 흉중에 위치하는 니콜라이의 운명 전반에 대한 고통스러운 심려는 지상과의 안타까운 제휴를 전제로 하고 있음을 결코 부정할 수 없다. 그러므로 너무도 멀리, 너무도 완전하게 격리된 공간 속에서 등장인물 모두가 고뇌하고 있는 사회적 존재와 개인적 의식 사이의 괴리에서 당대 인텔리겐차들의 혁명에 대한 사유의 일단을 엿보는 일이 가능해지는 것이다.

4.3. <광장의 왕>에서 만나는 통합의 공간

<태양의 아이들>과 <별들에게>가 대립적인 공간에 의지하고 있다면, <광장의 왕>에서 공간은 단일한 질료로 이루어진 통합의 공간, 즉 '광장'에 기초한다.

> 도시의 광장. 뒷부분을 높고 넓은 테라스가 딸린 궁전의 하얀 정면이 차지하고 있다. 육중한 옥좌 위에 거대한 '왕'이 자리하고 있다.
> —『블로크 전집』, 23쪽

모든 이에게 열려 있는 공간인 광장에서 드라마의 사건들은 전개된다. 구원을 태우고 올 '배'를 기다리는 사람들이 해변에서 올려다보는 곳도, 그 '배'를 맞이하기 위하여 부두를 건설하는 도끼질 소리가 들려오는 곳도, 젊은이와 처녀가 헛된 사랑을 이야기하는 공간도, 구원을 열망하는 노동자들의 대화가 진행되는 자리도, 노란 먼지구름이 일고, 자욱한 먼지 속에서 작고 빨간 '소문들'(Слухи)이 뛰어다니는 곳도, 조드치와의 대화로 지쳐버린 시인을 위로하는 조드치의 딸이 모습을 드러내는 곳도 바로 이 광장이다.

왕의 건재함과 새로운 질서와 구원의 배를 둘러싸고 동요하는 군중들의 목소리들이 춤을 추는 곳도, 상식의 이름으로 군중을 선동하는 '광대'의 소란스런 단문들과 장려한 의상이 눈부시게 빛을 발하는 곳도, '배'를 맞이하러 몰려나가는 군중의 왁자함이 느닷없는 공허함과 대면하는 공간도, 마지막 구원 가능성을 두고 조드치와 대결함으로써 파멸로 치달아 가는 시인의 어리석음과 주저가 음울한 그림자를 던지는 곳도 광장이다. 조드치의 딸이 마지막으로 시인을 끌어안고 작별을 고하며 들어서는 곳도, 검은 옷의 인간이 피와 파멸의 보복을 선동하는 공간도, 조드치의 딸이 왕의 부활을 위하여 스스로를 희생하는 최후의 공간도, 왕과 시인과 조드치의 딸이 소멸되는 종국의 공간도 바로 여기, 광장이다.

그리하여 블로크의 '광장'은 고대의 질서와 아름다움과 인간의 덕성이 완전히 소멸되는 '무'의 공간이다. 모든 것이 파괴되고, 희망이 깎아지른 단애에 부딪쳐 하늘로 솟구치지도, 지상으로 도달하지도 못한 채 허공중에 사라져버리는 공간으로서의 광장이다. <광장의 왕>에서 최후의 광장은 열려 있으되, 그것은 모든 것이 사멸해버린 죽음의 공간으로 드러난다. 혁명의 뒤안길을 찬찬히 밟아나간 시인의 눈길은 1905년 러시아 혁명이 남기고 간 살육과 파괴의 자취를 그렇게 포착하고 있었다.

5. 혁명을 바라보는 극작가들의 비극적인 시선

5.1. <태양의 아이들>에서 표출된 민중과 인텔리겐차의 대립과 비극성

한편에서는 콜레라가 창궐하고 혁명운동이 발발하지만, 다른 한편에서는 과학의 위대한 성취와 아름다움에 대한 열광이 자리한다. 수위와 유모, 하녀, 술 취한 노동자들의 형상이 무대 한쪽 회랑을 지나가며, 다른 한쪽의 회랑에는 화학자와 화가, 수의사 등의 인텔리겐차 무리가 모습을 드러낸다. 그런데 이들은 작품의 첫머리부터 갈등양상을 보인다. 희곡에서 인텔리겐차를 대표하는 프로타소프와 민중을 대표하는 예고르 사이의 대립을 보자. 예고르가 아내를 구타하는 문제에 대하여 프로타소프가 이의를 제기한다.

> 프로타소프 아시겠어요? 어째서 그렇게 싸우는 겁니까? 그건 짐승들 짓이에요, 예
> 고르… 그만두세요… 당신은 인간입니다. 이성적인 존재란 말입니다.
> 당신은 이 땅에서 가장 빛나고 가장 아름다운 현상이에요…
> 예고르 (미소 지으며) 내가요?
> 프로타소프 네, 그렇습니다!
> 예고르 나리! 하지만 먼저 물어봐야죠. 왜 그 여잘 때리는지?
> 프로타소프 하지만, 알아두세요. 때리면 안 됩니다! 인간이 인간을 때려서도, 때릴
> 수도 없는 겁니다… 너무나 명백해요, 예고르!
> 예고르 (냉소하면서) 사람들은 날 때렸소… 그것도 엄청나게… 아내로 말할 것
> 같으면, 그 여자는 사람이 아니라, 악마요…
> 프로타소프 그게 무슨 말입니까! 악마라니요?
> 예고르 (단호하게) 안녕히 계시오! 앞으로도 때릴 거요… 바람 앞에 풀이 그런
> 것처럼 그 여자가 눈앞에서 사라지기 전까지 때릴 겁니다!
> ─『고리키 전집』, 301~302쪽

아내를 악마로 규정하고 시시때때로 구타하는 예고르는 아내를 자신의 소유물 정도로 생각한다. 하지만 다른 한편으로 그는 아내를 사랑한다고 힘주어 말한다. 그런데 고상한 이상과 아름다움, 놀라운 과학적 발전을 열망하는, 하녀 루샤의 말에 따르면, "나리 같지 않을 만큼 상냥한" 프로타소프는 예고르를 전혀 이해하지 못한다. 그의 선량함은 민중 예고르의 삶에 대한 완벽한 무지에서 출발한 추상적이고 비현실적인 것이다. 민중에 대한

이런 표상을 여타의 인텔리겐차들도 공유함으로써 <태양의 아이들>은 인텔리겐차와 민중 사이의 첨예한 갈등과 대립의 양상을 드러낸다.

그런데 1905년 7월 14일자 <오데싸 소식 Одесские новости>은 고리키의 희곡에 등장하는 인텔리겐차들을 '태양의 아이들'로, 인민대중을 '대지의 아이들'로 해석하여 평가한다. "태양의 아이들은 좋은 의미에서 이성과 영혼이 뛰어난 사람들이다… 그들은 과학자, 시인, 예술가 및 모든 고양된 것의 인간들이다… 그들의 모든 활동이 아무리 고상하다해도 대중에게는 이해되지 않은 채 남아 있다. 태양의 아이들과 대지의 아이들 사이에는 소원함이 존재한다… 태양의 아이들은 이상의 영원한 빛에 눈이 먼 것처럼, 생각에 삼켜진 것처럼 저 아래쪽에 거주하는 자들의 곤궁의 본질을 포착할 수가 없다."[23] <태양의 아이들>에서 민중과 인텔리겐차는 서로를 온전하게 이해하지 못하고, 그리하여 그들은 상호대립과 갈등의 골만 깊어지는 상황에 처해 있는 것이다.

이런 관점에서 생각한다면 <태양의 아이들>에서는 문자 그대로의 의미를 가진 '태양의 아이들'은 존재하지 않는다. "희곡에 태양의 아이들은 없으며, 작가는 모든 등장인물들을 반박한다. 희곡의 주요한 테마와 사유는 인텔리겐차와 민중 사이의 비극적인 단절에는 양자 공히 책임이 있다는 사실이다."[24]

<태양의 아이들>에서 체푸르노이의 죽음은 일화의 형식을 취하지만, 그 토대에는 자신의 비극적인 종말도 예측하지 못하는 현대의 '카산드라', 즉 미완의 예언자 형상으로 그려진 리자가 자리한다. 프로타소프, 옐레나, 그

---

23) 『고리키 전집』, 653쪽.
24) 『러시아 드라마 연극』, 70쪽.

리고 리자는 동시대의 세상과 습속과 절연된 자발적인 유폐의 공간에 고독하게 거주한다. 그런 견고한 성채의 일각을 강고하게 고수하는 리자의 냉담함이 종당에 불러오는 체푸르노이의 자발적인 죽음은 예고르와 프로타소프의 화해할 수 없는 대립관계의 근경(近景)을 이루면서 희곡의 비극적인 음조를 한층 강화한다. 특히 <태양의 아이들>에서 우리는 러시아 민중에 대한 극작가 고리키의 회의적인 평가와 조우한다. 학대받고 억압받은 무지몽매하며 폭력적인 민중의 아들 예고르의 비극적인 형상에서 고리키는 러시아의 구원자를 바라보고 있지 않기 때문이다. (이런 점에서 생각한다면 1904년부터 1906년까지 이루어진 고리키의 풍요로운 드라마 창작, 예컨대 <별장 사람들 Дачники>(1904), <태양의 아이들>, <야만인들 Барбары>(1905), <적들 Враги>(1906)과 장편소설 <어머니>(1906) 사이의 그토록 현저한 이념적인 간극은 매우 흥미롭다.)

5.2. <별들에게>에서 포착되는 비희극성

<별들에게>는 지상과 천상, 혹은 지상적인 것과 천상적인 것, '지금'과 '여기'에 대응하는 '영원성' 등의 대립적인 개념의 충돌로 이해할 수 있다. 이런 충돌은 세대의 갈등 양상으로 드러나 있기도 하다. 전자는 혁명운동에 깊이 가담하고 있는 아들 세대가, 후자는 그것과 무관하게 하늘의 별을 들여다보고 있는 아버지 세대가 대표한다. 특히 안나와 베르호프쩨프 내외와 테르노프스키 사이의 대화는 긴장과 충돌로 두드러진다.

세르게이 니콜라예비치   여기 서명을 보시오. (천문대의 박공을 가리키면서) 'Haec domus Uraniae est. Curae procul este profanae. Temnitur hic humilis tellus. Hinc ITUR AD ASTRO.' 이런 뜻이라오. '이것은 우라

니아의 사원이다. 덧없는 번뇌를 던져버려라! 여기에서 저급한 지상은 무시되리니, 여기로부터 별들에게로 나아갈 것이다.'

베르호프쎄프　　　그렇군요. 하지만, 당신이 말씀하시는 덧없는 번뇌는 무엇입니까, 존경하는 점성술사여? 여기 제 다리는 파편 때문에 뼈까지 긁어냈습니다… 당신 말씀에 따르면, 이것 또한 덧없는 번뇌입니까?

안나　　　　　　물론이지.

세르게이 니콜라예비치　그렇다네. 죽음, 부당함, 불행, 지상의 모든 검은 그림자들, 바로 그것이 덧없는 번뇌일세.

베르호프쎄프　　　그렇다면, 내일 새로운 나폴레옹, 새로운 독재자가 나타나 쇠주먹 안에 온 세상을 쥐어짠다 해도 그것 또한 덧없는 번뇌인가요?

세르게이 니콜라예비치　그래… 난 그렇게 생각한다네.

　　　　　　　　　　　　　　　　　　　　　　　－『안드레예프』, 68쪽

아들 세대가 지금 치열하게 사유하고 충돌하는 모든 지상적인 것을 덧없는 것으로 간주하면서 테르노프스키는 천상의 영원한 것을 추구하고자 한다. 그러므로 아들 세대가 혁명운동에 부여하는 현재적 당위성은 지상의 저급한 번뇌를 무시하고 별들에게로 나아가려는 아버지 세대의 영원성 추구와 지속적으로 갈등·반목한다. 그러나 피날레에서 양자의 대표자인 마루샤와 테르노프스키는 대립과 항쟁이 아니라, 조화와 화해를 통하여 서로 손을 맞잡는다.

세르게이 니콜라예비치　네 영혼은 영원의 아들이 제의를 완수하는 제단일 따름이다! (별들에게 손을 뻗는다.) 너에게 인사하노니, 알지 못하는 머나먼 벗이여!

마루샤　　　　　저는 가겠어요. 니콜라이가 남긴 것, 그이의 생각, 그이의 예민한 사랑, 그이의 부드러움을 보물처럼 간직할 거예요. 자꾸만 다시 그이를 제 안에서 죽도록 할 거예요. 그이의

순수하고 무구한 영혼을 지상 너머 높은 곳으로 가지고 가
겠어요.

세르게이 니콜라예비치 (별들에게 손을 뻗으면서) 너에게 인사하노니, 머나 먼 알지 못
하는 벗이여!

마루샤 (대지에게 손을 뻗으면서) 너에게 인사하노니, 사랑스러운 고통
받는 형제여!

—『안드레예프』, 98쪽

    테르노프스키는 '영원의 아들에게 죽음이란 없다'는 확고한 믿음을 피력
하면서 니콜라이가 마루샤와 페챠, 그리고 자신의 내부에 살아 있음을 확
언한다. 그러므로 혁명의 순교자 니콜라이를 매개로 하여 천상의 대표자와
지상의 대표자는 각자의 길을 떠나되 거기에는 더 이상 화해 불가능한 갈
등과 반목은 존재하지 않는다. 결국 우리는 <태양의 아이들>에 노정된 강
력한 비극성이 어느 정도 희석된 '비희극'(Трагикомедия)[25]의 분위기를
<별들에게>에서 조우할 수 있다.

5.3. <광장의 왕>에서 드러나는 비극성

    우울하고 구슬픈 희곡 <가설극장 Балаганчик>의 피에로보다 한층
더 어둡게 세상과 만나는 <광장의 왕>의 시인은 조드치에게서도, 그가 사
랑하는 '아름다움의 정화'인 조드치의 딸에게서도, 고전적인 질서와 권력
의 상징체계인 '고수머리의 왕'에게서도 구원을 얻지 못한다.

---

25) 여기서 사용되고 있는 '비희극'의 개념에서 필자가 가장 주목하는 의미는 '상대성'이다.
"비희극의 근저에는 일정한 비희극적 세계감촉이 자리하고 있는데, 그것은 삶에 현존하는
규범들의 상대성에 대한 감정과 언제나 결합되어 있다."
Краткая Литературная Энциклопедия, Ред. А. Сурков, том 7, Моск
ва, 1972, с. 593.

시인	사람들은 당신을 마법사라 부르지요. 당신에 관한 여러 가지 소문이 돌아다니고 있습니다.
조드치	작은 '소문들'이 너희를 파멸시킬 것이다. 그것들은 메마르고 노란 먼지 속에서 태어났으며, 먼지와 더불어 폭동의 마음속으로 파고 들어간다. 하늘의 우레비가 내려와 먼지를 가라앉히면 너희들도 먼지와 더불어 사멸할 것이다.
시인	더 이상 당신을 보고 싶지 않습니다. 당신에게 지혜를 배우고자 하였으나, 당신은 오만하고 늙었소. 당신은 저를 사랑하지 않아요.
조드치	만일 내가 자네를 사랑하지 않았다면, 자네는 날 만나지 못했을 걸세.

－『블로크 전집』, 52~53쪽

조드치는 시인에게 군중에게 부화뇌동하지 말라고 군중을 위한 폭동의 노래를 부르지 말라고 충고한다. 그리고 밤과 더불어 사랑에 대하여 말하는 고독한 자가 되라고 말한다. 그러나 그런 말이 시인의 마음을 진정시키지 못한다. 그는 지금 군중들과 함께 동요하고 있으며, 행복과 구원을 약속하는 배가 도착하기를 열렬히 기다리고 있기 때문이다. 아름다움과 청춘으로 고전적 이성의 화신인 광장의 왕을 부활시키고자 하는 조드치의 딸과 과거에 함몰된 채 개인의 사랑에 탐닉하고 끝없이 동요하는 시인 사이의 심연은 메워질 수 없다.

시인의 종국적인 실패의 배후에는 "상식을 구현하며, 삶의 도덕적 형식들 가운데 매우 속물적이고 보수적인 형식의 담지자인"[26] 광대(Шут)와 속물근성을 대표하는 소시민계급의 알레고리인 '소문들'(Слухи)이 자리한다. "소문들 역시 사유와 생활에서 소시민적이고 속물적인 계층의 탄생이며, 강력한 간상균처럼 그것들은 영혼으로 침투하고, 혼란과 소동을 가져오며 도시를 파괴로 몰고 간다."[27] 신천옹처럼 천상을 날아다녔던 시인이

---

26) 『러시아 드라마 연극』, 104쪽.

지상으로 추락하여 보여주는 어리석음과 나약함, 그리고 무기력함에 대한 어느 상징주의 시인의 경고는[28] <광장의 왕>에 등장하는 시인에게도 적실하게 적용되고 있는 것이다.

천상의 아름다움으로 도시를 구원하고자 하는 조드치의 딸의 시도는 파멸과 패배로 귀착되는데, 이것은 그들 모두의 죽음을 동반한다. 여기서 죽음은 파괴의 형식과 조우한다.

> 바로 그 순간에 격분한 군중이 '시인'의 뒤를 따라 계단으로 쏟아져 나온다. 아래에서 기둥이 흔들린다. 고함소리와 울부짖는 소리들. '왕'과 '시인', 조드치의 '딸' 그리고 일부 민중을 자기 쪽으로 끌어들이면서 테라스가 무너진다. 횃불의 붉은 빛 속에서 사람들이 시체를 찾으며 아래에서 뛰어다니는 것이 뚜렷하게 보인다. 그들은 망토의 돌 파편과 몸통 조각, 돌로 된 손을 들어올린다. 공포에 질린 고함소리가 들린다. <동상! 돌로 된 우상! 왕은 어디에 있는가?>
> —『블로크 전집』, 59쪽

조드치가 피날레에서 단언하는 조화로운 시공간 '내일'에는 시인도, 조드치의 딸도, 광장의 왕도, 이 세상을 떠난 민중도 존재하지 않음은 너무도 자명하다. 이 지점에서 <광장의 왕>에 내재된 공허함과 비극성의 근저가 또렷하게 드러나는 것이다.

---

27) 같은 곳.

28) <신천옹 L'Albatros>에서 C.-P. 보들레르는 천상에서 추방된 시인의 고단한 운명을 노래한다. "시인도 구름의 왕자와 같아서/ 폭풍우를 다스리고 사수(射手)를 비웃지만/ 야유소리 들끓는 지상으로 추방되니/ 거대한 그 날개는/ 오히려 걷기에 거추장스러울 뿐."
『악의 꽃들』, 보들레르 지음, 김인환 옮김, 서문당, 1997, 26~27쪽.

5.4. 결론을 대신하여

이상에서 살펴본 것처럼 고리키나 안드레예프, 블로크 모두 1905년 러시아 혁명에서 실패를 독서하였으며, 혁명의 결과에 크게 절망하였다.

고리키는 인텔리겐차와 민중 사이의 극복할 수 없는 심연과 거리를 느꼈으며, 그 이후의 몇몇 드라마 창작에서는 인텔리와 민중의 운명에 대한 사유가 아예 등장하지 않는 희곡을 창작한다. 이를테면, <야만인들>에서 핵심적인 문제는 인텔리겐차가 얼마나 신속하게, 그리고 돌이킬 수 없을 정도로 소시민으로 전화되어가는 지이며, <적들>에서는 인텔리겐차와 민중 사이의 심연을 가깝게 하려는 최소한도의 시도도 눈에 띄지 않는다. 결국 고리키에게 1905년 러시아 혁명의 실패는 개인적인 비극이었을 뿐만 아니라, 그가 모색하였던 사회·정치적인 출구 또한 비극적으로 봉쇄되었음을 의미하는 것이었다.

안드레예프는 희곡 <사바>에서 무정부주의자의 형상을 창조하면서 또다시 사회드라마에 커다란 관심을 보이지만, 그의 희곡에서 어떤 긍정적이고 낙관적인 결말을 찾아보기는 불가능한 것으로 드러난다. 그리하여 그는 <인간의 일생>에서 사회적인 문제를 제기하는 드라마로부터 매우 관념적이고 실험적인 드라마 창조로 방향을 전환하게 되는 것이다.

블로크 역시 서정적인 드라마 삼부작을 통하여 자신을 반성적으로 돌아보는 작업을 실행해 나가면서 불완전한 시인의 형상을 다각도로 마무리한다. 사랑하는 여인 콜롬비나를 아를레킨에게 빼앗기는 <가설극장>의 어수룩한 피에로에서, <광장의 왕>에 등장하는 확고한 신념이나 지향도 없이 좌고우면하는 우유부단한 시인으로, 그리하여 종국에는 <미지의 여인>에서 자신이 그토록 갈망하던 여인이 천상에서 지상으로 하강했음에도 그녀

를 알아차리지도 못하는 어리석음을 범하는 존재로 시인은 전화되는 것이다.[29]

　그들의 일생은 1917년 사회주의 혁명 이후에도 1905년 혁명의 외상(外傷)을 극복하지 못한 것으로 보일 만큼 주저하는 양상으로 전개된다. 카프리 섬에서 오래도록 방황하는 고리키나, 시월혁명을 온전하게 받아들이지 못하고 망명지 핀란드에서 젊은 나이로 절명하는 안드레예프의 삶은 오늘날 우리에게 많은 것을 시사한다. 고리키가 주도하였던 '세계문학출판사'에서 혁명의 일각을 떠받치고, '페트로그라드 볼쇼이 드라마극장'의 설립에 주도적으로 참여한 블로크지만, 그의 동요는 장시 <열둘>에서 현저하게 포착된다. 엄청난 전변이 몰고 온 사회·정치적인 결과에 대한 극작가들의 입장과 자세에는 천재적인 혁명가, 이를테면 레닌이나 트로츠키의 그것들과는 현저하게 대비되는 차별성이 엄존하였던 것이다. 결국 인민대중의 삶과 직결된 사회·정치적인 변동의 몫은 혁명가의, 그런 변동의 인과관계와 평가는 역사가의, 그리고 격변의 와중에서 포착되는 개별적이고 집단적인 삶의 양상은 시인과 극작가의 몫인 셈이다. 시간이 흘러 이제 몇 세대 이후를 살아가는 우리는 지나간 시간과 공간을 반성적으로 성찰하고 헤아려 그것들의 가능성과 한계를 두루 살핌으로써 다가올 날들을 예비한다는 강력한 지향의 깃발을 들어 올리려 하는 것이다.

---

29) 서정적 삼부작에 등장하는 인물들에 대하여 블로크의 지적은 흥미롭다. "<가설극장>에서 희화적으로 실패한 피에로, <광장의 왕>에서 도덕적으로 허약한 시인, <미지의 여인>에서 공상에 잠기고 만취하여 자신의 열망을 못보고 지나치는 또 다른 시인-이 모두는 한 인간 영혼의 서로 다른 측면들일 따름이다."
　Т. Родина, Александр Блок и русский театр начала XX века, Москва, 1972, с. 126.

지은이, 옮긴이 소개

지은이

알렉산드르 블로크

러시아 후기 상징주의를 대표하는 시인이자 극작가
1906년 자신의 불안정한 내면세계에 기초한 서정적 3부작 드라마 발표
1917년 장시 〈열둘〉에서 10월 혁명에 대한 모순적인 입장을 표명

레오니드 안드레예프

19세기와 20세기 경계의 대표적인 소설가이자 극작가
1905년 러시아 혁명에 자극받아 첫 번째 희곡 〈별들에게〉 발표
철학적이고 이성적인 희곡들에서 인간존재의 심연 천착

막심 고리키

러시아와 소련 모두에서 크게 주목받은 프롤레타리아 출신 작가
1906년 장편소설 〈어머니〉로 일약 세계적인 작가로 부상
사회주의 혁명에 대한 동요하는 자세로 스탈린과 불화한 것으로 유명

옮긴이

김규종

경북대학교 인문대학 노어노문학과 교수
민예총 대구지회 영화비평연구소장
저서 : 『문학교수, 영화 속으로 들어가다』(경북대출판부)
역서 : 『강철은 어떻게 단련되었는가』(열린책들), 『마야코프스키 희곡전집』(열린책들) 등
대표논문 : 「1905년 러시아 혁명을 바라보는 세 가지 시선」, 「몰리에르와 불가코프」,
「극작가 블라지미르 마야코프스키와 미하일 불가코프의 대화」,
「영웅 – 혁명적 드라마와 안티테제」 등

광장의 왕

지은이 알렉산드르 블로크·레오니드 안드레예프·막심 고리키
옮긴이 김규종

초판 인쇄 2007년 8월 16일
초판 발행 2007년 8월 24일

펴낸곳 도서출판 글누림
등록 2005년 10월 5일 제303-2005-000038호
펴낸이 최종숙
책임편집 권분옥
편집 이태곤 이소희 김주헌 양지숙

주소 서울시 서초구 반포4동 577-25 문창빌딩 2층
전화 3409-2055
팩시밀리 3409-2059
e-mail nurim3888@hanmail.net

값 10,000원
ISBN 978-89-91990-53-1 03890